Clube do Crime é uma coleção que reúne os maiores nomes do mistério clássico no mundo, com obras de autores que ajudaram a construir e a revolucionar o gênero desde o século XIX. Como editora da obra de Agatha Christie, a HarperCollins busca com este trabalho resgatar títulos fundamentais que, diferentemente dos livros da Rainha do Crime, acabaram não tendo o devido reconhecimento no Brasil.

Anthony Berkeley

O MISTÉRIO DOS CHOCOLATES ENVENENADOS

Tradução
Ulisses Teixeira

Rio de Janeiro, 2025

Copyright © 1929 por The Estate of Anthony Berkeley.
Todos os direitos reservados.
Copyright da tradução © 2024 por Casa dos Livros Editora LTDA.
Todos os direitos reservados.
Título original: *The Poisoned Chocolates Case*

Todos os direitos desta publicação são reservados à Casa dos Livros Editora LTDA. Nenhuma parte desta obra pode ser apropriada e estocada em sistema de banco de dados ou processo similar, em qualquer forma ou meio, seja eletrônico, de fotocópia, gravação etc., sem a permissão dos detentores do copyright.

COPIDESQUE	Julia Vianna
PRODUÇÃO EDITORIAL	Mariana Gomes
REVISÃO	Alanne Maria e Suelen Lopes
DESIGN DE CAPA	Kalany Ballardin
PROJETO GRÁFICO	Ilustrarte
DIAGRAMAÇÃO	Abreu's System

Dados Internacionais de Catalogação na Publicação (CIP)
(Câmara Brasileira do Livro, SP, Brasil)

Berkeley, Anthony, 1893-1971
  O mistério dos chocolates envenenados / Anthony Berkeley; tradução Ulisses Teixeira. – Rio de Janeiro: HarperCollins Brasil, 2025.

  Título original: The poisoned chocolates case.
  ISBN 978-65-5511-653-3

  1. Ficção policial e de mistério (Literatura inglesa) I. Título.

24-236018   CDD-823.0872

Índices para catálogo sistemático:
1. Ficção policial e de mistério: Literatura inglesa   823.0872

Bibliotecária responsável: Eliete Marques da Silva – CRB-8/9380

HarperCollins Brasil é uma marca licenciada à Casa dos Livros Editora Ltda.
Todos os direitos reservados à Casa dos Livros Editora LTDA.

Rua da Quitanda, 86, sala 601A – Centro,
Rio de Janeiro/RJ – CEP 20091-005
Tel.: (21) 3175-1030
www.harpercollins.com.br

Nota da editora

Anthony Berkeley Cox nasceu em 1893, em Watford, Inglaterra. Ele estudou na Universidade de Oxford, onde desenvolveu gosto pela literatura e pelo jornalismo. Mas foi só após servir na Primeira Guerra Mundial e trabalhar como jornalista, que começou a escrever romances. Com um talento nato para a observação e a sátira social, Berkeley ficou conhecido por ser um grande inovador do gênero policial. Era considerado um dos autores favoritos de Agatha Christie e admirado por escritores de diversos gêneros, incluindo o argentino Jorge Luis Borges.

Além de ter sido o criador do estilo *whowasdunin* — no qual a identidade da vítima faz parte do mistério central —, Berkeley alcançou grande sucesso com a criação de narrativas que analisavam a psicologia dos personagens. Suas obras não apenas exploram um crime intricado que viria a ser resolvido aos moldes da lógica, como revelam o quanto os julgamentos humanos podem influenciar a percepção e a interpretação dos acontecimentos. *O mistério dos chocolates envenenados* (1929), é um dos maiores exemplos dessa abordagem inovadora, sendo consagrado por Julian Symons, historiador do gênero, como "uma das obras enganadoras mais surpreendentes da história da ficção policial".

Publicado pela primeira vez sob o pseudônimo Francis Iles, o livro conta a história de um clube exclusivo de seis detetives amadores, o autointitulado Círculo do Crime, que se reúne uma vez por semana para discutir mistérios e casos reais do passado. Até que, um dia, o astuto líder Roger Sheringham tem a ideia de tentar resolver um assassinato recente que deixou até a Scotland Yard perplexa: uma caixa de bombons envenenados vitimou uma mulher inocente, sem relação aparente com o remetente ou o real destinatário.

A proposta de Sheringham era simples: a cada semana, um dos membros do clube apresentaria uma resolução, até que todos fossem convencidos e chegassem a um consenso do que realmente aconteceu. Com diferentes perspectivas e personalidades, os seis investigadores variam entre metodologias, e, assim, conseguem chegar a múltiplas soluções para o crime, todas coerentes e fundamentadas nos mesmos fatos — apesar de oriundas de interpretações pessoais. Com isso, o livro se transforma em uma espécie de quebra-cabeça, e o leitor é convidado a se tornar um membro adicional do Círculo do Crime, questionando e apurando as ideias apresentadas ao longo da narrativa lado a lado com os personagens.

A pluralidade de respostas plausíveis possibilitadas pela trama tecida por Berkeley e a recusa dele em fornecer uma única alternativa para o enigma constroem uma crítica brilhante ao próprio método investigativo. A cada nova explicação, o autor questiona os resultados obtidos e expõe seu caráter falho, que muitas vezes é ofuscado pelo aparente brilhantismo lógico do processo e por artimanhas narrativas empreendidas pelos autores de mistério. Não é à toa que este é um dos mais notáveis textos de Berkeley, bem como *Before the Fact* (1932), que originou a adaptação cinematográfica *Suspeita* (1941) dirigida por Alfred Hitchcock.

O peso do autor e da obra é tamanho que o Círculo do Crime foi o precursor fictício — e a inspiração por trás — do célebre Detection Club, fundado por Berkeley na década de 1930. Nele, os mais proeminentes escritores de mistério da Grã-Bretanha, como Agatha Christie, Baronesa Orczy e Dorothy L. Sayers, se reuniam para debater e estabelecer algumas das diretrizes que pautam o gênero ainda hoje, e até mesmo para pensarem histórias em conjunto, muitas das quais foram publicadas. O grupo também era muito famoso por seu juramento um tanto quanto peculiar, em que os membros prometiam que seus detetives se utilizariam apenas da própria inteligência para desvendar qualquer mistério, precisando se aferrar às leis e descobertas da ciência e se refreando do uso de revelação divina, intuição feminina, desonestidade ou coincidência.

Após o falecimento de Berkeley, em 1971, duas edições comemorativas diferentes convidaram autores de mistério membros do clube para se desafiarem a escrever capítulos extras, apresentando novas soluções — e novos assassinos. O primeiro foi escrito em 1979, para uma reimpressão americana, por Christianna Brand (1907-1988), colega e vizinha de Berkeley. Já o segundo, publicado na edição da British Library em 2016, é de autoria de Martin Edwards, autor, historiador especializado em ficção policial e atual presidente do Detection Club.

Após 95 anos de sua publicação original em 1929, a HarperCollins Brasil tem a honra de apresentar *O mistério dos chocolates envenenados*, pela primeira vez no Brasil, com tradução de Ulisses Teixeira e posfácio de Bel Rodrigues.

Boa leitura!

O MISTÉRIO DOS CHOCOLATES ENVENENADOS

CAPÍTULO 1

Roger Sheringham tomou um gole do conhaque envelhecido e se recostou na cadeira da cabeceira da mesa.

Por entre a névoa da fumaça de cigarro, vozes empolgadas chegavam a seus ouvidos, vindas de todas as direções, tagarelando com animação sobre detalhes relacionados a assassinatos, venenos e mortes súbitas. Pois aquele era o Círculo do Crime, fundado, organizado, montado e agora administrado apenas por ele; e quando, durante a primeira reunião, cinco meses antes, foi eleito como presidente por unanimidade, Roger ficou tão orgulhoso quanto no inesquecível dia do passado indistinto em que um querubim fantasiado de editor aceitou seu primeiro manuscrito.

Ele se virou para o inspetor-chefe Moresby, da Scotland Yard, que, como convidado da noite, estava sentado à sua direita, segurando um charuto enorme, parecendo um tanto inquieto.

— Para ser honesto, Moresby, sem querer faltar com o respeito à sua instituição, acredito sem sombra de dúvida que há mais gênios criminólogos nesta sala... quer dizer, gênios intuitivos, sem a aptidão para o esforço excessivo... do que em qualquer outro lugar do mundo, com exceção da *Sûreté**, em Paris.

---

* Faz referência a *La direction de la Sûreté générale*, uma antiga divisão da Polícia Francesa sediada em Paris que respondia ao Ministério do Interior e foi dissolvida em 1934. Hoje o termo *Sûreté* é usado para se referir à polícia em países de língua francesa e, em especial, aos detetives que nela operam. *[N.E.]*

— É mesmo, sr. Sheringham? — perguntou o inspetor-chefe, de forma tolerante. Moresby sempre era gentil com as estranhas opiniões das pessoas. — Pois bem.

E voltou a se concentrar na ponta acesa do charuto, que estava tão longe do outro extremo que Moresby não podia dizer, pelo mero ato de tragar, se continuava acesa ou não.

Roger tinha razões para sua afirmação que iam além de orgulho parental. Uma vaga nos encantadores jantares do Círculo do Crime não seria conquistada por todos que vorazmente a cobiçavam. Não era suficiente para um possível membro professar uma adoração por assassinato e só; o indivíduo tinha que provar ser capaz de usar, com orgulho, suas habilidades criminológicas.

Não apenas deveria ser intenso o interesse em todos os ramos da ciência, no lado da detecção, por exemplo, como também no lado da psicologia criminal, com a história de todos os casos, por mais insignificantes que fossem, ao alcance do interessado, além de uma propensão imaginativa; o candidato deveria ter um cérebro e a capacidade de usá-lo. Para isso, era necessário escrever um artigo, cujos possíveis assuntos eram sugeridos pelos membros, e submetê-lo ao presidente, que repassava o que considerava digno aos integrantes do conclave, que então votavam a favor ou contra a aprovação do suplicante, sendo que um único voto negativo significava rejeição.

A intenção do clube era contar com treze membros, mas até então apenas seis haviam passado nos testes com sucesso, e todos estavam presentes na noite em que esta crônica se inicia. Havia um advogado famoso, uma dramaturga um pouco menos famosa, uma romancista brilhante que merecia mais reconhecimento, o mais inteligente (senão o mais amigável) dos escritores vivos de histórias de detetive, o próprio Roger Sheringham, e o sr. Ambrose Chitterwick, que não era nem um pouco famoso, mas um homenzinho gentil sem características físicas marcantes, que se viu mais surpreso ao ser admitido na companhia daquelas personalidades do que elas ficaram ao vê-lo ali.

Dessa forma, com a exceção do sr. Chitterwick, era uma assembleia da qual qualquer organizador se orgulharia. Naquela noite, Roger não estava apenas orgulhoso, mas também animado, porque iria surpreendê-los, e era sempre animador surpreender personalidades como aquelas. Ele se levantou.

— Senhoras e senhores — proclamou, quando o barulho inicial dos brindes e das cigarreiras se encerrou. — Senhoras e senhores, em virtude dos poderes que me foram conferidos, o presidente do nosso Círculo tem a permissão de alterar a seu critério os preparativos feitos para qualquer reunião. Todos aqui sabem quais preparativos foram feitos para esta noite. Damos as boas-vindas ao inspetor-chefe Moresby como o primeiro representante da Scotland Yard a nos visitar.

Batidas na mesa se sucederam ao anúncio.

— Nossa intenção era seduzi-lo com boa comida e bom vinho com a finalidade de deixá-lo indiscreto a ponto de compartilhar conosco experiências que dificilmente seriam reveladas para homens da imprensa.

Mais e mais batidas.

Roger se reavivou com outro gole de conhaque e continuou:

— Ora, penso que conheço o inspetor-chefe muito bem, senhoras e senhores, e não foram poucas as ocasiões em que também tentei, e de forma muito árdua, induzi-lo a tomar o caminho da indiscrição, mas nunca obtive sucesso. Portanto, tenho poucas esperanças de que este Círculo, por mais tentador que seja, conseguirá arrancar do inspetor-chefe qualquer história mais interessante do que ele se importaria em ver publicada no *Daily Courier* amanhã. Senhoras e senhores, temo que seja impossível convencer o inspetor-chefe Moresby. Assim, assumi a responsabilidade de alterar nosso entretenimento para esta noite, e a ideia que me ocorreu acerca desse assunto será, espero e acredito, muito agradável para vocês. Atrevo-me a dizer que é, ao mesmo tempo, nova e emocionante.

Roger fez uma pausa e observou os rostos interessados ao redor. O inspetor-chefe Moresby, com o pescoço um pouco avermelhado, ainda estava se acertando com o charuto.

— Minha ideia — disse Roger — tem ligação com o sr. Graham Bendix. — Houve uma pequena agitação de interesse. — Ou melhor — prosseguiu, corrigindo-se, mais calmo —, com a sra. Graham Bendix.

A agitação diminuiu para um silêncio ainda mais interessado. Roger fez uma pausa, como se escolhesse as palavras com mais cuidado.

— O próprio sr. Bendix é conhecido pessoal de alguns de nós. De fato, seu nome foi mencionado como alguém que poderia ter interesse, se abordado, de se tornar membro de nosso Círculo. Por sir Charles Wildman, se me recordo bem.

O advogado inclinou a cabeça um tanto grande com dignidade.

— Sim, sugeri o nome dele uma vez, creio.

— A sugestão não foi seguida — falou Roger. — Não me lembro bem o porquê, acredito que outra pessoa tinha certeza quase absoluta de que ele nunca conseguiria passar em nossos testes. Porém, de qualquer forma, o simples fato de o nome dele ter sido mencionado mostra que o sr. Bendix é, até certo ponto, ao menos um criminologista, o que significa que a terrível tragédia que se abateu sobre ele traz um leve interesse pessoal para nós, mesmo para aqueles que, como eu, não o conhecem.

— De acordo — disse uma alta e bela mulher sentada à direita, com a voz clara de uma pessoa acostumada a proclamar "de acordo" com seriedade em momentos apropriados de discursos, para o caso de ninguém mais fazê-lo.

Era Alicia Dammers, a escritora, que gerenciava Institutos da Mulher por hobby, escutava discursos com um interesse genuíno e altruísta e, na prática, a mais ferrenha dos Conservadores, apoiava com entusiasmo as teorias do Partido Socialista.

— Minha sugestão é transformarmos essa simpatia em algo prático — falou Roger sem rodeios.

Não havia dúvida de que a ávida atenção da plateia fora capturada. Sir Charles Wildman ergueu as grossas sobrancelhas grisalhas sob as quais ficavam os olhos carrancudos que o advogado usava para encarar, cheio de desgosto e ameaça, as testemunhas de acusação que tinham o mau gosto de acreditar na culpa de seu cliente, e balançou o pincenê dourado com a larga fita escura que o mantinha preso ao pescoço. No outro lado da mesa, a sra. Fielder-Flemming, uma mulherzinha rotunda de aparência comum que escrevia peças surpreendentemente impróprias e bem-sucedidas e parecia, sem tirar nem pôr, uma cozinheira de primeira em seu domingo de folga, cutucou o cotovelo da srta. Dammers e sussurrou algo, ocultando a boca com a mão. O sr. Ambrose Chitterwick piscou os olhos azuis gentis e assumiu a aparência de uma cabra inteligente. Apenas o escritor das histórias de detetive estava sentado imóvel e impassível; mas, em tempos de crise, ele tinha a tendência de copiar o comportamento de seu detetive favorito, que sempre permanecia impassível nos momentos mais estimulantes.

— Levei a ideia para a Scotland Yard hoje de manhã — informou Roger —, e, embora eles não encorajem esse tipo de coisa por lá, não encontraram nada de mal nela; o resultado é que saí com uma permissão relutante, ainda que oficial, para tentá-la. E devo logo dizer que o mesmo estímulo que motivou essa permissão e colocou toda a ideia em minha cabeça — Roger fez uma pausa para efeito e olhou ao redor — foi o fato de que a polícia praticamente desistiu de encontrar o assassino da sra. Bendix.

Foram ouvidas exclamações por todos os lados, algumas de desânimo, outras de desgosto e algumas de espanto. Todos os olhos se viraram para Moresby. Aquele cavalheiro, que não parecia consciente do olhar coletivo que se reunia em cima dele, levou o charuto à orelha e o ouviu com atenção, como se esperasse receber alguma mensagem secreta de suas profundezas.

Roger foi ao resgate.

— Essa informação é confidencial, por sinal, e sei que ninguém fará com que ela saia deste aposento. Mas é fato. Os depoimentos, que não resultaram em algo de útil, serão interrompidos. É claro que sempre há esperança de que novas evidências surjam, mas, sem elas, as autoridades chegaram à conclusão de que não podem mais avançar. Minha proposta, assim sendo, é que este clube assuma o caso a partir de onde as autoridades o deixaram.

E olhou com expectativa para o círculo de rostos que o encaravam. Todos eles fizeram uma pergunta ao mesmo tempo.

Em seu entusiasmo, Roger esqueceu onde estava e assumiu um tom coloquial:

— Ora, vejam bem, nós nos interessamos pelo assunto, não somos tolos e não... com o perdão do meu amigo Moresby... estamos presos a métodos de investigação imutáveis. É demais esperar que, dando nosso melhor e trabalhando de forma autônoma, alguém consiga alcançar um resultado em algo que a polícia, falando com total honestidade, falhou? Não acho que é algo impossível. O que me diz, sir Charles?

O famoso advogado deu uma risada profunda.

— Dou a minha palavra, Sheringham, é uma ideia interessante. Mas devo guardar a minha opinião até que descreva a proposta com um pouco mais de detalhes.

— Acho que é uma ideia maravilhosa, sr. Sheringham — disse a sra. Fielder-Flemming, que não tinha a mente perturbada por detalhes legais. — Gostaria de começar hoje mesmo.
— As bochechas redondas estremeceram de animação. — E você, Alicia?

— Tem potencial — decretou a mulher, sorrindo.

— De fato — disse o escritor de histórias de detetive, com um ar distante —, já criei uma teoria própria sobre o caso.

O nome dele era Percy Robinson, mas escrevia sob o pseudônimo de Morton Harrogate Bradley, que impressionou tanto os simplórios cidadãos dos Estados Unidos que eles compraram três tiragens de seu primeiro livro impulsionados apenas por esse fato. Por alguma razão obscura, os americanos sempre ficavam impressionados pelo uso de sobrenomes por parte dos europeus, ainda mais quando um deles é o nome de um balneário inglês.

O sr. Ambrose Chitterwick sorriu de maneira gentil, mas não falou nada.

— Bem — disse Roger, retomando a fala —, os detalhes estão abertos à discussão, é óbvio, mas pensei que, se todos decidíssemos tentar, seria mais interessante se trabalhássemos de forma independente. Moresby pode nos informar os fatos puros e simples como são conhecidos pela polícia. O inspetor-chefe não era o responsável pelo caso, mas fez uma ou duas coisas relacionadas a ele e conhece bem os fatos; além disso, foi bondoso o suficiente para passar a tarde examinando a documentação na Scotland Yard para assegurar que não se esqueceria de nada.

"Depois de o ouvirmos, alguns de nós podem conseguir criar uma teoria de imediato; possíveis linhas de investigação podem ocorrer a outros, que desejarão segui-las antes de se comprometerem com algo. De qualquer forma, sugiro que tenhamos uma semana para desenvolver as teorias, verificar as hipóteses e definir as interpretações individuais sobre os fatos coletados pela Scotland Yard, tempo durante o qual nenhum membro deve discutir o caso com qualquer outro membro. Talvez não cheguemos a lugar algum... é bem provável que isso aconteça... mas, de qualquer maneira, será um exercício criminológico dos mais interessantes; para alguns de nós, prático, para outros, acadêmico, do jeito que preferimos. E o que acho que pode ser mais interessante será ver se vamos chegar ao mesmo resultado ou não. Senhoras e senhores, o assunto está aberto à discussão ou qualquer que seja a melhor forma de colocar isso. Em outras palavras: o que acham?"

E Roger se acomodou, sem relutância, no assento.

Quase antes de encostar na cadeira, a primeira pergunta foi feita.

— O senhor quer dizer que devemos sair por aí bancando de detetives, sr. Sheringham, ou simplesmente escrever uma tese sobre os fatos que o inspetor-chefe irá revelar? — perguntou Alicia Dammers.

— O que cada um preferir, acho — respondeu Roger. — Foi isso que quis dizer quando mencionei que o exercício seria prático para alguns e acadêmico para outros.

— Mas o senhor tem muito mais experiência do que nós no lado prático, sr. Sheringham — emburrou-se a sra. Fielder-Flemming (sim, emburrou-se).

— E a polícia tem muito mais do que eu — afirmou Roger.

— Vai depender se usaremos métodos dedutivos ou indutivos, sem dúvida — observou o sr. Morton Harrogate Bradley. — Os que preferirem os métodos dedutivos trabalharão a partir das evidências policiais e não precisarão fazer qualquer investigação própria, exceto talvez para confirmar um ou outro resultado. Mas o método indutivo requer uma boa dose de interrogatórios.

— Exato — disse Roger.

— Evidências policiais e o método dedutivo já solucionaram diversos mistérios sérios neste país — anunciou sir Charles Wildman. — Contarei com eles.

— Há uma característica particular deste caso — murmurou o sr. Bradley para ninguém em particular — que deverá nos levar direto para o criminoso. É o que sempre pensei. Vou me concentrar nisso.

— Decerto não faço a menor ideia de como alguém se põe a começar uma linha de investigação, se assim desejar — observou o sr. Chitterwick, desconfortável; mas ninguém o escutou, então não fez diferença.

— A única coisa que me chamou a atenção neste caso — falou Alicia Dammers, de maneira bem distinta —, considerando, quer dizer, como um caso puro, foi a ausência completa de qualquer interesse psicológico. — E sem dizer com todas as letras, a srta. Dammers deu a impressão de que, se assim fosse, ela pessoalmente não teria interesse no caso.

— Não acho que pensará assim quando ouvir o que Moresby tem a dizer — falou Roger, de maneira gentil. — Veja bem, seremos informados de muito mais coisa do que apareceu nos jornais.

— Então vamos ouvi-lo — sugeriu sir Charles, sem mais delongas.

— Estamos de acordo? — perguntou Roger, olhando ao redor, feliz como uma criança que ganhou um brinquedo novo. — Estão todos dispostos a tentar?

Em meio ao coro entusiasmado que se seguiu, apenas uma voz permaneceu em silêncio. O sr. Ambrose Chitterwick ainda se questionava, um tanto infeliz, como alguém se punha a investigar algo, se fosse necessário. Ele tinha estudado as memórias de centenas de ex-detetives, detetives de verdade, com grandes botas pretas e chapéus-coco, mas tudo que conseguia lembrar no momento, de tudo que lera naqueles calhamaços (publicados com preço de capa de dezoito *pence* e *sixpence*, e permanecendo meses depois custando dezoito *pence*), era que um verdadeiro detetive, um detetive *de verdade*, se quisesse obter resultados, nunca colocava um bigode falso, apenas raspava as sobrancelhas. Como forma de solucionar mistérios, isso parecia inadequado para o sr. Chitterwick.

Por sorte, no burburinho que precedeu a maneira muito relutante com a qual o inspetor-chefe Moresby se levantou da cadeira, a fraqueza moral do sr. Chitterwick não foi percebida.

CAPÍTULO 2

O inspetor-chefe Moresby, depois de se levantar e corar ao receber seu quinhão de palmas, foi convidado a voltar a se sentar antes de se dirigir ao grupo e, felizmente, aceitou a sugestão. Consultando a pilha de papéis na mão, ele começou a elucidar as estranhas circunstâncias conectadas à morte da sra. Bendix para a plateia atenta. Sem repetir as palavras do inspetor-chefe e todas as diversas perguntas adicionais que pontuaram a história, a essência do que ele tinha a dizer era:

Na manhã de sexta-feira, dia 15 de novembro, Graham Bendix entrou no clube de que fazia parte, o Arco-íris, em Piccadilly, mais ou menos às 10h30, e perguntou se havia alguma correspondência para ele. O porteiro lhe entregou uma carta e duas circulares, e ele seguiu até a lareira no saguão de entrada para lê-las.

Enquanto fazia isso, outro membro adentrou o clube. Um baronete de meia-idade, sir Eustace Pennefather, que alugava um quarto na esquina, na Berkeley Street, mas passava a maior parte do tempo no Arco-íris. O porteiro deu uma olhada no relógio, como fazia toda manhã quando sir Eustace chegava e, como sempre, eram exatamente 10h30. Assim, o porteiro determinou o horário sem sombra de dúvida.

Havia três cartas e um pacote pequeno para sir Eustace, e ele também foi até a lareira para abri-los, cumprimentando Bendix com um aceno de cabeça. Os dois homens não se conheciam tão bem e provavelmente nunca tinham trocado mais do que meia dúzia de palavras. Não havia outros membros no saguão naquele momento.

Após dar uma olhada nas cartas, sir Eustace abriu o pacote e bufou com desgosto. Bendix olhou para ele, inquisitivo, e, com um resmungo, sir Eustace mostrou a missiva que viera dentro do pacote, fazendo um comentário descortês sobre métodos modernos de comércio. Escondendo um sorriso (os hábitos e as opiniões de sir Eustace eram motivo de diversão para os membros do clube), Bendix leu a carta. Era da firma Mason & Filhos, grandes fabricantes de chocolate, e informava que eles tinham acabado de colocar no mercado uma nova marca de bombons recheados de licor, feita especialmente para agradar o palato refinado de Homens de Bom Gosto. Como sir Eustace era, pelo que se supunha, um Homem de Bom Gosto, ele teria a bondade de honrar o sr. Mason e seus filhos ao aceitar aquela pequena caixa? Além disso, quaisquer críticas ou louvores que ele pudesse fazer a respeito dos chocolates seriam bastante estimados.

— Eles acham que sou uma corista para escrever avaliações sobre seus malditos bombons? — esbravejou sir Eustace, que era um homem colérico. — Malditos sejam! Vou reclamar com esse comitê dos infernos. Esse tipo de coisa detestável não pode acontecer aqui.

Pois o clube Arco-íris era, como todos sabiam, uma instituição muito orgulhosa e exclusiva, descendente direta da confeitaria Arco-íris, fundada em 1734. Nem mesmo uma família fundada pelo bastardo de um rei conseguia ser tão exclusiva quanto um clube fundado em uma confeitaria.

— Bem, é algo terrível, na minha opinião — disse Bendix, acalmando o outro. — Mas me lembrou de uma coisa. Preciso comprar uma caixa de bombons para pagar uma dívida de honra. Minha esposa e eu ocupamos um camarote no Imperial na noite passada, e apostei uma caixa de bombons contra cem cigarros que ela não identificaria o vilão até o fim do segundo ato. Ela ganhou. Preciso me lembrar de comprar o chocolate. Não foi uma apresentação ruim. *O crânio partido.* Já viu?

— É claro que não — respondeu o outro, sem se acalmar. — Tenho coisas melhores a fazer do que me sentar e assistir a um bando de tolos malditos brincando com tintas fosforescentes e atirando uns nos outros com armas de brinquedo. Quer uma caixa de bombons? Bem, fique com esta porcaria.

O capital economizado pela oferta não fazia diferença para Bendix. Ele era um homem muito rico e provavelmente tinha dinheiro em espécie no bolso para comprar cem caixas de bombons. Mas sempre valia a pena economizar o trabalho.

— Tem certeza de que não quer ficar com a caixa? — perguntou ele, por educação.

Na resposta de sir Eustace, apenas uma palavra, repetida diversas vezes, era claramente reconhecível. Mas o que ele queria dizer era evidente. Bendix agradeceu e, para seu azar, aceitou o presente.

Por uma sorte extraordinária, o papel que embrulhava a caixa não foi jogado ao fogo nem por sir Eustace em sua revolta, nem pelo próprio Bendix quando todo o pacote — caixa, carta, papel de embrulho e barbante — foi colocado em suas mãos pelo baronete quase apoplético. Isso foi uma grande felicidade, pois ambos os homens já tinham jogado os envelopes das cartas fora.

Bendix, no entanto, simplesmente foi até a mesa do porteiro e colocou tudo lá, pedindo para o homem guardar a caixa para ele. O porteiro colocou a caixa de lado e jogou o papel na cesta de lixo. A carta caíra, sem ser notada, da mão de Bendix enquanto ele atravessava o saguão. O porteiro a pegou alguns minutos depois e colocou-a no lixo, onde, mais tarde, a polícia a recuperou com o papel de embrulho.

Poderia ser dito que esses dois objetos constituíam duas das três pistas tangíveis do assassinato, sendo que a terceira eram os próprios bombons.

Dos três protagonistas inconscientes da tragédia iminente, sir Eustace era de longe o mais marcante. Faltando um ou dois anos para completar cinquenta anos, ele parecia, com o rosto vermelho e a silhueta atarracada, um típico fidalgo da velha guarda, e tanto suas maneiras quanto sua linguagem estavam de acordo com a tradição. Havia outras semelhanças também, mas eram superficiais. As vozes dos fidalgos da velha guarda, com frequência, eram um pouco roucas quando se alcançava a meia-idade, mas não por conta do uísque. Eles caçavam, assim como sir Eustace, com avidez; no entanto, os fidalgos se limitavam a raposas, enquanto sir Eustace não era muito cristão em seus gostos predatórios. Em resumo, ele era, sem dúvida, um baronete muito ruim. Mas seus defeitos eram todos de larga escala, com o resultado usual de que a maioria dos outros homens, bons ou maus, gostava dele o suficiente (com a exceção talvez de alguns maridos aqui e ali e um ou dois pais), e as mulheres apreciavam sem pudor suas palavras roucas.

Em comparação a ele, Bendix era um homem um tanto comum, um sujeito alto, de cabelo preto, não muito feio. Tinha 28 anos, era quieto e um tanto reservado; popular, de certa maneira, mas não inspirava ou retornava algo além de uma grave simpatia.

Ele se tornara um homem rico cinco anos antes, com a morte do pai, que fizera fortuna com terrenos comprados em áreas subdesenvolvidas, com uma perspicácia incrível, para serem revendidos depois, nunca a menos do que dez vezes o valor pago por eles, rodeados por casas e fábricas erigidas com o dinheiro de terceiros. "Apenas sente-se e deixe os outros o tornarem rico" era seu lema, o que se provou ser muito acertado. O filho, embora deixado com uma quantia que excluía qualquer necessidade de trabalho, evidentemente herdara as tendências do pai, pois era envolvido em muitos bons negócios, apenas pelo amor ao jogo mais empolgante do mundo (conforme ele mesmo dizia, como se pedisse desculpas).

Dinheiro atrai dinheiro. Graham Bendix o herdara, o fizera e, de modo inevitável, o ganhara por meio do casamento. Ela era a filha órfã de um dono de navio de Liverpool, com mais ou menos meio milhão para dar a Bendix, que não precisava nem um pouco do montante. Mas o dinheiro era um detalhe, pois ele precisava dela, e não de sua fortuna, e teria se casado (diziam os amigos) mesmo que ela não tivesse um centavo.

Ela fazia exatamente seu tipo. Uma mulher alta, séria e muito culta, não tão jovem a ponto de sua personalidade não ter se formado (ela tinha 25 anos quando Bendix se casou com ela, três anos atrás), e era a esposa perfeita para ele. Um pouco puritana, talvez, de certa maneira, mas o próprio Bendix estava pronto para ser um puritano se Joan Cullompton assim quisesse.

Pois, apesar da maneira como se desenvolveu mais tarde, Bendix havia tido aventuras durante a juventude, como era de se esperar. Digamos que entradas laterais para camarins não fossem de todo estranhas para ele. O nome dele fora mencionado em conexão a mais de uma dama delicada e atraente. Em resumo, ele conseguira se divertir de maneira discreta, mas de forma alguma clandestina, da maneira corriqueira dos jovens com muitíssimo dinheiro e pouquíssimos anos. Tudo isso, porém, outra vez de maneira corriqueira, havia parado com o casamento.

Ele era muito dedicado à esposa e não se importava que os outros soubessem disso, e ela, mesmo que de forma menos óbvia, também era conhecida por revelar seus sentimentos. Para deixar claro, os Bendix pareciam ter tido sucesso em alcançar a oitava maravilha do mundo moderno: um casamento feliz.

E no meio dele caiu, como um raio, uma caixa de bombons de chocolate.

— Depois de deixar a caixa de bombons com o porteiro — disse Moresby, vasculhando os papéis até encontrar o certo —, o sr. Bendix seguiu para o salão, onde sir Eustace lia o *Morning Post*.

Roger assentiu com aprovação. Não haveria outro jornal que sir Eustace leria além do *Morning Post*.

O próprio Bendix procedeu para ler o *Daily Telegraph*. Não tinha nada para fazer naquela manhã. Não havia reuniões de diretores e nenhum dos negócios pelos quais se interessava telefonou para ele, pedindo-lhe para sair na chuva de um dia típico de novembro. Ele passou o restante da manhã à toa, leu os jornais diários, deu uma olhada nos semanais e jogou bilhar com outro membro ocioso do clube. Mais ou menos às 12h30 voltou para casa, em Eaton Square, para almoçar, levando os bombons.

A sra. Bendix havia dito que não estaria em casa para almoçar naquele dia, mas, como seu compromisso fora cancelado, ela também compareceu à refeição. Bendix deu a ela a caixa de bombons enquanto tomavam café na sala de estar, explicando como os doces vieram parar em suas mãos. A sra. Bendix riu, provocando o marido por ser sovina e não ter comprado uma caixa para ela, mas aprovou o acordo e estava interessada em provar a nova variedade de chocolates da firma. Joan Bendix não era tão séria a ponto de não ter um interesse feminino saudável por bons chocolates.

A aparência deles, no entanto, não pareceu impressioná-la.

— Kümmel, Kirsch, Maraschino — falou, investigando com os dedos os doces embrulhados em papel prateado, cada um especificando o recheio com letras azuis. — Nada mais, pelo visto. Não vejo novidade alguma aqui, Graham. São apenas três tipos comuns de bombom de licor.

— É mesmo? — falou Bendix, que não se importava tanto com chocolates. — Bem, não acho que faça muita diferença. Todos os bombons de licor têm o mesmo gosto para mim.

— Sim, e eles até usaram a mesma caixa — reclamou a mulher, examinando a tampa.

— São apenas amostras — afirmou Bendix. — Talvez as caixas novas ainda não estejam prontas.

— Não acredito que haja a menor diferença — falou a sra. Bendix, abrindo um bombom sabor Kümmel. Ela ofereceu a caixa ao marido. — Quer um?

Ele balançou a cabeça.

— Não, obrigado, querida. Você sabe que nunca como essas coisas.

— Bem, tem que provar um, como penitência por não ter me comprado uma caixa adequada. Pegue! — Ela jogou um bombom em cima dele. Quando o sr. Bendix o pegou, ela fez uma careta. — Ah! Eu estava enganada. Estes bombons são diferentes. São vinte vezes mais fortes.

— Bem, ao menos eles podem ostentar isso.

Bendix sorriu, pensando nos doces anêmicos, em geral vendidos com o nome de bombons de licor.

Ele colocou o doce que a esposa lhe entregara na boca e deu uma mordida; era um sabor ardente, não intolerável, mas pronunciado demais para ser agradável, seguido pela liberação do líquido.

— Por Deus! — exclamou ele. — São fortes mesmo. Acho que eles os rechearam com álcool puro.

— Ah, decerto não fariam isso — disse a esposa, desembrulhando outro. — Mas são, sim, fortes. Deve ser uma mistura nova. Eles quase queimam a garganta. Não sei se gostei ou não. E o de Kirsch tinha um gosto de amêndoas muito acentuado. Talvez esse seja melhor. Prove um de Maraschino também.

Para agradá-la, ele engoliu outro bombom e desgostou ainda mais desse.

— Que engraçado — comentou, tocando o céu da boca com a ponta da língua. — Minha língua está dormente.

— A minha também estava — concordou ela. — Agora está formigando. Bem, não notei diferença alguma entre o Kirsch e o Maraschino. E eles queimam a garganta. Não consigo decidir se gostei ou não.

— Eu não gostei — falou Bendix, decidido. — Acho que há algo errado com eles. Se fosse você, não os comeria mais.

— São apenas um experimento, suponho — disse a mulher.

Alguns minutos depois, Bendix saiu para um compromisso na cidade. Deixou a esposa ainda tentando se decidir se tinha gostado dos bombons ou não, e comendo-os efusivamente para tomar uma decisão. As últimas palavras dela para ele foram que os doces fizeram sua boca queimar de novo, tanto que achava que não aguentaria comer mais.

— O sr. Bendix se lembra muito bem daquela conversa — disse Moresby, olhando ao redor para os rostos atentos —, porque foi a última vez que viu a esposa com vida.

A conversa na sala de estar acontecera aproximadamente entre 14h15 e 14h30. O compromisso de Bendix era às três horas da tarde, e o ocupou por mais ou menos meia hora, quando pegou um táxi de volta ao clube para o chá.

Ele se sentiu extremamente mal durante o encontro de negócios, e, no táxi, quase desmaiou; o motorista precisou chamar o porteiro para ajudá-lo a tirar o sr. Bendix do carro e colocá-lo dentro do clube. Ambos o descreveram como pálido feito um fantasma, com olhos arregalados e lábios lívidos, e a pele fria e úmida. A mente não parecia ter sido afetada, no entanto, e, uma vez que o fizeram subir os degraus, ele conseguiu caminhar, com a ajuda do braço do porteiro, até o salão.

O porteiro, assustado com a aparência do homem, queria chamar um médico de imediato, mas Bendix, que seria o último homem a fazer alarde, se recusou, dizendo que era apenas um caso de má digestão e que ficaria bem em alguns minutos;

ele devia ter comido algo que estava lhe fazendo mal. O porteiro ainda tinha dúvidas, mas o deixou em paz.

Bendix repetiu o diagnóstico da própria condição alguns minutos depois para sir Eustace Pennefather, que estava sempre no salão, sem ter saído do clube. Mas, dessa vez, acrescentou:

— E acredito que foram aqueles malditos bombons que o senhor me deu, agora que parei para pensar. Achei que havia algo estranho neles na hora. É melhor telefonar para minha esposa e ver como ela está.

Sir Eustace, um homem de coração gentil, que estava tão chocado com a aparência de Bendix quanto o porteiro, ficou perturbado pela sugestão de que poderia ser de alguma forma responsável por aquilo, e se ofereceu para telefonar para a sra. Bendix, já que o outro homem não tinha condições de se mover. Bendix estava prestes a responder quando uma estranha mudança aconteceu. O corpo, que estivera apoiado na poltrona, ficou reto de repente; as mandíbulas travaram, os lábios lívidos se contraíram, formando um sorriso horrível, e as mãos apertaram os braços da poltrona. Ao mesmo tempo, sir Eustace notou o cheiro inconfundível de amêndoas amargas.

Tomado por um pavor súbito, acreditando que Bendix estava morrendo à sua frente, ele gritou para o porteiro, pedindo a presença de um médico. Havia dois ou três homens no outro lado do salão (o qual provavelmente nunca havia sido palco de um grito daqueles em toda a sua história), que correram até lá na mesma hora. Sir Eustace mandou um deles dizer ao porteiro para encontrar o médico mais próximo sem um segundo de atraso, e convocou os outros para tentar deixar o corpo convulsionado um pouco mais confortável. Não havia dúvida entre eles que Bendix havia consumido veneno. Os homens falaram com o sr. Bendix, perguntando como ele se sentia e o que poderiam fazer, mas ele não podia ou não queria responder. Na verdade, estava inconsciente.

Antes de o médico chegar, uma mensagem no telefone foi recebida por um mordomo agitado, perguntando se o sr. Bendix estava lá, e, em caso positivo, se poderia voltar de imediato para casa, já que a sra. Bendix estava passando muito mal.

Na casa da Eaton Square, as coisas tinham tomado quase o mesmo rumo com a sra. Bendix, só que um pouco mais rápido. Ela permaneceu por cerca de meia hora na sala de estar após a saída do marido, período em que deve ter comido outros três bombons. Então foi até seus aposentos e chamou a empregada, para quem disse estar se sentindo muito mal e avisou que iria se deitar um pouco. Como o marido, ela atribuiu sua condição a um ataque violento de indigestão.

A empregada lhe preparou um remédio, que consistia sobretudo de bicarbonato de sódio e bismuto, e levou para ela uma garrafa de água quente, deixando-a ao lado da cama. A descrição dada por ela da aparência da patroa correspondia com exatidão à do porteiro e do motorista da aparência de Bendix, mas, ao contrário deles, a empregada não pareceu ter ficado alarmada. Ela admitiu depois que sua opinião sobre a sra. Bendix era de que se tratava de uma mulher gulosa, que devia ter comido demais no almoço.

Às 15h15, o sino do quarto da sra. Bendix tocou com violência.

A empregada correu para o andar de cima e encontrou a patroa em estado cataléptico, inconsciente e rígida. Deveras assustada, perdeu minutos preciosos em tentativas ineficazes de devolver-lhe a consciência, e então correu escada abaixo para telefonar para o médico. O profissional que atendia a família estava ausente, e levou algum tempo para que o mordomo, que encontrou a mulher meio histérica ao telefone e resolveu assumir o controle da situação, pudesse contatar outro. Quando o médico chegou lá, quase meia hora depois de o sino da sra. Bendix ter sido tocado, ela estava além de qualquer ajuda. O coma havia se instalado, e, apesar de tudo que o médico poderia ter feito, ela morreu menos de dez minutos após sua chegada.

Ela, de fato, já estava morta quando o mordomo telefonou para o clube Arco-íris.

CAPÍTULO 3

Ao chegar a essa parte da narrativa, Moresby fez uma pausa para dar um efeito, poder respirar e tomar uma bebida. Até agora, apesar do ávido interesse com o qual a história foi acompanhada, nenhum dos fatos apresentados era desconhecido de quem os ouvia. Era sobre a investigação policial que queriam saber, pois não apenas nenhum detalhe desta fora publicado, como nem sequer uma sugestão fora dada quanto à teoria oficial.

Talvez Moresby tivesse notado aquele sentimento, pois, depois de um instante de descanso, retomou a fala com um leve sorriso.

— Bem, senhoras e senhores, não vou detê-los por muito mais tempo com essas preliminares, mas é melhor repassarmos tudo enquanto estamos tratando disso, se quisermos ter uma visão do caso como um todo.

"Então, como sabem, o sr. Bendix não morreu. Por sorte, ele só havia comido dois bombons, em comparação com os sete da esposa; no entanto, foi mais sortudo ainda por ter caído nas mãos de um médico inteligente. Na hora que o médico examinou a sra. Bendix, era tarde demais para fazer qualquer coisa; mas a quantidade menor de veneno que o sr. Bendix engolira significava que seu progresso não era tão rápido, e o médico teve tempo de salvá-lo.

"Não que o médico soubesse que veneno era. Ele o tratou sobretudo por envenenamento por ácido prússico, pensando, a partir dos sintomas e do cheiro, que o sr. Bendix havia tomado óleo de amêndoas amargas, mas não tinha certeza, de forma que tentou uma e outra coisa. De qualquer modo, logo ficou claro que ele não havia ingerido uma dose fatal, e voltou a ficar consciente mais ou menos às oito horas daquela mesma noite. Colocaram o sr. Bendix em um dos quartos do clube e, no dia seguinte, ele estava convalescente."

A princípio, Moresby começou a explicar, a Scotland Yard pensou que a morte da sra. Bendix e a escapatória por pouco do marido foram devidas a um acidente terrível. A polícia, é claro, tomou as rédeas da situação assim que a morte da mulher foi comunicada e o envenenamento foi estabelecido. Em pouco tempo, um inspetor distrital foi até o clube Arco-íris, e, assim que o médico permitiu, após a recuperação da consciência de Bendix, interrogou o homem, que ainda estava muito doente.

A morte da esposa foi ocultada dele em sua condição duvidosa, e o sr. Bendix foi questionado apenas com base na própria experiência, pois já estava claro que os dois casos estavam ligados e lançar luz em um esclareceria o outro. O inspetor revelou a Bendix que ele havia sido envenenado e o pressionou para saber como isso poderia ter acontecido: ele poderia explicar aquilo de alguma forma?

Não demorou muito para que os bombons surgissem na mente de Bendix. Ele mencionou o gosto ardente e que havia comentado com sir Eustace sobre eles serem a possível causa de sua doença.

Disso, o inspetor já sabia.

Ele havia aproveitado o tempo anterior a Bendix voltar a si interrogando as pessoas que tiveram contato com ele desde o retorno ao clube naquela tarde. Já ouvira a história do porteiro e tomara providências para encontrar o motorista de táxi; falara com os membros que se reuniram ao redor de Bendix no salão, e sir Eustace lhe comunicara sobre o comentário em relação aos chocolates.

O inspetor não dera muita importância a isso no momento, mas, apenas como caso de rotina, questionara sir Eustace sobre todo o episódio e, mais uma vez como questão de rotina, vasculhara a lata de lixo e extraíra de lá o papel de embrulho e a carta. Seguindo o mesmo protocolo, e ainda não particularmente impressionado, ele agora prosseguia para o interrogatório de Bendix, que tocou no mesmo assunto, e então começou a perceber sua importância conforme ouvia como os dois haviam compartilhado a caixa de bombons após o almoço e como, mesmo antes de Bendix sair de casa, a esposa consumira mais doces do que o marido.

O médico interveio, e o inspetor precisou sair do quarto. A primeira coisa que fez foi telefonar para o colega na casa de Bendix e mandá-lo pegar sem atraso a caixa de bombons que ainda devia encontrar-se na sala de estar; ao mesmo tempo, perguntou pelo número aproximado de doces que faltavam. O colega o informou: nove ou dez. O inspetor, que, seguindo as informações de Bendix, só havia contado seis ou sete, desligou e telefonou para comunicar o que sabia à Scotland Yard.

O interesse agora estava voltado aos bombons. Os chocolates foram levados para a Scotland Yard naquela noite e enviados para análise de imediato.

— Bem, o médico não estava de todo enganado — disse Moresby. — Na verdade, o veneno nos bombons não era óleo de amêndoas amargas, era nitrobenzeno, mas é de meu entendimento que eles não são tão diferentes. Se um dos senhores ou das senhoras tem algum conhecimento de química, vai saber mais sobre a substância do que eu, mas acredito que é usada vez ou outra nos tipos mais baratos de confeitaria... embora menos do que antigamente... para dar um sabor de amêndoas como substituto para o óleo de amêndoas amargas, que, desnecessário dizer, também é um veneno poderoso. Porém, o maior uso comercial do nitrobenzeno é na manufatura de tintas anilinas.

Quando o primeiro relatório da análise chegou, a teoria inicial da Scotland Yard sobre morte acidental se fortaleceu. Sem dúvida, havia um veneno, que por acaso era usado na fabricação de bombons de chocolate e outros doces. Um erro terrível fora cometido. A firma usara a substância como um substituto barato de licores verdadeiros e exagerara na dose. O fato de que os únicos licores nomeados nas embalagens prateadas eram Maraschino, Kümmel e Kirsch, todos com sabor de amêndoa, apoiava essa ideia.

Contudo, antes que a firma fosse abordada pela polícia em busca de uma explicação, outros fatos vieram à tona. Foi descoberto que apenas a camada superior dos bombons continha qualquer veneno. Os doces da camada inferior estavam livres de qualquer substância nociva. Além disso, na camada inferior, os recheios correspondiam à descrição nas embalagens, ao passo que, na camada superior, além do veneno, cada doce continha uma mistura dos três licores mencionados e não, por exemplo, Maraschino puro e veneno. Também foi digno de nota que nenhum Maraschino, Kirsch ou Kümmel havia sido encontrado nas duas camadas de baixo.

Outro fato interessante que surgiu no detalhado relatório da análise, era que cada chocolate na camada superior, além da mistura dos três licores, continha exatamente seis gotas de nitrobenzeno, nem mais, nem menos. Os bombons eram de tamanho razoável e havia bastante espaço para uma quantidade considerável de mistura de licores além dessa quantidade fixa de veneno. Aquilo era importante. Ainda mais importante era o fato de que na parte de baixo de cada um dos doces havia traços distintos de que um buraco fora feito e depois coberto com um pouco de chocolate derretido.

Naquele momento, estava claro para a polícia que se tratava de um crime.

Uma tentativa deliberada de assassinar sir Eustace Pennefather fora feita. O aspirante a assassino havia comprado uma caixa de bombons recheados da Mason; separou aqueles em que o sabor de amêndoas o ajudaria; fez um pequeno buraco em cada um e retirou seu conteúdo; injetou, talvez com um conversor de caneta-tinteiro, a dose de veneno; preencheu a cavidade com a mistura dos antigos recheios; fechou o buraco com cuidado; e reembalou os bombons com o papel prateado. Um negócio meticuloso, realizado com muita diligência.

A carta e o papel de embrulho que vieram com a caixa se tornaram de suma importância, e o inspetor que teve a perspicácia de salvá-los da destruição tinha o direito de se congratular. Junto à caixa em si e os doces que sobraram, eles formavam as únicas pistas materiais daquele assassinato a sangue-frio.

Levando-as consigo, o inspetor-chefe, agora no comando do caso, telefonou para o diretor-geral da Mason & Filhos e, sem informá-lo das circunstâncias de como a carta veio parar em suas mãos, apresentou-a para o diretor e lhe pediu para explicar certos pontos. Quantas (ele perguntou ao diretor-geral) haviam sido enviadas, quem sabia daquela missiva e quem poderia ter tido a chance de manusear a caixa que fora enviada a sir Eustace?

Se a polícia tinha a intenção de surpreender o sr. Mason, o resultado não foi em nada comparável com a maneira com a qual o sr. Mason surpreendeu a polícia.

— E então, senhor? — indagou o inspetor-chefe, quando parecia que o sr. Mason perderia o dia inteiro examinando a carta.

O sr. Mason ajustou os óculos para examinar o inspetor-chefe em vez da carta. Ele era um homem idoso, pequeno e um tanto feroz, que começara a vida em uma rua secundária de Huddersfield e que não queria que ninguém se esquecesse disso.

— Onde raios conseguiu isso? — questionou ele.

Devemos lembrar que os jornais ainda não haviam notado o aspecto sensacional da morte da sra. Bendix.

— Vim aqui para perguntar-lhe sobre o envio da carta, senhor, não de como pus as mãos nela — respondeu o inspetor-chefe, com dignidade.

— Então o senhor pode ir para o inferno — falou o sr. Mason, decisivo. — E leve a Scotland Yard junto — acrescentou, depois de pensar um pouco.

— Devo avisá-lo, senhor — disse o inspetor-chefe, um pouco surpreso, mas escondendo esse fato por trás de maneiras mais sérias —, de que é grave se recusar a responder às minhas perguntas.

O sr. Mason, pelo visto, ficou mais exasperado do que intimidado por essa ameaça disfarçada.

— Saia do meu escritório — ordenou ele, com o sotaque mais arrastado. — Está bêbado, homem? Ou só se acha engraçado? Sabe tão bem quanto eu que esta carta não foi enviada daqui.

Foi então que o inspetor-chefe se surpreendeu.

— Não... não foi enviada por sua firma? — balbuciou ele. Aquela possibilidade não lhe tinha ocorrido. — Foi... forjada, então?

— Não é o que estou dizendo? — rosnou o velho, encarando-o com firmeza por debaixo das sobrancelhas grossas.

O espanto evidente do inspetor-chefe o amoleceu um pouco.

— Senhor — falou o oficial —, devo pedir para que seja agradável e responda às minhas perguntas da forma mais completa possível. Estou investigando um assassinato e — ele fez uma pausa e teve uma ideia astuta —, e o assassino parece estar usando o negócio para encobrir as operações.

A astúcia do inspetor-chefe valeu a pena.

— Que inferno! — rugiu o idoso. — Maldito seja. Pode me fazer as perguntas que quiser, rapaz; vou respondê-las da melhor forma possível.

Com a comunicação assim estabelecida, o inspetor-chefe começou a entender a situação.

Durante os cinco minutos seguintes, seu coração ficou cada vez mais apertado. No lugar do caso simples que havia previsto, logo ficou claro que o assunto envolveria uma dificuldade tremenda. Até então, ele havia pensado (e seus superiores concordavam) que o caso iria se revelar uma tentação repentina. Alguém na firma de Mason tinha uma rixa com sir Eustace. Nas mãos dele (ou, mais provavelmente, como o inspetor-chefe considerara, dela) caíra a caixa e a carta endereçada ao homem. A oportunidade parecera óbvia, os meios, na forma do nitrobenzeno em uso na fábrica, à mão; o resultado, claro. Tal culpado seria fácil de encontrar.

Mas agora, pelo visto, a agradável teoria teria que ser abandonada, pois, em primeiro lugar, nenhuma carta como aquela havia sido enviada; a companhia não produzira novos tipos de bombons — e, se o tivesse feito, não era de seu feitio enviar caixas de amostra para qualquer um — e a carta fora forjada. O papel timbrado, por outro lado (a única coisa que sobrou para apoiar a teoria), era perfeitamente genuíno, até onde o homem poderia afirmar. Não podia dizer com certeza, mas estava quase certo de que era uma folha de um estoque antigo, que tinha acabado mais ou menos seis meses atrás. O cabeçalho poderia ter sido forjado, mas ele achava que não.

— Seis meses atrás? — indagou o inspetor, infeliz.

— Em relação a isso — disse o outro, e arrancou uma folha de papel de um suporte em frente a ele —, este é o papel que usamos agora.

O inspetor o examinou. Não havia dúvida de que era diferente. O papel novo era mais fino e mais brilhante. O cabeçalho, no entanto, parecia o mesmo. O inspetor tomou nota da firma que fabricara ambos.

Por azar, não havia amostra do velho papel disponível. O sr. Mason fizera uma busca no local, mas não encontrara nem uma folha sequer deixada para trás.

— Na verdade — disse Moresby —, já havíamos notado que a folha em que a carta foi escrita era velha. As beiradas eram de um amarelo distinto. Vou passá-la para que possam ver por si mesmos. Por favor, tomem cuidado.

O papel, uma vez manuseado por um assassino, passou devagar de um aspirante a detetive para outro.

— Bem, para resumir — falou Moresby —, pedimos para que a gráfica, a Webster, na Frith Street, examinasse o papel, e eles juram que é trabalho deles. Isso significa que o papel é genuíno, o que é pior.

— O senhor quer dizer, é claro — falou sir Charles Wildman, com sua voz impressionante —, que, se o cabeçalho tivesse sido uma cópia, a tarefa de encontrar a gráfica que o fez teria sido comparativamente simples?

— Isso mesmo, sir Charles. A não ser que tivesse sido feito por alguém que possuísse uma pequena prensa própria, mas até isso seria possível de rastrear. Tudo que podemos concluir é que o assassino é alguém que teve acesso ao papel timbrado da Mason seis meses atrás, e isso é um escopo muito grande.

— O senhor acha que foi roubado com a intenção de ser usado para o propósito do assassinato? — perguntou Alicia Dammers.

— É o que parece, madame. E que algo impediu o assassino de agir por um tempo.

Quanto ao papel de embrulho, o sr. Mason não pôde ajudar, pois era simplesmente uma folha de papel pardo fina e comum, que poderia ser comprada em qualquer lugar, com o nome e o endereço de sir Eustace escrito à mão em bela caligrafia. Parecia que nada poderia ser descoberto a partir do papel. O carimbo mostrava que a caixa fora despachada às 21h30 da agência de correios em Southampton Street, Strand.

— Há uma coleta às 20h30 e outra às 21h30 — explicou Moresby —, de forma que deve ter sido postado entre esses horários. O pacote era pequeno o suficiente para que passasse na abertura para cartas. Os selos eram do valor correto. A agência estava fechada naquele horário, então não foi entregue no balcão. Talvez queiram dar uma olhada.

A folha de papel pardo foi passada para eles.

— O senhor também trouxe a caixa e os outros bombons? — perguntou a sra. Fielder-Flemming.

— Não, madame. Era uma caixa comum da Mason, e todos os doces foram usados na análise.

— Ah! — A sra. Fielder-Flemming pareceu desapontada. — Achei que poderiam ter impressões digitais na caixa — explicou.

— Já procuramos por elas — respondeu Moresby de pronto.

Houve uma pausa enquanto o papel de embrulho era passado de mão em mão.

— É claro que questionamos se alguém tinha visto uma pessoa postando um pacote na Southampton Street entre 20h30 e 21h30 — prosseguiu Moresby —, mas não tivemos resultados. Também interrogamos sir Eustace Pennefather com cuidado para descobrir se ele poderia lançar luz à questão de por que alguém gostaria de acabar com sua vida e quem poderia ser essa pessoa. Sir Eustace não fazia a menor ideia. É claro, seguimos a linha investigativa sobre quem se beneficiaria de sua morte, mas sem qualquer resultado útil. A maioria de suas posses vai para a esposa, que tem uma ação de divórcio pendente contra ele e que não está no país. Verificamos suas atividades e ela está fora de questão. Além disso — acrescentou ele, de forma pouco profissional —, ela é uma boa mulher.

"E, quanto aos fatos, tudo que sabemos é que há grandes chances de o assassino ter tido alguma conexão com a Mason & Filhos seis meses atrás e temos quase certeza de que esteve na Southampton Street em algum momento entre as 20h30 e 21h30 naquela noite. Temo que estejamos em um beco sem saída."

Moresby não acrescentou que os criminologistas amadores à sua frente também estavam, mas deixou isso bastante implícito.

Houve silêncio.

— Isso é tudo? — perguntou Roger.

— É tudo, sr. Sheringham — respondeu Moresby.

Houve mais silêncio.

— Com certeza a polícia tem uma teoria, não? — disse o sr. Morton Harrogate Bradley de maneira indiferente.

A hesitação de Moresby foi perceptível.

— Ora, vamos, Moresby — falou Roger, encorajando-o. — É uma teoria bastante simples. Eu a conheço.

— Bem — disse Moresby —, estamos inclinados a acreditar que o crime foi o trabalho de um lunático ou semilunático, talvez desconhecido de sir Eustace. Vejam... — Moresby parecia um tanto envergonhado. — Vejam — repetiu ele, ganhando coragem —, a vida de sir Eustace foi, bem, digamos, caótica, se posso usar essa palavra. Na Yard, achamos que algum maníaco religioso ou social se encarregou de livrar o mundo dele, por assim dizer. Algumas de suas escapadas deram pano para manga, como devem saber. Ou pode ser apenas um lunático homicida, que gosta de matar pessoas à distância.

"Há o caso Horwood, vejam bem. Algum lunático enviou bombons envenenados para o próprio comissário de polícia. Isso chamou muita atenção. Achamos que este caso pode ser um eco. Um caso que gera muito falatório na mídia é com frequência seguido por outro quase exatamente igual, algo de que não preciso lembrá-los.

"Bem, essa é a nossa teoria. E, se estiver correta, temos tantas chances de colocar as mãos no assassino quanto... quanto..."

O inspetor-chefe Moresby buscava um encerramento realmente mordaz.

— Quanto nós — sugeriu Roger.

CAPÍTULO 4

O grupo permaneceu sentado por algum tempo após a saída de Moresby. Havia muito a ser discutido, e todos tinham pontos de vista a apresentar, sugestões para fazer e teorias a promover.

Uma coisa era unânime: a polícia estava seguindo o raciocínio errado. A teoria deles só podia estar errada. Aquele não era o assassinato casual de um lunático. Alguém muito determinado havia assumido metodicamente a tarefa de ajudar o mundo a se livrar de sir Eustace, e o indivíduo tinha por trás um motivo definitivo. Como quase todos os assassinatos, era uma questão de *chercher le motif*.

Sobre a exposição e a discussão de teorias, Roger manteve a mão firme. O objetivo do experimento, conforme ele apontou mais de uma vez, era que todos deveriam trabalhar de forma independente, sem vieses de outro cérebro, para formar a própria teoria e prová-la à sua maneira.

— Mas não deveríamos reunir os fatos, Sheringham? — falou sir Charles, com a voz ribombante. — A minha sugestão é que, embora façamos investigações independentes, quaisquer novos fatos que descobrirmos sejam colocados à disposição de todos de imediato. O exercício deve ser mental, não uma competição em detecção rotineira.

— Há muitos pontos positivos nessa visão, sir Charles — concordou Roger. — Na verdade, pensei nisso com bastante cuidado. Mas, no geral, acho que será melhor se não revelarmos novos fatos após esta noite. Vejam, já temos todos os fatos que a polícia descobriu e qualquer outra coisa que possamos descobrir provavelmente não será uma indicação definitiva para o assassino, mas um detalhe menor, quase insignificante, para dar apoio a uma teoria particular.

Sir Charles grunhiu, parecendo não concordar.

— Estou disposto a colocar a questão em votação — sugeriu Roger, generoso.

Uma votação foi feita. Sir Charles e a sra. Fielder-Flemming votaram para que todos os fatos fossem revelados; o sr. Bradley, Alicia Dammers, o sr. Chitterwick (após considerável hesitação) e Roger votaram contra.

— Não é necessário divulgar os fatos — falou Roger, notando cada um dos votos.

Estava inclinado a acreditar que o voto indicava com certa exatidão quem ficaria satisfeito com uma teoria geral e quem estava pronto para entrar de cabeça no espírito da brincadeira, a ponto de sair e investigar. Ou poderia apenas indicar quem já tinha uma teoria ou não.

Sir Charles aceitou o resultado, resignado.

— Começaremos do mesmo ponto de partida, então — anunciou ele.

— Assim que sairmos dessa sala — disse Morton Harrogate Bradley, rearrumando a gravata. — Mas concordo com a proposta de sir Charles de que qualquer pessoa que possa acrescentar algo à declaração do inspetor-chefe neste momento deve fazê-lo.

— Mas será possível? — perguntou a sra. Fielder-Flemming.

— Sir Charles conhece o casal Bendix — apontou Alicia Dammers, de maneira imparcial. — E sir Eustace. Assim como eu conheço sir Eustace, é claro.

Roger sorriu. Aquela afirmação era um eufemismo característico da srta. Dammers. Todos sabiam que ela fora a única mulher (até onde diziam os rumores) que conseguira virar o jogo com sir Eustace Pennefather. O homem colocara na cabeça que deveria adicionar uma mulher intelectual à sua lista de conquistas bem pouco intelectuais. Alicia Dammers, com a bela aparência, a silhueta alta e magra, e o gosto irrepreensível para roupas, satisfizera os requisitos muito exigentes do homem, ao menos no tocante à aparência feminina. Ele se dispôs a fasciná-la.

Os resultados foram observados pelo grande círculo de amigos da srta. Dammers com alegria considerável. Ao que tudo indicava, ela estava pronta para ser fascinada. Parecia que estava vivendo inteiramente a ponto de sucumbir às lisonjas de sir Eustace. Eles jantavam, trocavam visitas, almoçavam e passeavam juntos sem descanso. O baronete, estimulado pela perspectiva diária de rendição da mulher, exercitava sua paixão com cada arte que conhecia.

Até que a srta. Dammers se afastara com serenidade, e, no outono seguinte, publicou um livro no qual sir Eustace Pennefather, dissecado até o último ligamento, foi apresentado ao mundo em toda a nudez desagradável de sua anatomia psicológica.

A srta. Dammers jamais mencionava sua "arte", porque era de fato uma escritora brilhante, e não apenas fingia ser uma, mas com certeza acreditava que tudo precisava ser sacrificado (incluindo os sentimentos dos sirs Eustace Pennefather deste mundo) a qualquer deus que ela adorasse em particular.

— O casal Bendix é bastante secundário ao crime, é claro, pelo ponto de vista do assassino — apontou o sr. Bradley, com o tom gentil de quem explica para uma criança que a letra A no alfabeto é seguida pela letra B. — Então, até onde sabemos, sua única conexão com sir Eustace é que ele e Bendix fazem parte do Arco-íris.

— Não preciso dar minha opinião sobre sir Eustace — comentou a srta. Dammers. — Aqueles que leram *Carne e demônio* sabem como eu o vejo e não tenho razão para supor que ele tenha mudado desde que o estudei. Mas não afirmo ser infalível. Seria interessante ouvir se a opinião de sir Charles coincide com a minha ou não.

Sir Charles, que não tinha lido *Carne e demônio*, pareceu um pouco envergonhado.

— Bem, não vejo como posso adicionar muita coisa à impressão que o inspetor-chefe teve dele. Não conheço o homem muito bem e decerto não tenho interesse em fazê-lo.

Todos trataram de parecer bem inocentes. Era uma fofoca comum que houvera a possibilidade de um noivado entre sir Eustace e a única filha de sir Charles, e que sir Charles não via essa perspectiva com alegria perceptível. Depois, todos souberam que o noivado até havia sido anunciado de forma prematura e prontamente negado no dia seguinte.

Sir Charles tentou parecer tão inocente quanto os outros.

— Como o inspetor-chefe insinuou, ele não é um bom sujeito. Algumas pessoas poderiam até chamá-lo de canalha. Mulheres — explicou sir Charles, sem rodeios. — E bebe demais também — falou, deixando claro que não aprovava sir Eustace Pennefather.

— Posso acrescentar um detalhe de valor puramente psicológico — falou Alicia Dammers. — Mas que só mostra a monotonia de suas reações. Mesmo no curto espaço de tempo desde a tragédia, os boatos uniram o nome de sir Eustace ao de uma nova mulher. Fiquei surpresa ao ouvir isso — acrescentou, ríspida. — Devia ter lhe dado algum crédito por ter ficado um pouco mais chateado pelo erro terrível e a feliz consequência que teve para ele, embora a sra. Bendix lhe fosse uma completa estranha.

— Sim, por sinal, eu devia ter corrigido essa impressão antes — observou sir Charles. — A sra. Bendix não era uma completa estranha para sir Eustace, embora ele deva ter se esquecido de tê-la conhecido. Mas conheceu. Eu falava com a sra. Bendix certa noite na estreia... não recordo de qual peça...

e sir Eustace veio me cumprimentar. Eu os apresentei, mencionando algo sobre Bendix ser membro do Arco-íris. Quase me esqueci disso.

— Então temo que estava de todo errada sobre ele — afirmou a srta. Dammers, mortificada. — Fui gentil demais.

Ficou evidente que ser gentil demais na sala de dissecação era, na opinião da srta. Dammers, um crime mais grave do que ser cruel demais.

— Quanto a Bendix... — disse sir Charles, de forma um tanto vaga. — Não sei se posso adicionar algo à opinião geral sobre ele. Um sujeito bastante decente, sereno. Por mais rico que seja, a cabeça não foi modificada pelo dinheiro. A esposa também, uma mulher adorável. Um pouco séria, talvez. O tipo de mulher que gosta de frequentar reuniões no Parlamento. Não que haja algo de errado nisso.

— Pelo contrário, eu diria — observou a srta. Dammers, que também gostava de frequentar reuniões no Parlamento.

— Pois bem, pois bem — disse sir Charles, lembrando-se das preferências curiosas da srta. Dammers. — E não era séria demais a ponto de não fazer uma aposta, é claro, mesmo que fosse uma aposta trivial.

— Ela fez outra aposta, da qual nada sabia — cantarolou, em tom solene, a sra. Fielder-Flemming, que já estava refletindo sobre as possibilidades dramáticas da situação. — E não era trivial, era sinistra. Era uma aposta com a Morte, e ela perdeu.

A sra. Fielder-Flemming tinha o hábito infeliz de trazer senso dramático para a vida comum. O que não combinava em nada com seu aspecto de cozinheira.

Ela observou Alicia Dammers disfarçadamente, pensando se poderia prosseguir com uma peça antes que aquela mulher puxasse seu tapete com um livro.

Roger, como presidente, tomou providências para que a discussão voltasse ao assunto relevante.

— Sim, pobrezinha. Mas, afinal, não devemos confundir a questão. É muito difícil lembrar que a vítima não tem conexão alguma com o crime, por assim dizer, mas é o que é. Por acidente, a pessoa errada morreu; é em sir Eustace que devemos nos concentrar. Agora, mais alguém aqui conhece sir Eustace, ou sabe de algo sobre ele, ou conhece qualquer outro fato relevante ao crime?

Ninguém respondeu.

— Então estamos todos no mesmo lugar. E, agora, sobre nossa próxima reunião. Sugiro que tenhamos uma semana livre para formularmos nossas teorias e realizarmos quaisquer investigações que julgarmos necessárias, e então podemos nos encontrar em noites consecutivas, começando na próxima segunda. Vamos tirar na sorte a ordem em que devemos ler nossos vários artigos ou apresentar nossas conclusões. Ou alguém acha que devemos ter mais de uma pessoa falando toda noite?

Após uma breve conversa, foi decidido que eles se encontrariam novamente na segunda-feira, dali a uma semana, e, para fins de discussão mais completa, uma noite foi reservada para cada membro. O sorteio foi feito e o resultado foi que os membros falariam na seguinte ordem: (1) sir Charles Wildman, (2) sra. Fielder-Flemming, (3) sr. Morton Harrogate Bradley, (4) Roger Sheringham, (5) Alicia Dammers e (6) sr. Ambrose Chitterwick.

O sr. Chitterwick se iluminou bastante quando seu nome foi anunciado por último na lista.

— A essa altura — confidenciou a Morton Harrogate —, alguém decerto terá descoberto a solução correta, e, assim, não precisarei trazer minhas próprias conclusões. Se, é claro — acrescentou ele, em dúvida —, eu chegar a alguma. Diga-me, como de fato *funciona* o trabalho de um detetive?

O sr. Bradley sorriu com gentileza e prometeu emprestar ao sr. Chitterwick um de seus livros. O sr. Chitterwick, que lera todos eles e tinha a maioria, o agradeceu profusamente.

Antes do fim da reunião, a sra. Fielder-Flemming não conseguiu resistir a mais uma oportunidade de ser um tanto dramática.

— Que estranha é a vida — disse ela, suspirando do lado oposto ao de sir Charles à mesa. — Cheguei a ver a sra. Bendix e o marido no camarote deles no Imperial na véspera da morte dela... ah, sim, eu os conhecia de vista. Eles sempre compareciam às minhas estreias... Estava em um assento quase debaixo deles. De fato, a vida é mais estranha do que a ficção. Se pudesse ter adivinhado por um minuto o terrível destino que a aguardava, eu...

— Teria tido o bom senso de avisá-la para ficar longe de bombons, espero — comentou sir Charles, que não tinha muita paciência com a sra. Fielder-Flemming.

Então, a reunião acabou.

Roger voltou ao quarto no Albany sentindo-se muito satisfeito consigo mesmo. Tinha a suspeita de que as várias tentativas de achar uma solução seriam quase tão interessantes para ele quanto o problema em si.

No entanto, seria um desafio. Ele não tivera muita sorte no sorteio e teria preferido o lugar do sr. Chitterwick, o que significaria ter a vantagem de já saber os resultados alcançados pelos rivais antes de revelar as próprias conclusões. Não que tivesse a mínima intenção de depender do cérebro de outros; como o sr. Morton Harrogate Bradley, ele já tinha uma teoria própria; mas teria sido prazeroso analisar e criticar os esforços de sir Charles, do sr. Bradley e, em especial, de Alicia Dammers (a esses três ele dava o crédito de terem as melhores mentes do Círculo) antes de se expor de forma irrevogável. E, mais do que em qualquer outro crime em que já estivera interessado, queria encontrar a solução certa para aquele.

Para sua surpresa, quando voltou ao aposento, encontrou Moresby esperando por ele na sala de estar.

— Ah, sr. Sheringham — disse o cauteloso oficial. — Achei que não se importaria de eu esperar aqui para ter uma palavrinha com o senhor. Não está com pressa de ir para a cama, está?

— Nem um pouco — respondeu Roger, mexendo em um decantador e um sifão. — Ainda está cedo. Diga o quanto quer de bebida.

Moresby olhou discretamente na outra direção.

Quando se acomodaram nas duas enormes poltronas de couro diante do fogo, Moresby se explicou:

— Na verdade, sr. Sheringham, o meu chefe me incumbiu de manter uma vigilância não oficial no senhor e em seus amigos, sobre o caso. Não é que não confiemos em vocês, pensemos que não serão discretos ou qualquer coisa assim, mas é melhor sabermos o que está acontecendo com um ataque massivo de detetives como esse.

— De forma que, se algum de nós encontrar algo importante, a polícia pode se meter primeiro e usar a informação. — Roger sorriu. — Sim, entendo com clareza a questão oficial.

— Para que possamos tomar providências a fim de não assustar o criminoso — corrigiu Moresby, em tom de reprovação. — Apenas isso, sr. Sheringham.

— É mesmo? — falou Roger, sem esconder o ceticismo. — Mas o senhor acha improvável que sua mão protetora seja necessária, não é, Moresby?

— Para ser franco, senhor, acho. Não temos o hábito de abandonar um caso enquanto ainda existir ao menos uma chance de encontrar o criminoso, e o detetive Farrar, responsável por esse, é um homem competente.

— E aquela é a teoria dele, de que foi o trabalho de algum criminoso lunático quase impossível de ser encontrado?

— Essa é a opinião que ele foi levado a formar, sr. Sheringham. Mas não há mal algum em seu Círculo se divertir —

acrescentou Moresby, de forma magnânima —, se quiserem e tiverem tempo a perder.

— Muito bem, muito bem — falou Roger, recusando-se a entrar em uma discussão.

Eles fumaram cachimbo em silêncio por alguns minutos.

— Vamos, Moresby — disse Roger, com gentileza.

O inspetor-chefe olhou para o outro com uma expressão que não indicava algo além de um pouco de surpresa.

— Senhor?

Roger balançou a cabeça.

— Não está funcionando, Moresby, não está funcionando. Vamos, diga logo.

— Dizer logo o quê, sr. Sheringham? — perguntou Moresby, um retrato de confusão inocente.

— A verdadeira razão para ter vindo aqui — falou Roger, em tom desagradável. — Queria me interrogar, para o benefício da instituição que representa, suponho? Bem, aviso que não vai funcionar desta vez. Lembre-se de que eu o conheço melhor do que a dezoito meses atrás, em Ludmouth.

— Ora, por que tem essas ideias na cabeça, sr. Sheringham? — perguntou sem fôlego aquele homem incompreendido, o inspetor-chefe Moresby da Scotland Yard. — Vim porque achei que gostaria de me fazer algumas perguntas, para lhe dar uma vantagem em encontrar o assassino antes de seus amigos. Só isso.

Roger riu.

— Moresby, gosto de você. Considero-o um ponto iluminado em um mundo maçante. Imagino que tente convencer os criminosos que prende de que aquilo dói mais em você do que neles. E não ficaria nem um pouco surpreso se, de alguma forma, os fizesse acreditar nisso. Pois bem, se é por isso que veio aqui, vou lhe fazer algumas perguntas, muito obrigado. Diga-me, então. Quem o *senhor* acha que tentou matar sir Eustace Pennefather?

Moresby deu um golinho em seu uísque com soda.

— Sabe o que penso, sr. Sheringham.

— Na verdade, não — respondeu Roger. — Sei apenas o que me disse que acha.

— Não fui responsável por esse caso em momento algum, sr. Sheringham — rebateu Moresby, tentando se desvencilhar da pergunta.

— Quem o senhor acha que tentou matar sir Eustace Pennefather? — repetiu Roger, com paciência. — Qual é a sua opinião sobre a teoria da polícia? Está certa ou errada?

Acuado, Moresby se permitiu revelar pensamentos extraoficiais, para variar. Deu um sorriso contido, como se estivesse tendo pensamentos secretos.

— Bem, sr. Sheringham — falou com deliberação —, nossa teoria é útil, não? Quer dizer, nos dá todas as desculpas para não termos encontrado o assassino. Não seria razoável esperar termos contato com todas as criaturas mal-acabadas e com possíveis impulsos homicidas do país.

"A nossa teoria será apresentada na conclusão do inquérito adiado, em cerca de quinze dias, com evidências e razão para apoiá-la, e qualquer prova do contrário não será mencionada, e o senhor verá que o médico-legista concordará com isso, e o júri concordará com isso, e os jornais concordarão com isso, e todos dirão que a polícia não pode ser culpada por não ter conseguido pegar o assassino dessa vez, e todos ficarão felizes."

— Com exceção do sr. Bendix, que não tem o assassinato da esposa vingado — objetou Roger. — Moresby, o senhor está sendo sarcástico. E, de tudo isso, deduzo que não participará desse acordo geral e amigável. Acha que o caso foi conduzido de forma ruim por seu pessoal?

A última pergunta de Roger seguiu-se tão perto dos comentários anteriores que Moresby a respondeu quase antes de ter tempo de refletir sobre a possível indiscrição de fazê-lo.

— Não, sr. Sheringham, não penso assim. Farrar é um homem competente, que não deixaria pedra sobre pedra... ao menos as pedras que ele *pudesse* encontrar.

Moresby fez uma pausa significativa.

— Ah! — exclamou Roger.

Já tendo dado o passo em falso, Moresby logo tratou de procurar um bode expiatório. Ele se restabeleceu na poltrona e bebeu, sem cuidado algum, um belo gole do copo. Roger, mal se atrevendo a respirar muito alto por medo de fazê-lo voltar atrás, examinou atentamente o fogo.

— Veja bem, este é um caso muito difícil, sr. Sheringham — falou Moresby. — Farrar estava com a mente aberta, é claro, quando o assumiu, e manteve a mente aberta após descobrir que sir Eustace era um sujeito ainda mais inacreditável do que imaginou a princípio. Ou seja, ele nunca perdeu de vista o fato de que *poderia* ser um lunático que mandou os bombons para sir Eustace, apenas por um sentimento social ou religioso de que estaria fazendo um favor à sociedade ou ao Paraíso por retirá-lo do mundo. Um fanático, o senhor poderia dizer.

— Assassinato por convicção — murmurou Roger. — E então?

— É evidente que Farrar estava concentrado na vida pessoal de sir Eustace. E é aí que nós, oficiais da polícia, somos prejudicados. Não é fácil para nós fazermos perguntas sobre a vida pessoal de um baronete. Ninguém quer ser útil; todos parecem ávidos para criar alguma dificuldade. Cada linha de investigação que parecia promissora para Farrar levou a um beco sem saída. O próprio sir Eustace o mandou, sem rodeios, para o quinto dos infernos.

— É claro, do ponto de vista dele... — disse Roger, pensativo. — A última coisa que sir Eustace iria querer seria uma lista dos pecadilhos dele prontos para serem colhidos no tribunal.

— Sim, além de a sra. Bendix ter sido estendida no túmulo por causa deles — retorquiu Moresby, com aspereza. — Não, ele foi responsável pela morte dela, embora admito que de forma bem indireta, e cabia a ele ser tão útil quanto possível para o policial que investigava o caso. Mas lá estava Farrar, sem conseguir avançar um centímetro. Ele desenterrou um escândalo ou outro, é verdade, mas que não levavam a nada. Então... bem, ele não admitiu isso, sr. Sheringham, e o senhor vai perceber que eu não deveria lhe contar; veja, isso não pode sair deste quarto.

— Bom Deus, claro que não — falou Roger, ansioso.

— Pois bem, é da minha opinião que Farrar foi levado à outra conclusão em autodefesa. E o chefe precisou concordar com a autodefesa também. Mas se quer chegar ao fundo da questão, sr. Sheringham... e ninguém ficaria mais satisfeito se o fizesse do que o próprio Farrar... o meu conselho é que se concentre na vida pessoal de sir Eustace. Com isso, tem uma chance melhor do que qualquer um de nós; o senhor é do mesmo nível social que ele, conhece membros do clube, conhece pessoalmente alguns dos amigos dele e os amigos dos amigos. E essa — completou Moresby — é a sugestão que vim lhe dar.

— É muito decente de sua parte, Moresby — falou Roger, cordial. — De fato, muito decente. Tome outra bebida.

— Ora, obrigado, sr. Sheringham — falou o inspetor-chefe Moresby. — Acho que vou aceitar.

Roger pensava enquanto preparava o drinque.

— Acredito que tenha razão, Moresby — disse ele, devagar. — Na verdade, tenho pensado neste sentido desde que li o relato completo. A verdade está na vida pessoal de sir Eustace, tenho certeza disso. E, se eu fosse supersticioso, o que não sou, sabe no que acreditaria? Que o assassino errou seu alvo e sir Eustace escapou da morte por propósito expresso da Providência: para que ele, a vítima desejada, pudesse ser o instrumento irônico a trazer o próprio suposto assassino à justiça.

— Ora, sr. Sheringham, acredita mesmo nisso? — disse em tom sarcástico o inspetor-chefe, que também não era supersticioso.

Roger parecia um tanto impressionado com a ideia.

— *O acaso vingativo.* Um bom título de filme, não? Mas há uma verdade terrível nisso. Com que frequência vocês da Yard encontram alguma prova vital por pura sorte? Com que frequência são levados à solução correta pelo que parece uma série de meras coincidências? Não estou depreciando o trabalho de investigação, mas pense com que frequência um brilhante trabalho de detetive que o conduziu pela maior parte do caminho, mas não pelos últimos centímetros vitais, encontra algum notável golpe de pura sorte... Embora seja uma sorte merecida, ainda assim é uma *sorte*... que acaba completando o caso. Consigo pensar em montes de situações assim. O caso do assassinato de Milsom e Fowler, por exemplo. Não vê o que digo? É sorte ou é a Providência vingando a vítima?

— Bem, sr. Sheringham — disse o inspetor-chefe Moresby —, para falar a verdade, não me importo com o que é, contanto que me permita colocar as mãos no homem certo.

— Moresby, você é impagável — comentou Roger com uma risada.

CAPÍTULO 5

Sir Charles Wildman, como ele mesmo dizia, importava-se mais com fatos honestos do que com bobagens psicológicas.

Fatos eram muito estimados por sir Charles. Mais do que isso, eram seu sustento. Os ganhos de cerca de trinta mil libras por ano vinham inteiramente da forma magistral com que ele conseguia lidar com os fatos. Não havia ninguém no tribunal que conseguia distorcer um fato honesto, ainda que embaraçoso, levando-o a uma interpretação bem diferente daquela que qualquer indivíduo comum (como o advogado de acusação) teria dado a ele. Sir Charles poderia pegar o fato, encará-lo fundo nos olhos, girá-lo, analisar uma mensagem escrita na parte de trás do pescoço, virá-lo do avesso e ler augúrios em suas entranhas, dançar, triunfante, sobre seu cadáver, pulverizá-lo por completo, remodelá-lo, caso fosse necessário, em algo totalmente diferente e, por fim, se o fato ainda tivesse a ousadia de preservar qualquer vestígio do aspecto primário, vociferar com ele da forma mais aterrorizante possível. Se tudo mais falhasse, ele estava preparado para chorar pelo fato diante de todos no tribunal.

Não era de se surpreender que sir Charles Wildman, advogado, recebesse esse montante todo ano para transformar fatos ameaçadores aos clientes em diversas pombas brancas, cada uma arrulhando a delicada inocência deles. Se o leitor se interessar por estatísticas, podemos dizer que o número de assassinos que sir Charles salvou da forca durante a carreira, se colocados em cima um do outro, atingiriam uma bela altura.

Sir Charles Wildman quase nunca comparecia à acusação. Não é considerado educado para o advogado de acusação vociferar, e há pouca necessidade de lágrimas. Os gritos e as lágrimas públicas eram as cartas na manga de sir Charles Wildman. Ele era da velha guarda, um de seus últimos representantes; e descobriu que a velha guarda pagava muito bem.

Quando, então, lançou um olhar impressionante para o Círculo do Crime na reunião seguinte, uma semana após Roger ter apresentado a proposta, e ajustou o pincenê dourado no enorme nariz, os outros membros não tiveram dúvida quanto à qualidade do entretenimento que viria a seguir. Afinal, eles desfrutariam de graça do que equivalia a uma multa de mil guinéus para a promotoria.

Sir Charles olhou de relance para o bloco de notas que segurava e pigarreou. Nenhum advogado conseguia pigarrear de forma tão ameaçadora quanto ele.

— Senhoras e senhores — disse o homem, com o tom de voz pesado —, é natural que eu tenha me interessado mais por este assassinato do que qualquer outro indivíduo, por razões pessoais que, sem dúvida, já lhes ocorreram. O nome de sir Eustace Pennefather, como devem saber, foi mencionado em ligação ao da minha filha; e, embora a notícia do noivado não tenha sido apenas prematura, mas completamente infundada, é inevitável que eu sinta alguma conexão pessoal, ainda que leve, com a tentativa de assassinar um homem que foi mencionado como meu possível genro.

"Não quero enfatizar esse aspecto pessoal do caso, que, na verdade, tentei encarar de maneira tão impessoal quanto qualquer outro com o qual já me envolvi, mas digo isso sobretudo como um pedido de desculpas, pois me permitiu abordar o problema apresentado por nosso presidente com um conhecimento mais íntimo dos indivíduos em questão do que os senhores poderiam, e também, temo, com uma informação que foi muito útil para indicar a verdade por trás desse mistério.

"Sei que deveria ter colocado essa informação à disposição dos meus colegas, membros do Círculo, na semana passada, e peço desculpas de todo o coração por não o ter feito. A verdade, porém, é que não percebi que esse conhecimento era pertinente à solução, ou mesmo minimamente proveitoso, e foi apenas quando comecei a refletir sobre o caso, com o objetivo de desfazer esse trágico emaranhado, que a importância vital da informação se abateu sobre mim."

Sir Charles fez uma pausa e permitiu que suas frases retumbantes ecoassem pelo cômodo.

— Agora, com a ajuda dessa informação — falou ele, olhando de forma severa de rosto em rosto —, sou da opinião de que consegui solucionar o enigma.

Um chilreio de animação bastante genuíno, apesar de esperado, percorreu o fiel Círculo.

Sir Charles tirou o pincenê e balançou-o, em um gesto característico, com a fita larga que o mantinha preso ao pescoço.

— Sim, penso... na verdade, tenho certeza de que estou prestes a elucidar o caso. E, por essa razão, acho uma pena que tenha recaído sobre mim o dever de falar primeiro. Teria sido mais interessante, talvez, examinarmos outras teorias, e demonstrar a falsidade delas, antes de sondarmos a verdade. Isso, é claro, se houver outras teorias para examinarmos.

"Não ficaria surpreso, no entanto, ao ver que os senhores todos chegaram à mesma conclusão que eu. Não mesmo. Não reivindico poder extraordinário algum ao permitir que os fatos falem comigo por si mesmos; orgulho-me de não ter uma percepção sobre-humana ao ter sido capaz de ver além nesse caso obscuro do que os solucionadores oficiais de mistérios e leitores de estranhos enigmas, os detetives treinados. Muito pelo contrário. Sou apenas um ser humano comum, sem poder maior do que um de meus semelhantes. Não me surpreenderia nem por um instante ser informado de que estou apenas seguindo os passos dos senhores ao atribuir a culpa ao indivíduo que, como afirmo que estou prestes a provar, além de qualquer possibilidade de dúvida, cometeu este crime hediondo."

Tendo assim apresentado a improvável possibilidade de algum outro membro do Círculo ser tão esperto quanto ele, sir Charles parou de enrolar e colocou a mão na massa.

— Comecei a tratar desse assunto com apenas uma pergunta em mente: a pergunta para a qual a resposta certa se provou um guia certeiro para encontrar o criminoso de quase todo assassinato já cometido, a pergunta que quase nenhum criminoso consegue evitar deixar para trás, por mais que a resposta seja condenatória... A pergunta: *cui bono?* — Sir Charles se permitiu uma pausa significativa, antes de continuar, traduzindo de forma condescendente: — Quem se beneficia? Quem — parafraseou, para o benefício de qualquer possível pateta na plateia — sairia, falando sem rodeios, *ganhando* com a morte de sir Eustace Pennefather?

Ele lançou olhares inquisitivos de debaixo das sobrancelhas grossas, mas os ouvintes continuaram obedientes na brincadeira; ninguém se comprometeu a esclarecê-lo antecipadamente.

O próprio sir Charles tinha muita experiência em retórica para esclarecer a questão de forma prematura. Deixando a questão como um enorme ponto de interrogação na mente da plateia, ele desviou para outro caminho.

— Agora, como disse, da forma que eu via, só havia três pistas definitivas neste crime — disse ele, quase em tom de conversa. — Refiro-me, é claro, à carta forjada, ao papel de embrulho e aos bombons. Destas, o papel de embrulho só seria útil devido ao carimbo postal. Dispensei o endereço escrito à mão, considerando-o inútil. Poderia ter sido feito por qualquer pessoa a qualquer hora. Não levava, senti, a lugar algum. E não pude ver como os bombons ou a caixa eram úteis como evidências. Posso estar enganado, mas não consegui vê-lo. Eram amostras de uma marca conhecida, que vende às centenas nas lojas; uma tentativa de busca para encontrar o comprador seria em vão. Além disso, qualquer possibilidade nessa direção já teria sido quase certamente explorada pela polícia. Em resumo, fui deixado com apenas duas evidências materiais, a carta forjada e o carimbo postal no papel de embrulho, nas quais toda a estrutura da prova deve ser erguida.

Sir Charles fez outra pausa, para deixar a magnitude da tarefa penetrar na mente dos outros. Ele parecia ignorar o fato de que o problema era comum a todos. Roger, que, com dificuldade, permanecera em silêncio por todo aquele tempo, fez uma pergunta em voz baixa.

— Já decidiu quem é o criminoso, sir Charles?

— Já respondi, com satisfação, à pergunta que fiz para mim mesmo, à qual referenciei alguns minutos atrás — respondeu sir Charles, com dignidade, mas sem clareza.

— Compreendo. Está decidido — falou Roger, acuando-o. — Seria interessante saber, para que possamos seguir melhor a maneira como o senhor abordou a prova. Usou métodos indutivos, então?

— É possível, é possível — respondeu sir Charles, incomodado; não gostava nem um pouco de ser acuado.

Rancoroso, ele observou os demais por um momento de silêncio, para se recuperar dessa afronta.

— A tarefa, vi de imediato — falou, com uma voz mais severa —, não seria fácil. O prazo à disposição era bastante limitado, interrogatórios profundos eram obviamente necessários, o meu próprio tempo era escasso demais para me permitir fazer qualquer investigação que achasse aconselhável em pessoa. Pensei no assunto e decidi que a única forma possível de chegar a uma conclusão era considerar os fatos do caso por tempo suficiente até formular uma teoria que resistisse a todos os testes que pudesse aplicar a partir da informação que já tinha à minha disposição, e depois fazer uma lista cuidadosa de pontos que não eram do meu conhecimento, mas que deveriam ser fatos, se a teoria estivesse correta. Esses pontos poderiam ser, então, investigados por pessoas agindo no meu nome e, caso se sustentassem, a teoria, como consequência, seria provada. — Sir Charles respirou fundo.

— Em outras palavras — murmurou Roger com um sorriso para Alicia Dammers, resumindo o discurso do outro —, "resolvi usar métodos indutivos". — Mas falou tão baixo que ninguém além da srta. Dammers o ouviu.

Ela sorriu em resposta, com apreço. A arte da palavra escrita não é a da palavra dita.

— Formulei a minha teoria — anunciou sir Charles, com uma simplicidade surpreendente.

Talvez ele ainda estivesse um pouco sem fôlego.

— Formulei a minha teoria. Por necessidade, boa parte dela é suposição. Deixe-me dar um exemplo. A posse, por parte do criminoso, de um papel timbrado da Mason & Filhos me intrigou mais do que qualquer outra coisa. Não é um artigo que eu esperava que o indivíduo que eu tinha em mente pudesse ter, muito menos ser capaz de obter. Não conseguia conceber qualquer método a partir do qual, com o plano já decidido e a folha de papel tendo utilização fundamental para sua realização, tal coisa poderia ser adquirida de forma deliberada pelo indivíduo em questão sem levantar suspeitas posteriores.

"Assim, cheguei à conclusão de que, na verdade, a habilidade de obter uma folha do papel timbrado da Mason de forma que não causasse suspeita foi a razão de tal papel timbrado dessa firma em particular ter sido usado."

Sir Charles olhou de forma triunfante para todos, como se esperasse algo.

Foi Roger quem reagiu; não tão rápido, pois o ponto deve ter ocorrido a todos como sendo óbvio demais para precisar de qualquer comentário.

— Essa é uma questão deveras interessante, sir Charles. Bastante engenhosa.

Sir Charles assentiu, concordando.

— Pura adivinhação, admito. Nada além de adivinhação. Mas adivinhação que foi justificada nos resultados.

Sir Charles estava começando a se perder tanto na admiração pela própria perspicácia que esqueceu todo o amor que sentia por frases longas e serpenteantes e orações subordinadas suaves. A cabeça enorme dele se balançou.

— Considerei como tal coisa poderia chegar à posse de alguém e se essa posse poderia ser verificada depois. Ocorreu-me, enfim, que muitas firmas inserem uma folha de papel com um recibo, com a palavra "cortesia" ou algo parecido datilografado. Isso me levou a três perguntas. Essa era uma prática empregada na Mason? O indivíduo em questão tinha alguma ligação com a empresa ou, mais particularmente, para explicar os cantos amarelados do papel, essa ligação existira no passado? Houve quaisquer indicações no papel de que tal palavra tivesse sido apagada com extremo cuidado?

— Senhoras e senhores — continuou sir Charles, o rosto vermelho de animação —, verão que as chances dessas três perguntas serem respondidas de maneira afirmativa são enormes. Colossais. Antes de apresentá-las, eu sabia que, se assim fosse, o mero acaso não poderia ser responsabilizado. — Sir Charles baixou a voz. — Eu sabia que, se essas três perguntas fossem respondidas de forma afirmativa, o indivíduo que tinha em mente deveria ser tão culpado como se os meus próprios olhos tivessem visto o veneno ser injetado nos bombons.

Ele fez uma pausa e olhou de forma impressionante ao redor, atraindo todos os olhos para seu rosto.

— Senhoras e senhores, as três perguntas *foram* respondidas de maneira satisfatória.

A oratória é uma arte poderosa. Roger sabia muito bem que sir Charles, por pura força do hábito, estava usando todos os truques batidos e comuns de um tribunal. Era com dificuldade, Roger sentiu, que sir Charles se impedia de acrescentar "do júri" a seus "senhoras e senhores". Mas isso já era esperado. Sir Charles tinha uma boa história para contar, uma história na qual era evidente que acreditava de todo o coração, e a contava da maneira que, após tantos anos de prática, vinha da forma mais natural a ele. Não era isso que incomodava Roger.

O que o incomodava era que ele mesmo perseguia uma lebre bem diferente e, convencido de que estava no caminho certo, ficara, a princípio, um pouco impressionado por sir Charles estar caçando a própria lebre. Ele se permitira ser influenciado por mera retórica, embora soubesse como isso era barato, e começava a se questionar.

Mas fora apenas a retórica que o fizera começar a duvidar? Sir Charles parecia ter alguns fatos substanciais para tecer a fina teia de sua oratória. E, por mais pomposo que fosse, com certeza não era um tolo. Roger começou a se sentir incomodado. Pois sua lebre, ele tinha que admitir, era muito elusiva.

Conforme sir Charles começou a explicar a tese, o incômodo de Roger se tornou infelicidade plena.

— Não pode haver dúvida. Confirmei por meio de um agente que a Mason, uma firma antiquada, invariavelmente pagava aos clientes particulares que tinham uma conta com eles... nove décimos dos negócios, é claro, são vendas a preço de fábrica... a cortesia de incluir uma declaração de agradecimento, apenas duas ou três palavras digitadas no meio de uma folha de papel. Apurei que essa pessoa tinha uma conta com a empresa, que parece ter sido fechada cinco meses atrás; ou seja, um cheque foi enviado e nenhum produto foi encomendado desde então.

"Além disso, encontrei tempo para fazer uma visita especial à Scotland Yard a fim de examinar a carta outra vez. Ao olhar para o verso, consegui ver traços distintos, ainda que indecifráveis, de palavras datilografadas no meio da folha. Estas cortam ao meio uma das linhas da carta e assim provam que não poderiam ser apagadas. Elas correspondem em tamanho à frase que eu esperava e mostram sinais de tentativas cuidadosas, ao esfregar, enrolar e tornar áspero o papel alisado, de erradicar não apenas a tinta da máquina de escrever, mas também as marcas causadas pelos tipos de ferro das letras.

"Considerei isso a prova conclusiva de que a minha teoria estava certa e, sem perder tempo, comecei a esclarecer outros pontos duvidosos que me ocorreram. O tempo era curto, e tive que recorrer a não menos que quatro firmas de agentes de investigação confiáveis para dividir a tarefa de conseguir a informação que buscava. Isso não apenas me poupou um tempo considerável como também me deu a vantagem de não colocar o total das informações obtidas em outras mãos que não as minhas. De fato, esforcei-me para dividir as dúvidas que tinha para prevenir qualquer uma das empresas de até mesmo adivinhar o objetivo que tinha em mente, e sou da opinião de que fui bem-sucedido.

"Minha próxima preocupação foi o carimbo dos correios. Para o meu caso, era necessário provar que o suspeito estivera na vizinhança da Strand na hora em questão. Os senhores dirão" — sugeriu sir Charles, analisando os rostos interessados ao redor e aparentemente escolhendo o do sr. Morton Harrogate Bradley como o criador de uma objeção fútil.

— O senhor dirá — falou sir Charles, com firmeza, para o sr. Bradley — que isso não era necessário. O pacote pode ter sido postado de forma inocente por um cúmplice involuntário, para quem tivesse sido confiado, de forma que o criminoso dispusesse de um álibi firme para aquele período, ainda mais porque a pessoa a quem me refiro não estava no país, de modo que seria ainda mais fácil solicitar a um amigo ou uma amiga que pudesse estar viajando para a Inglaterra que assumisse a tarefa de postar a encomenda neste país e assim economizar o custo da postagem externa, que não é desprezível.

— Eu discordo — disse sir Charles ao sr. Bradley, com ainda mais severidade. — Considerei essa questão e não acho que o indivíduo que tenho em mente correria um risco tão grande. Pois o amigo ou a amiga quase com certeza se lembraria do incidente quando lesse sobre o assunto nos jornais, coisa que seria praticamente inevitável. Não. Estou convencido de que o indivíduo que tenho em mente perceberia que ninguém mais poderia manusear o pacote até que ele passasse para as mãos dos correios — concluiu sir Charles, vencendo, enfim, o sr. Bradley de uma vez por todas.

— É claro — disse o sr. Bradley, em tom acadêmico — que lady Pennefather poderia não ter um cúmplice inocente, mas um culpado. Levou isso em consideração, sir Charles?

O sr. Bradley conseguiu expressar que não achava que o assunto era de interesse real, mas, como sir Charles lhe dirigia diretamente essas informações, era apenas uma questão de cortesia comentá-las.

O rosto de sir Charles ficou roxo. Ele se orgulhara da maneira habilidosa como estivera escondendo o nome da suspeita, que seria revelado sem reservas no final, após provar o caso, do mesmo jeito que acontecia em uma história de detetives de verdade. E agora aquele maldito escritor estragara tudo.

— Senhor — falou ele, ao estilo de Samuel Johnson —, devo chamar-lhe a atenção ao fato de que não mencionei nome algum. Fazer tal coisa seria muito imprudente. Devo lembrá-lo de que a lei da difamação existe?

Morton Harrogate deu um sorriso superior enlouquecedor (ele era de fato um jovem bastante insuportável).

— Ora, sir Charles! — zombou, acariciando o pequeno bigode elegante. — Não vou escrever uma história sobre lady

Pennefather tentando assassinar o marido, se é isso que está me aconselhando a não fazer. Ou talvez esteja se referindo à lei de calúnia?

Sir Charles, que de fato queria dizer calúnia, devolveu ao sr. Bradley um olhar furioso.

Roger foi ao resgate. Os combatentes o lembravam de um touro e uma mosca, e era o tipo de competição divertida de se observar. Mas o Círculo do Crime havia sido fundado para investigar os crimes de terceiros, não para dar oportunidade a novas transgressões. Roger não gostava particularmente do touro nem da mosca, mas ambos o divertiam de maneiras diferentes; ele também não desgostava de nenhum dos dois. O sr. Bradley, por outro lado, não gostava nem de Roger nem de sir Charles. Desgostava ainda mais de Roger, porque Roger era um cavalheiro e fingia não ser, enquanto ele não era um cavalheiro, mas fingia ser. E isso, com certeza, era motivo suficiente para desgostar de qualquer um.

— Fico feliz por ter levantado essa questão, sir Charles — disse Roger, com a voz baixa. — É algo que temos que levar em consideração. Pelo meu ponto de vista, não vejo como podemos progredir a não ser que cheguemos a algum acordo sobre a lei da calúnia, não acha?

Sir Charles consentiu em ser apaziguado.

— É complicado — falou, o advogado nele imediatamente substituindo o ser humano ultrajado.

Um advogado nato se desviará de qualquer outra atividade, até de sumários, em prol de um argumento jurídico intricado, assim como uma mulher vestirá a melhor roupa de baixo e passará pó no nariz antes de enfiá-lo no forno a gás.

— Acho — falou Roger, com cuidado, sem querer ferir qualquer sensibilidade legal (uma proposta ousada para um leigo fazer) — que devemos desconsiderar essa lei em particular. Quer dizer — acrescentou bem rápido, observando o olhar dolorido de sir Charles ao lhe pedirem para aprovar a violação de uma *lex intangenda*. — Quer dizer, deveríamos chegar a um acordo tal que qualquer coisa dita nesta sala deveria ser feita sem preconceitos, ou entre amigos, ou... ou que seja considerada permitida pela lei — falou, desesperado —, ou qualquer que seja a questão legal.

No geral, não foi um discurso diplomático.

No entanto, é duvidoso que sir Charles o tenha ouvido. A expressão dele assumiu um tom sonhador, como o de um tabelião vendo uma pilha de documentos burocráticos.

— Calúnia, como todos sabemos — murmurou ele —, consiste na pronúncia maliciosa de palavras que tornam a parte que as pronuncia na presença de outros passível de ação judicial da parte a quem se referem. Neste caso, sendo a imputação de crime ou contravenção punível com multa, não seria necessário provar o dano material e, sendo a imputação difamatória, presumir-se-ia sua falsidade e caberia ao ônus da prova sua veracidade. Teríamos, portanto, a interessante situação do réu em uma ação de difamação tornando-se, em essência, o autor de uma ação cível por homicídio. E, de fato — disse sir Charles com muita perplexidade —, não sei o que aconteceria então.

— Hã... e quanto ao sigilo? — sugeriu Roger, com voz trêmula.

— Claro — sir Charles desconsiderou aquilo —, teria que ser indicado na declaração as palavras reais usadas, não apenas seu significado e inferência geral, e a falha em prová-las como declaradas resultaria na inadequação do demandante; de modo que, a menos que notas tenham sido feitas aqui e assinadas por uma testemunha que ouviu a difamação, não vejo como uma ação poderia prosseguir.

— E o sigilo? — murmurou Roger, perdendo a calma.

— Além disso, sou da opinião — disse sir Charles, animando-se — que esta pode ser considerada uma daquelas ocasiões em que declarações, em si mesmas difamatórias e até falsas, podem ser feitas, se por um motivo perfeitamente adequado e com toda uma crença em sua verdade. Nesse caso, a presunção seria revertida e caberia ao autor provar, e isso para satisfação de um júri, que o réu foi acionado por dolo expresso. Assim, imagino que o tribunal seria guiado quase que por completo por considerações de conveniência pública, o que, é provável, significaria que...

— O sigilo! — bradou Roger.

Sir Charles lançou a ele o olhar aborrecido de um concorrente comercial. Mas desta vez prestou atenção.

— Eu estava chegando lá — disse ele, em tom reprovador. — Agora, em nosso caso, custo a acreditar que um pedido de sigilo público seria aceito. Quanto ao sigilo privado, os limites são, é claro, bastante difíceis de definir. Duvido que poderíamos argumentar com sucesso que todas as declarações feitas aqui são de comunicação puramente privada, porque é uma questão de saber se este Círculo constitui, na realidade, uma reunião pública ou privada. Seria possível alegar os dois casos — continuou sir Charles, muito entusiasmado. — Ou até mesmo, por sinal, que é uma reunião privada em público ou vice-versa, uma reunião pública ocorrida em privado. É um ponto bastante passível de discussão.

Sir Charles balançou os óculos por um instante para enfatizar como o ponto era discutível.

— Mas sinto-me inclinado a dar a opinião — disse ele, por fim — de que, no fundo, podemos justificar a nossa posição com base na afirmação de que a ocasião *é* privilegiada na medida em que se refere inteiramente a comunicações feitas sem *animus injuriandi*, mas apenas no cumprimento de um dever não necessariamente legal, mas moral ou social, e quaisquer declarações assim proferidas são cobertas por um apelo de *veritas convicii* feito dentro dos limites apropriados por pessoas no processo de boa-fé do próprio interesse e do interesse público. Devo dizer, no entanto — sir Charles começou a se esquivar em seguida, como se estivesse horrorizado por ter enfim se comprometido —, que esta não é uma questão de certeza absoluta, e uma política mais sábia poderia ser evitar a menção direta de qualquer nome, ao mesmo tempo que nos mantemos livres para indicar de maneira inequívoca, como por meio de sinais, ou talvez por alguma forma de personificação ou atuação, o indivíduo a quem nos referimos.

— Ainda assim — falou o presidente, de forma fraca, mas persistente —, no geral, o senhor acha que a ocasião pode ser encarada como sigilosa, e podemos nos sentir livres para mencionar quaisquer nomes que quisermos?

Sir Charles balançou os óculos em um círculo completo e simbólico.

— Acho... — disse ele, com muita veemência (afinal, era uma opinião que custaria ao Círculo uma quantia bastante alta se tivesse sido dada no tribunal, sendo assim sir Charles não precisou se preocupar com o tom grave ao se pronunciar). — Acho... — repetiu sir Charles — que podemos correr esse risco.

— Certo! — exclamou o presidente, aliviado.

CAPÍTULO 6

— Ouso dizer — falou sir Charles, retomando o discurso — que muitos de vocês já terão chegado à mesma conclusão que eu em relação à identidade da pessoa que cometeu o crime. O caso me parece ser um paralelo tão semelhante com um dos assassinatos clássicos que as similaridades não podem deixar de ser notadas. Refiro-me, é claro, ao caso Marie Lafarge.

— Ah! — exclamou Roger, surpreso.

Na opinião dele, a semelhança passou despercebida. Ele se contorceu, incomodado. Agora que tinha analisado a ideia, o paralelismo era óbvio.

— Neste caso também temos uma esposa acusada de enviar algo envenenado ao marido. Se o artigo era um bolo ou uma caixa de bombons não é a questão. Talvez não sirva, devido ao...

— Mas ninguém em seu juízo perfeito ainda acredita que Marie Lafarge era culpada — disse Alicia Dammers, com um entusiasmo incomum. — Já está quase provado que o bolo foi enviado pelo capataz ou o que quer que fosse. O nome dele não era Dennis? O motivo dele era bem maior que o dela também.

Sir Charles a encarou com o olhar severo.

— Acho que eu disse *acusada* de envio. Estava me referindo a um fato, não a uma opinião.

— Perdão — falou a srta. Dammers, sem se incomodar.

— De qualquer forma, apenas menciono a coincidência. Vamos voltar agora ao argumento no ponto em que o deixamos

— continuou sir Charles, determinado a permanecer impessoal. — Discutíamos se lady Pennefather talvez tivesse não um cúmplice inocente, mas culpado. Essa dúvida me ocorreu. Verifiquei que não é o caso. Ela planejou e realizou o caso sozinha. — Ele fez uma pausa, convidando alguém a fazer a pergunta óbvia.

Com tato, Roger a fez.

— Mas como poderia, sir Charles? Sabemos que ela estava no sul da França o tempo todo. A polícia investigou a questão. Ela tem um álibi perfeito.

Sir Charles sorriu para ele.

— Ela *tinha* um álibi perfeito. Eu o destruí. Eis o que de fato aconteceu. Três dias antes de o pacote ter sido postado, lady Pennefather deixou Mentone e foi passar uma semana em Avignon. No final da semana, ela retornou a Mentone. A assinatura dela está nos registros do hotel em Avignon, ela recebeu a conta, tudo está em ordem. O único ponto curioso é que, ao que parece, ela não levou a empregada, uma jovem muito capaz, de boa aparência e boas maneiras, para Avignon, pois a conta do hotel indica apenas uma pessoa. E, ainda assim, a empregada não ficou em Mentone. Ela desapareceu do nada? — questionou sir Charles, indignado.

— Ah! — falou o sr. Chitterwick, que estivera escutando com atenção. — Compreendo. Que engenhoso.

— Bastante engenhoso — concordou sir Charles, assumindo com satisfação o crédito pela engenhosidade da senhora errante. — A empregada assumiu o lugar da patroa; a patroa veio em segredo para a Inglaterra. E verifiquei isso além de qualquer dúvida. Um agente, agindo de acordo com as minhas instruções, passadas por telegrama, mostrou ao proprietário do hotel em Avignon uma fotografia de lady Pennefather e perguntou se aquela mulher já pernoitara em seu hotel. O homem afirmou que nunca a tinha visto. O agente mostrou a ele um retrato que obteve da empregada; o proprietário a reconheceu de imediato como lady Pennefather. Outra "adivinhação" da minha parte que se provou certeira.

Sir Charles recostou-se na cadeira e balançou os óculos em um tributo silencioso à própria astúcia.

— Então, lady Pennefather tinha mesmo uma cúmplice? — murmurou o sr. Bradley, como quem discute *Cachinhos Dourados e os três ursos* com uma criança de quatro anos.

— Uma cúmplice inocente — retorquiu sir Charles. — O meu agente questionou com cuidado a empregada e descobriu que a patroa lhe dissera que ela precisava ir à Inglaterra para tratar de negócios urgentes, mas, tendo passado seis meses do ano atual lá, teria que pagar um imposto britânico se colocasse os pés na Inglaterra mais uma vez antes que o ano acabasse. Era uma quantia considerável, e lady Pennefather sugeriu esse plano como forma de contornar a dificuldade, com uma bela propina para a mulher. É claro que a oferta foi aceita. Bastante engenhoso, bastante engenhoso. — Ele fez outra pausa e olhou ao redor, convidando elogios.

— Que esperteza de sua parte, sir Charles — murmurou Alicia Dammers, aproveitando o momento de silêncio.

— Não tenho provas de que ela ficou no país — lamentou sir Charles —, de forma que, do ponto de vista legal, o caso contra ela está incompleto em retrospecto, mas isso será uma questão para a polícia descobrir. Em todos os outros aspectos, considero o caso resolvido. Lamento com o mais profundo pesar ter de dizê-lo, mas não vejo outra alternativa: lady Pennefather é a assassina da sra. Bendix.

Houve um silêncio ensurdecedor quando sir Charles terminou a fala. As perguntas estavam no ar, mas parecia que ninguém queria ser o primeiro a formular uma delas. Roger encarava o vazio, como se olhasse com angústia para o rastro da própria lebre. Não havia dúvidas de que, da forma que as coisas se apresentavam no presente, sir Charles parecia ter provado o caso.

O sr. Ambrose Chitterwick reuniu coragem para quebrar o silêncio.

— Devemos parabenizá-lo, sir Charles. Sua solução é tão brilhante quanto surpreendente. Apenas uma questão me ocorre, que é o motivo. Por que lady Pennefather desejaria a morte do marido quando está no processo de se divorciar dele? Ela tinha algum motivo para suspeitar que o divórcio não seria concedido?

— Nenhum — respondeu sir Charles, com suavidade. — Era justamente porque ela tinha certeza de que o divórcio seria concedido que desejava a morte dele.

— E-eu não entendo — falou o sr. Chitterwick, gaguejando.

Sir Charles permitiu que a perplexidade geral continuasse por mais alguns momentos antes de concordar em dissipá-la. Ele sabia muito bem como criar a atmosfera ideal.

— No início dos meus comentários, referi-me a uma informação que obtive e que me ajudou muito na minha solução. Estou agora preparado para revelar, em confidência, que informação era.

"Os senhores já sabem que havia conversas de um noivado entre sir Eustace e a minha filha. Não acho que violarei os segredos do confessionário se disser a vocês que, poucas semanas atrás, sir Eustace me procurou e me pediu com toda a formalidade para aprovar o noivado entre eles assim que a primeira etapa do divórcio fosse ordenada.

"Não preciso lhes dizer tudo que transpareceu naquela conversa. O que é relevante é que sir Eustace me informou de forma categórica que a esposa não estava disposta a se separar dele, e ele apenas conseguiu convencê-la ao fazer um testamento inteiramente a favor dela, incluindo a propriedade em Worcestershire. Ela tinha uma pequena renda própria, e ele lhe daria o máximo que pudesse de pensão; mas com os juros da hipoteca da propriedade engolindo quase todo o aluguel que recebia por ela e outras despesas, esta não poderia ser grande. No entanto, ele tinha um bom seguro de vida, em conformidade aos acordos de casamento de lady Pennefather, e a hipoteca da propriedade também contava com um seguro de vida que expiraria com sua morte. Ele tinha, portanto, como admitiu de forma franca, muito pouco a oferecer à minha filha."

— Como eu — continuou sir Charles, de forma impressionante —, os senhores não podem deixar de compreender o significado disso. De acordo com o testamento existente, lady Pennefather não ficaria nem mesmo em uma situação confortável, mas se tornaria, em comparação, uma mulher muito rica com a morte do marido. No entanto, rumores chegaram aos ouvidos dela de um possível casamento entre o marido e outra mulher assim que o divórcio estivesse assinado. Seria bem provável que, quando o novo compromisso estivesse concluído, um novo testamento fosse feito.

"Seu caráter já é muito bem ilustrado pela disposição de aceitar o suborno do testamento como incentivo ao divórcio. Ela é obviamente uma mulher gananciosa, ávida por dinheiro. O assassinato é apenas outro passo que uma mulher assim pode dar. E é a única esperança dele. Não creio que seja necessário aprofundar mais o assunto."

Seus óculos balançaram de forma deliberada.

— É um argumento irretorquível, como poucos conseguem ser — falou Roger, com um pequeno suspiro. — Vai entregar essa informação para a polícia, sir Charles?

— Acredito que não o fazer seria uma grave falta do meu dever como cidadão — respondeu sir Charles, com uma pomposidade que não escondia o quanto estava satisfeito consigo mesmo.

— Humpf! — observou o sr. Bradley, que, ao que parecia, não estava tão satisfeito com sir Charles quanto o próprio. —

E os bombons? Seu caso diz se ela os preparou aqui ou os trouxe consigo?

Sir Charles fez um aceno com a mão.

— Isso é relevante?

— Eu diria que é bastante relevante para conectá-la de alguma forma ao veneno.

— Nitrobenzeno? Da mesma forma, poderíamos muito bem tentar conectá-la com a compra dos bombons. Ela não teria dificuldades em consegui-lo. Na verdade, considero a escolha do veneno equivalente à engenhosidade que demonstrou em todos os outros detalhes.

— Compreendo. — O sr. Bradley cofiou o bigodinho e encarou sir Charles com ferocidade. — Mas, pensando bem, sir Charles, o senhor não provou o caso contra lady Pennefather. Apenas mostrou motivo e oportunidade.

Uma aliada inesperada se colocou ao lado do sr. Bradley.

— Exato! — berrou a sra. Fielder-Flemming. — Eu estava prestes a apontar isso. Se entregar as informações coletadas para a polícia, sir Charles, não acho que vão agradecê-lo. Como disse o sr. Bradley, não provou que lady Pennefather é culpada ou algo parecido. Tenho quase certeza de que está enganado.

Sir Charles ficou tão chocado por um momento que só conseguiu encarar a mulher.

— *Enganado?!* — exclamou ele, com dificuldade.

Estava claro que tal possibilidade nunca lhe ocorrera.

— Bem, talvez seja melhor dizer... errado — falou a sra. Fielder-Flemming, um tanto seca.

— Mas, minha querida madame... — Pela primeira vez, as palavras fugiam de sir Charles. — Mas por quê?

Ele caiu para trás, fraco.

— Porque tenho certeza disso — retorquiu a sra. Fielder-Flemming, de forma bastante insatisfatória.

Roger assistia àquele diálogo com uma mudança gradual de sentimento. De ter sido hipnotizado pela capacidade de persuasão e autoconfiança de sir Charles para algo semelhante a uma concordância relutante, ele agora oscilava para o outro extremo. Homessa, Bradley manteve a cabeça fria, afinal. E estava perfeitamente certo. Havia lacunas tão grandes no caso de sir Charles que ele próprio, se fosse advogado de defesa de lady Pennefather, poderia ter passado por elas com uma carruagem.

— É claro — disse ele, pensativo — que o fato de lady Pennefather ter uma conta na Mason antes de viajar para o exterior não é nem um pouco surpreendente. Nem o fato de a firma enviar uma nota de cortesia com os recibos. Como o próprio sir Charles falou, muitas empresas antiquadas e de boa reputação o fazem. E o fato de a folha de papel na qual a carta foi escrita ter sido usada antes para algum desses fins não apenas não é surpreendente, mas é até óbvia. Quem quer que fosse o assassino, teria o mesmo problema para conseguir o papel timbrado. Sim, realmente, o fato de as três perguntas iniciais de sir Charles terem encontrado respostas afirmativas parece pouco mais do que uma coincidência.

Sir Charles se voltou para esse novo antagonista como um touro ferido.

— Mas as chances contra isso eram enormes! — rugiu ele. — Se foi apenas uma coincidência, foi a mais incrível que já vi durante toda a minha vida.

— Ah, sir Charles, mas o senhor é parcial — disse o sr. Bradley, com gentileza. — E exagera muito. Parece estar colocando as chances em algum lugar entre um milhão para um. Eu as colocarei de seis para um. Permutações e combinações, o senhor sabe.

— Malditas sejam suas permutações, senhor! — replicou sir Charles, com vigor. — E as combinações também.

O sr. Bradley se virou para Roger.

— Senhor presidente, as regras deste clube permitem que um membro insulte a roupa íntima* de outro? Além disso, sir Charles — adicionou ele ao cavalheiro fumegante —, eu não uso essas coisas. Nunca mais usei, desde criança.

Pela dignidade de sua posição, Roger não pôde se juntar às risadinhas animadas que escapavam pela mesa; visando o interesse na preservação do Círculo, ele precisava acalmar os membros.

— Bradley, o senhor está desviando o assunto. Não quero necessariamente destruir sua teoria, sir Charles, ou depreciar a forma brilhante como o senhor a defendeu, mas, para ela resistir, precisa ter a capacidade de superar quaisquer argumentos que apresentemos. Só isso. E eu de fato acho que o senhor está inclinado a conferir um pouco de importância demais às respostas daquelas três perguntas. O que me diz, srta. Dammers?

— De acordo — respondeu ela, de forma seca. — A maneira como sir Charles enfatizou essa importância me fez lembrar de um truque favorito dos escritores de histórias policiais. Ele disse, se não me falha a memória, que, se as perguntas fossem respondidas de forma positiva, ele saberia que sua suspeita era culpada tanto quanto se a tivesse visto colocando veneno nos bombons com os próprios olhos, porque as probabilidades contra uma coincidência afirmativa para todas as três eram incalculáveis. Em outras palavras, ele só fez uma afirmação forte, sem apoio de evidências ou argumentos.

— E é isso que escritores de histórias de detetive fazem, srta. Dammers? — questionou o sr. Bradley, com um sorriso tolerante.

— O tempo todo, sr. Bradley. Muitas vezes notei isso em seus livros. O senhor afirma algo de forma tão enfática que o

---

* O termo "combinação", além de seu significado matemático, também se refere a um tipo de roupa íntima de peça única muito popular no final do século XIX e no início do século XX. [N.E.]

leitor não pensa em questioná-lo. "Eis aqui", diz o detetive, "uma garrafa de líquido vermelho e uma garrafa de líquido azul. Se os dois líquidos forem tinta, então sabemos que foram comprados para encher os tinteiros vazios da biblioteca, tão certamente quanto se tivéssemos lido os pensamentos do morto." Considerando que a tinta vermelha poderia ter sido comprada por uma das empregadas para tingir um suéter, e a azul pela secretária para a própria caneta-tinteiro ou uma centena de outras explicações semelhantes. Mas quaisquer possibilidades desse tipo são ignoradas. Não é verdade?

— A mais perfeita verdade — concordou Bradley, imperturbável. — Não perca tempo com coisas que não são essenciais. Diga ao leitor em voz alta o que ele deve pensar e ele assim o fará. A senhorita entendeu muito bem a técnica. Por que não tenta fazer isso? Paga-se muito bem, sabe?

— Talvez um dia. E, de qualquer forma, direi que seus detetives, sr. Bradley, de fato se põem a investigar. Eles não ficam parados esperando que alguém lhes conte quem cometeu o assassinato, como fazem os assim supostos detetives na maioria das assim chamadas histórias de detetives que leio.

— Obrigado — agradeceu o sr. Bradley. — Então, lê mesmo histórias de detetive, srta. Dammers?

— É claro — respondeu ela, de forma seca. — Por que não?
— Ela dispensou o sr. Bradley de maneira tão abrupta quanto respondeu ao desafio. — E a carta em si, sir Charles? A que foi escrita à máquina. O senhor não vê importância nisso?

— Como detalhe, é claro que teria que ser levada em consideração; eu estava apenas esboçando as linhas gerais do caso. — Sir Charles não parecia mais um touro. — Presumo que a polícia iria desenterrar provas conclusivas dessa natureza.

— Acho que eles podem ter alguma dificuldade em conectar Pauline Pennefather com a máquina que digitou aquela carta — observou a sra. Fielder-Flemming, com certa aspereza.

Ficou claro que a onda de sentimentos se voltara contra sir Charles.

— Mas o motivo — falou ele, implorando, quase patético em sua defesa. — Os senhores devem admitir que o motivo é esmagador.

— O senhor não conhece Pauline, sir Charles... lady Pennefather? — perguntou a srta. Dammers.

— Não, não conheço.

— É evidente — comentou ela.

— A senhorita não concorda com a teoria de sir Charles, srta. Dammers? — questionou o sr. Chitterwick, aventurando-se.

— Não, não concordo — afirmou, com ênfase.

— Poderíamos perguntar o porquê? — indagou o sr. Chitterwick, aventurando-se ainda mais.

— É claro que sim. Receio que minha resposta seja conclusiva, sir Charles. Eu estava em Paris no momento do assassinato e na hora exata em que o pacote estava sendo postado eu conversava com Pauline Pennefather no saguão do Opéra.

— Como?! — exclamou o desconcertado sir Charles, os restos de sua bela teoria indo por água abaixo.

— Suponho que deveria me desculpar por não ter dado essa informação antes — disse a srta. Dammers, muito calma —, mas queria ver que tipo de caso o senhor poderia apresentar contra ela. E eu o parabenizo. Foi uma peça notável de raciocínio indutivo. Se não soubesse que foi construída sobre uma falácia completa, estaria convencida.

— Mas... mas por que o sigilo, e... e o fingimento da empregada, se a visita dela foi inocente? — perguntou sir Charles, gaguejando, com a mente girando loucamente em torno de aviões particulares e do tempo que eles levariam do Place de l'Opéra até a Trafalgar Square.

— Ah, não disse que foi inocente — retrucou a srta. Dammers, de forma imprudente. — Sir Eustace não é o único que espera o divórcio para se casar outra vez. E, nesse ínterim, Pauline, com razão, não vê por que deveria perder um tempo valioso. Afinal, ela já não é mais tão jovem. E sempre há essa estranha criatura chamada advogado, não é?

Pouco depois, o presidente encerrou a reunião do Círculo. Ele fez isso porque não queria que um dos membros morresse de apoplexia em suas mãos.

CAPÍTULO 7

A sra. Fielder-Flemming estava nervosa. Muito nervosa.

Ela folheou as páginas do caderninho a esmo, mal conseguindo conter as poucas questões que precisavam ser resolvidas antes que Roger lhe pedisse para apresentar a solução, que ela já havia afirmado em particular a Alicia Dammers ser, sem a menor sombra de dúvida, a correta sobre o assassinato da sra. Bendix. Com uma informação tão importante em mente, alguém poderia pensar que, pela primeira vez, a sra. Fielder-Flemming tinha uma oportunidade de ouro para parecer impressionante, mas, pela primeira vez, ela não aproveitou a oportunidade. Se ela não fosse a sra. Fielder-Flemming, alguém poderia chegar ao ponto de dizer que a mulher parecia hesitante.

— Está pronta, sra. Fielder-Flemming? — perguntou Roger, contemplando aquela manifestação surpreendente.

A sra. Fielder-Flemming ajustou o chapéu feio, esfregou o nariz (como não estava maquiado, ele não sofreu com aquele tratamento habitual, apenas brilhou com mais intensidade em um constrangimento rosado) e lançou um olhar dissimulado ao redor da mesa. Roger continuou a observá-la com espanto. A sra. Fielder-Flemming estava se esquivando dos holofotes. Por alguma razão oculta, a dramaturga abordava a tarefa com verdadeiro desgosto, um desgosto incompatível com o significado do trabalho.

Ela pigarreou, nervosa.

— Tenho um dever muito difícil a cumprir — falou, em voz baixa. — Ontem à noite quase não dormi. É impossível imaginar algo mais desagradável para uma mulher como eu. — Ela fez uma pausa, umedecendo os lábios.

— Ora, vamos, sra. Fielder-Flemming. — Roger se sentiu impelido a encorajá-la. — É o mesmo para todos nós, como a senhora bem sabe. E eu a ouvi fazer um discurso excelente em uma de suas estreias.

A sra. Fielder-Flemming olhou para ele, sem se sentir encorajada.

— Não estava me referindo a isso, sr. Sheringham — retrucou, um tanto mordaz. — Estava falando do fardo que foi colocado sobre os meus ombros pela informação que chegou a mim e do terrível dever que tenho que cumprir em consequência disso.

— Quer dizer que resolveu o nosso probleminha? — perguntou o sr. Bradley, sem temor.

A sra. Fielder-Flemming olhou para ele com uma expressão sombria.

— Com infinito pesar — respondeu ela, em tom baixo e feminino —, sim.

A sra. Fielder-Flemming recuperava a elegância.

Ela consultou as anotações por um momento e então começou a falar com a voz mais firme:

— Jamais deixei de encarar a criminologia com um olhar profissional. Para mim, o principal atrativo sempre foi o imenso potencial para o drama. A inevitabilidade do assassinato; a vítima predestinada, lutando de forma inconsciente e em vão contra a própria sorte; o assassino predestinado, movendo-se também inconscientemente, a princípio, e depois com plena e implacável realização, em direção ao cumprimento da perdição; as razões ocultas, talvez desconhecidas tanto pela vítima quanto pelo assassino, que insistem o tempo todo no cumprimento do destino.

"Além da ação e do horror do ato em si, sempre senti que há mais possibilidades de drama real nos assassinatos mais comuns ou sórdidos do que em qualquer outra situação que possa ocorrer ao homem. Ibseniano na inevitável elaboração de certas circunstâncias em justaposição ao que chamamos de destino, não menos que edgar-wallaciano* na $\kappa\alpha\theta\alpha\rho\sigma\iota\varsigma$** sofrida pelas emoções do espectador em seu clímax.

"Talvez fosse natural, então, que eu considerasse não apenas este caso particular do ponto de vista da minha vocação... e por certo nenhuma reviravolta mais dramática poderia ser inventada... mas também a tarefa de o resolver. De qualquer forma, natural ou não, foi o que fiz; e o resultado foi terrivelmente justificado. Considerei o caso à luz de uma das situações dramáticas mais antigas e logo tudo ficou claro. Refiro-me à situação que os senhores, que hoje se passam entre nós por críticos de teatro, invariavelmente chamam de triângulo amoroso.

"É claro que precisei começar com apenas um dos três membros do triângulo, sir Eustace Pennefather. Dos dois desconhecidos, um deve ser mulher, o outro pode ser de ambos os gêneros. Então recorri a outra máxima muito antiga e sólida e comecei a *chercher la femme*. E eu a encontrei", finalizou a sra. Fielder-Flemming, de forma solene.

Até agora, é preciso admitir, o público não estava tão impressionado. Mesmo a abertura promissora não os animou, pois era de se esperar que a sra. Fielder-Flemming sentisse que era seu dever enfatizar a relutância feminina em entregar um criminoso à justiça. As frases um tanto laboriosas, obviamente aprendidas de cor para a ocasião, também diminuíram o interesse no que ela tinha a transmitir.

Mas, quando a dramaturga recomeçou, depois de ter esperado em vão por um suspiro após a revelação da última infor-

---
* O termo "ibseniano" faz referência ao dramaturgo norueguês Henrik Ibsen (1828-1906), enquanto "edgar-wallaciano" faz alusão ao dramaturgo britânico Edgar Wallace (1875-1932). *[N.E.]*
** Do grego, significa "catarse". *[N.T.]*

mação, a tensão um tanto calculada de seu estilo deu lugar a uma seriedade não ensaiada que era bem mais impressionante.

— Não esperava que o triângulo fosse vulgar — disse, zombando um pouco dos restos murchos da teoria de sir Charles. — Mal considerei lady Pennefather. A sutileza do crime, eu tinha certeza, devia ser reflexo de uma situação incomum. E, afinal de contas, um triângulo não precisa necessariamente incluir marido e mulher entre seus membros; quaisquer três pessoas, se as circunstâncias assim o permitirem, podem formar um. São as circunstâncias, e não os três protagonistas, que formam o triângulo.

"Sir Charles nos informou que este crime lhe lembrava o caso Marie Lafarge e, ele poderia ter acrescentado, que, em alguns aspectos, também o caso Mary Ansell. Da mesma forma, o assassinato me lembrou de um caso, mas não foi nenhum desses. O caso Molineux, em Nova York, parece-me, proporciona um paralelo bem mais próximo do que os outros dois.

"Todos aqui se lembram dos detalhes, é claro. O sr. Cornish, diretor do importante Knickerbocker Athletic Club, recebeu na correspondência de Natal uma pequena taça de prata e um frasco de antiácido endereçados a ele, no clube. Ele achou que tinham sido enviados a título de brincadeira e guardou a embalagem para identificar o humorista. Poucos dias depois, uma mulher que morava na mesma pensão que Cornish queixou-se de dor de cabeça, e Cornish deu-lhe um pouco do remédio. Em pouquíssimo tempo, ela morreu, e Cornish, que só tomou um gole porque a mulher se queixou de que o antiácido estava amargo, ficou gravemente doente, mas se recuperou.

"No final, um homem chamado Molineux, outro membro do mesmo clube, foi preso e levado a julgamento. Havia muitas evidências contra ele, e sabia-se que ele odiava Cornish, tanto que já o havia agredido uma vez. Além disso, outro membro do clube, um homem chamado Barnet, foi morto no início do ano ao tomar o que parecia ser uma amostra de um conhecido pó para dor de cabeça que também fora enviado a ele no clube. Pouco antes do episódio de Cornish, Molineux se casou com uma mulher que estava noiva de Barnet no momento de sua morte; ele sempre a quis, mas ela preferiu Barnet. Molineux, como devem se lembrar, foi condenado no primeiro julgamento e absolvido no segundo; depois, ficou louco.

"Agora este paralelo me parece completo. Nosso caso é, para todos os efeitos, um caso composto de Cornish-Barnet. As semelhanças são extraordinárias. Há o artigo envenenado dirigido ao clube de cavalheiros; há, no caso de Cornish, a morte da vítima errada; há a preservação da embalagem; há, no caso de Barnet, o elemento triangular... e um triângulo, hão de notar, sem marido e mulher. É bastante surpreendente. Na verdade, é mais do que surpreendente; é significativo. Coisas não acontecem assim por acaso."

A sra. Fielder-Flemming fez uma pausa e assoou o nariz de forma delicada, mas com emoção. Ela estava ficando bastante animada agora e, como consequência, o público também. Se não houve suspiros, houve pelo menos um momento de silêncio completo até que ela estivesse pronta para continuar.

— Afirmei que essa semelhança era mais do que surpreendente, era significativa. Explicarei sua significância particular mais tarde; no momento, basta dizer que também a achei muito útil. A constatação da extrema proximidade entre os casos foi um grande choque para mim, mas, depois de compreendê-la, senti-me estranhamente convencida de que era nessa semelhança que a pista para a solução do assassinato da sra. Bendix deveria ser encontrada. Senti isso com tanta força que, de alguma forma, de fato *sabia* disso. Essas intuições, às vezes, vêm a mim... podem explicá-las como quiserem... e nunca falharam comigo. Esta também não o fez. Comecei a examinar o caso à luz do de Molineux. Será que este me ajudaria a encontrar a mulher que procurava naquele? Quais foram as indicações, no que diz respeito a Barnet? Barnet recebeu o pacote fatal porque pretendia se casar com uma mulher com quem o assassino decidiu que não deveria se casar. Com tantos paralelos entre os dois casos, será que havia... — A sra. Fielder-Flemming empurrou o desajeitado chapéu para trás, um ângulo menos atraente ainda, e olhou deliberadamente ao redor da mesa com o ar de um antigo cristão tentando intimidar um bando de leões, e finalizou: — ...*outro?*

Desta vez, a sra. Fielder-Flemming foi recompensada com vários suspiros reais e audíveis. O de sir Charles foi o mais alto, um suspiro ultrajado e indignado que chegou bem perto de uma bufada. O sr. Chitterwick ofegou de forma apreensiva, como se temesse uma sequência de troca de olhares entre sir Charles e a sra. Fielder-Flemming, os do primeiro positivamente ameaçadores em sua advertência, os da senhora quase veementes em seu desafio.

O presidente do clube também ofegou, perguntando-se o que um presidente deveria fazer se dois membros do clube, e ainda por cima de sexos opostos, trocassem socos bem debaixo de seu nariz.

O sr. Bradley esqueceu-se de ofegar, em puro êxtase. A sra. Fielder-Flemming parecia ter provado ser melhor do que ele em lutas com touros, mas o sr. Bradley não invejava essa honra, desde que lhe fosse permitido apreciar a luta na plateia. Nem em suas mais ousadas travessuras de toureiro, o sr. Bradley ousaria apresentar a filha de seu oponente como a causa do assassinato em si. Poderia esta mulher magnífica apresentar mesmo um caso para apoiar uma ideia tão pungente? E se fosse verdade? Afinal, tal coisa era concebível. Assassinatos já foram cometidos com bastante frequência por causa de damas encantadoras; então por que não por causa da adorável filha de um advogado velho e pomposo? Ó, Deus, ó, Montreal.*

---

* Menção ao poema "A Psalm of Montreal" [Um salmo de Montreal, em tradução livre], do escritor britânico Samuel Butler (1835-1902). *[N.T.]*

Por fim, a sra. Fielder-Flemming também se engasgou.

Sozinha, sem suspirar, estava Alicia Dammers, o rosto iluminado por nada além de um interesse intelectual no desenvolvimento do argumento da colega, decididamente impessoal. Uma pessoa poderia concluir que, para a srta. Dammers, era irrelevante se a própria mãe estava envolvida no assassinato, desde que a participação dela no crime tivesse proporcionado uma oportunidade para aguçar a esperteza e estimular a inteligência. Sem nunca reconhecer que um elemento pessoal estava sendo introduzido nas investigações do Círculo, ela conseguia irradiar a ideia de que sir Charles deveria, no mínimo, estar em profundo êxtase com a possibilidade de tal empreendimento por parte da filha.

Sir Charles, entretanto, estava longe de ficar extasiado. Pelo inchaço vermelho das veias em sua testa, era óbvio que algo iria explodir dentro dele em poucos segundos. A sra. Fielder-Flemming quebrou o silêncio, como uma galinha agitada, mas determinada.

— Concordamos em renunciar à lei da calúnia aqui — argumentou ela, quase gritando. — Personalidades não existem para nós. Se surge o nome de alguém que conhecemos de forma pessoal, nós o pronunciamos com tanta firmeza, seja qual for a conexão, como se fosse o nome de um estranho completo. Esse foi o acordo definitivo a que chegamos ontem à noite, não foi, senhor presidente? Devemos fazer o que consideramos ser nosso dever para com a sociedade, independentemente de quaisquer considerações pessoais, não?

Por um momento, Roger cedeu ao medo. Ele não queria que seu lindo clube explodisse em uma nuvem de poeira para nunca mais se reunir de novo. E embora não pudesse deixar de admirar a coragem impetuosa, mas destemida, da sra. Fielder-Flemming, precisou se contentar em invejá-la no que dizia respeito a sir Charles, pois ele mesmo não tinha algo parecido. Por outro lado, não havia dúvida de que a senhora tinha o direito de fazer aquilo, e o que qualquer presidente poderia fazer senão administrar justiça?

— A senhora está mais do que correta, sra. Fielder-Flemming — admitiu ele, esperando que a voz soasse tão firme quanto ele desejava.

Por um momento, um olhar colérico, emanando de sir Charles, envolveu-o de forma sinistra. Então, quando a sra. Fielder-Flemming, que parecia ter sido encorajada por esse apoio oficial, pegou sua bomba outra vez, o olhar se voltou mais uma vez para ela. Roger, nervoso, observando os dois, não pôde deixar de refletir que olhares coléricos são coisas que nunca deveriam ser direcionadas a bombas.

A sra. Fielder-Flemming fez malabarismos com a bomba. Muitas vezes, embora parecesse prestes a escorregar por entre os dedos, nunca chegava ao chão ou detonava.

— Muito bem, então. Seguirei em frente. O triângulo agora tinha o segundo de seus membros. De acordo com a analogia do assassinato de Barnet, onde o terceiro seria encontrado? É claro que, tendo Molineux como protótipo, em alguma pessoa que estava ansiosa para impedir que o primeiro membro se casasse com o segundo.

"Até agora, os senhores verão, não estou em desacordo com as conclusões que sir Charles nos deu ontem à noite, embora meu método para chegar a elas talvez tenha sido um pouco diferente. Ele também nos apresentou um triângulo, sem defini-lo como tal com todas as letras... talvez até sem reconhecê-lo. E os dois primeiros membros de seu triângulo são precisamente iguais aos dois primeiros do meu."

Aqui a sra. Fielder-Flemming fez um esforço notável para retribuir algo do olhar de sir Charles, em um desafio a contradizê-la. No entanto, como ela apenas havia declarado um fato óbvio — um fato que sir Charles era incapaz de refutar sem explicar que não quis dizer o que dissera na noite anterior —, o desafio ficou sem resposta. Além disso, o olhar diminuiu à vista de todos. Mas, apesar de tudo (a expressão de sir Charles dizia com todas as letras), um triângulo com qualquer outro nome *não* teria um cheiro tão repugnante.

— É quanto ao terceiro membro — falou a sra. Fielder-Flemming, com equilíbrio renovado — que estamos em desacordo. Sir Charles nos sugeriu lady Pennefather. Não tenho o prazer de conhecê-la, mas a srta. Dammers, que a conhece bem, me disse que em quase todos os detalhes a avaliação de sir Charles sobre o caráter dela estava errada. Ela não é mesquinha, gananciosa, ambiciosa ou capaz do terrível ato que sir Charles, talvez de maneira um pouco precipitada, estava pronto a creditar-lhe. Lady Pennefather, pelo que sei, é uma mulher doce e gentil; um tanto liberal, sem dúvida, mas nem um pouco pior por isso; na verdade, como alguns de nós pensaríamos, talvez até melhor.

A sra. Fielder-Flemming encorajava a crença de que ela não era apenas tolerante com um pouco de imoralidade inofensiva, mas, na verdade, estava pronta para apoiar qualquer caso particular dela. Na verdade, a dramaturga, às vezes, dava uma grande volta para propagar essa crença entre os amigos. Mas, infelizmente, os amigos persistiriam em lembrar que ela cortara relações com uma das sobrinhas, quando esta fugiu com um jovem por quem nutria profundo amor após descobrir que o marido de meia-idade mantinha, por conveniência, uma amante diferente em cada um dos quatro cantos da Inglaterra e, só para garantir, uma na Escócia também.

— Assim como discordo de sir Charles quanto à identidade da terceira pessoa no triângulo — continuou a sra. Fielder-Flemming, que por sorte era ignorante das lembranças de seus amigos —, também discordo dele na maneira pela qual essa identidade é estabelecida. Estamos em total desacordo em nossa ideia sobre o cerne do problema: o motivo. Sir Charles gostaria que pensássemos que se tratava de um assassinato cometido... ou melhor, planejado... por fins lucrativos.

Eu estou convencida de que o incentivo foi menos ignóbil. O assassinato, conforme nos é ensinado, nunca pode ser de fato justificável, mas há ocasiões em que chega perigosamente perto disso. Este, em minha opinião, é um desses casos.

"É no próprio personagem de sir Eustace que vejo a pista para a identidade da terceira pessoa. Vamos considerar isso por um instante. Não estamos limitados por quaisquer considerações de calúnia e podemos dizer de imediato que, sob certos pontos de vista, sir Eustace é um membro bastante indesejável da comunidade. Do ponto de vista de um jovem, por exemplo, que está apaixonado por uma moça, sir Eustace deve ser uma das últimas pessoas com quem o jovem gostaria que aquela moça tivesse contato. Ele não é apenas imoral, ele não tem desculpas para a própria imoralidade, uma coisa muito mais séria. Ele é um libertino, um perdulário, sem honra ou escrúpulos no que diz respeito às mulheres, e, além disso, um homem que já fez uma bagunça em um casamento com uma mulher muito encantadora e que não é, de forma alguma, ignorante demais para fazer vista grossa aos habituais pecadilhos e lapsos masculinos, mesmo os maiores deles. Como futuro marido de qualquer jovem, sir Eustace Pennefather é uma tragédia.

A sra. Fielder-Flemming continuou, muito solene:

— E como futuro marido de uma jovem a quem um homem ama de todo o coração, é fácil conceber que, no que diz respeito a esse homem em particular, sir Eustace Pennefather se torna nada menos que uma impossibilidade. E um homem que *é* homem — completou a sra. Fielder-Flemming, o rosto corando com a intensidade de seu discurso — não admite impossibilidades.

Ela fez uma longa pausa.

— Fim do primeiro ato — disse o sr. Bradley ao sr. Ambrose Chitterwick.

O sr. Chitterwick sorriu, nervoso.

CAPÍTULO 8

Sir Charles aproveitou a vantagem habitual do primeiro intervalo para se levantar. Como muitos de nós hoje em dia, no momento do primeiro intervalo (quando não é uma peça da sra. Fielder-Flemming que está em questão), ele se sentiu quase fisicamente incapaz de se conter por mais tempo.

— Senhor presidente — bradou ele —, vamos deixar o assunto bem claro. A sra. Fielder-Flemming está fazendo a acusação absurda de que algum amigo de minha filha é responsável por este crime ou não?

O presidente olhou um tanto desamparado para a massa que se erguia com extrema fúria acima dele e desejou ser qualquer coisa menos o presidente.

— Não sei, sir Charles — disse ele, uma resposta não apenas frágil, mas também mentirosa.

A sra. Fielder-Flemming, entretanto, podia muito bem falar por si mesma.

— Ainda não acusei ninguém do crime, sir Charles — retrucou ela, com uma dignidade fria que só foi prejudicada pelo fato de que seu chapéu, que aparentemente compartilhava as emoções da dona, repousava agora de maneira desenfreada sob sua orelha esquerda. — Estava apenas desenvolvendo uma tese.

Ao sr. Bradley, sir Charles teria respondido com desprezo johnsoniano pela evasão: "Senhor, dane-se sua tese". Mas impedido pelas puerilidades da convenção civilizada entre os sexos, apenas conseguiu evocar mais uma vez o olhar colérico.

Com a segurança de seu sexo, a sra. Fielder-Flemming aproveitou-se da fraqueza do dele.

— E ainda não terminei de fazer isso — acrescentou, bastante incisiva.

Sir Charles sentou-se, a alegria perfeita. Mas grunhiu de forma muito maliciosa para si mesmo ao fazer isso.

O sr. Bradley conteve o impulso de dar tapinhas nas costas do sr. Chitterwick.

Com uma serenidade tão natural que parecia artificial, a sra. Fielder-Flemming prosseguiu, encerrando o intervalo e abrindo as cortinas para o segundo ato.

— Tendo-lhe apresentado meus processos para chegar à identidade do terceiro membro do triângulo que postulei, em outras palavras, à do assassino, passarei às evidências e mostrarei como elas apoiam minhas conclusões. Eu disse "apoiam"? Quis dizer que as confirmam sem qualquer dúvida.

— Mas quais são suas conclusões, sra. Fielder-Flemming? — perguntou Bradley, com ar de brando interesse. — A senhora ainda não as definiu. Apenas insinuou que o assassino era rival de sir Eustace pela mão da srta. Wildman.

— Isso mesmo — concordou Alicia Dammers. — Mesmo que ainda não queira nos dizer o nome do homem, Mabel, não pode focar um pouco mais?

A srta. Dammers não gostava de imprecisão. Para ela, tinha sabor de desleixo, algo que ela detestava acima de todas as coisas neste mundo. Além disso, a mulher estava por demais interessada em saber quem era a escolha da sra. Fielder-Flemming. Mabel, ela sabia, poderia parecer idiota, falar como idiota e comportar-se como idiota, mas não era nada disso.

Mabel, porém, estava determinada a seguir devagar.

— Ainda não, sinto muito. Por certas razões, quero provar meu caso primeiro. Os senhores entenderão mais tarde, espero.

— Pois bem — disse a srta. Dammers. — Mas vamos ficar longe da atmosfera de história de detetive. Tudo que queremos é resolver este caso difícil, não confundir uns aos outros.

— Tenho meus motivos, Alicia. — A sra. Fielder-Flemming franziu a testa e começou a organizar os pensamentos. — Onde eu estava? Ah, sim, as evidências. Agora, isso é muito interessante. Consegui obter duas provas vitais que acho que ainda não foram apresentadas. A primeira é que sir Eustace não estava apaixonado...

A sra. Fielder-Flemming hesitou; então, como já tinha dado início ao mergulho, seguiu o intrépido sr. Bradley até as profundezas da franqueza completa:

— ...pela srta. Wildman. Ele pretendia casar-se com ela apenas pelo dinheiro... ou melhor, pelo que esperava obter do pai dela. Espero, sir Charles — acrescentou a sra. Fielder-Flemming, com frieza —, que o senhor não me considere uma caluniadora ao aludir ao fato de que o senhor é um homem muitíssimo rico. Tem uma influência muito importante em meu caso.

Sir Charles assentiu com a cabeça enorme e graciosa.

— Não se trata de calúnia, senhora. É apenas uma questão de bom gosto, que está fora de minha órbita profissional. Temo que seria uma perda de tempo tentar aconselhá-la sobre isso.

— Isso é deveras interessante, sra. Fielder-Flemming — disse Roger, sem perder tempo em interromper aquela troca de gentilezas. — Como descobriu isso?

— Com o criado de sir Eustace, sr. Sheringham — respondeu a sra. Fielder-Flemming, com uma pitada de orgulho. — Eu o interroguei. Sir Eustace não escondeu nada dele. Parece confiar sem reservas em seu lacaio. Ao que parece, ele esperava poder pagar as dívidas, comprar um ou dois cavalos de corrida, sustentar a atual lady Pennefather e, em geral, ter um recomeço desonroso. Na verdade, havia prometido a Barker, esse é o nome do criado, um presente de cem libras no dia em que "conduzisse a potranca ao altar", nas palavras dele. Lamento ferir seus sentimentos, sir Charles, mas tenho que lidar com os fatos, e os sentimentos devem se submeter a eles. Uma propina de dez libras me deu todas as informações que eu queria. Informações bastante notáveis, como se pode ver. — Ela olhou em volta, triunfante.

— A senhora não acha, talvez — disse o sr. Chitterwick, com um sorriso de desculpas —, que informações provenientes de uma fonte tão contaminada possam não ser de todo confiáveis? A fonte parece contaminada demais. Ora, não creio que meu próprio criado me venderia por uma nota de dez libras.

— O criado age de acordo com o patrão — respondeu a sra. Fielder-Flemming, curta e grossa. — As informações eram bastante confiáveis. Pude verificar quase tudo que ele me disse, de modo que acho que tenho o direito de aceitar também as pequenas indiscrições como corretas.

"Gostaria de citar outra confidência de sir Eustace. Não é algo bonito, mas é muito, muito esclarecedor. Ele havia tentado seduzir a srta. Wildman em uma sala privada do restaurante Pug-Dog... aparentemente, com o objetivo de garantir a certeza do casamento que desejava; isso eu pude verificar depois. Lamento mais uma vez, sir Charles, mas estes fatos devem ser revelados. É melhor dizer agora mesmo que a tentativa não teve êxito. Naquela noite, sir Eustace comentou ao criado: 'Você pode levar uma potranca ao altar, mas não pode deixá-la bêbada'. Isso, creio eu, mostrará aos senhores, melhor do que qualquer palavra minha, que tipo de homem sir Eustace Pennefather é. E também lhes mostrará quão esmagadoramente forte foi o incentivo do homem que amava de verdade a srta. Wildman para colocá-la para sempre fora do alcance de um bruto como esse.

"E isso me leva à segunda parte de minha evidência. Esta é de fato a pedra fundamental de toda a estrutura, a base sobre a qual se apoiava a necessidade do assassinato, pela visão do assassino, e, ao mesmo tempo, o alicerce de minha própria reconstrução do crime. A srta. Wildman estava irremediável, irracional e irrevogavelmente apaixonada por sir Eustace Pennefather."

Para efeito dramático, a sra. Fielder-Flemming ficou em silêncio por um momento a fim de permitir que o significado desta informação adentrasse a mente do público. Mas sir Charles estava demasiado preocupado para se interessar por tais efeitos.

— E posso perguntar como descobriu *isso*, madame? — perguntou ele, cheio de sarcasmo. — Por intermédio da empregada de minha filha?

— Da empregada de sua filha, correto — concordou a sra. Fielder-Flemming com doçura. — Notei que uma investigação pode sair cara, mas não devemos nos arrepender do dinheiro gasto em uma boa causa.

Roger suspirou. Estava claro que, uma vez que sua infeliz ideia tivesse morrido de forma dolorosa, o Círculo (se não estivesse completamente acabado até lá) ficaria sem a sra. Fielder-Flemming ou sir Charles Wildman; e ele sabia qual dos dois seria. Uma pena. Sir Charles, além de ser um grande trunfo do ponto de vista profissional, era o único membro, além do sr. Ambrose Chitterwick, fora do elemento literário; e Roger, que havia participado de algumas festas literárias em seus primeiros dias, tinha certeza de que não conseguiria enfrentar uma reunião que consistisse apenas de pessoas que ganhavam a vida com máquinas de escrever.

Além disso, a sra. Fielder-Flemming estava mesmo sendo um pouco dura com o velho advogado. Afinal, era a filha dele que estava em questão.

— Eu — continuou a sra. Fielder-Flemming — estabeleci um motivo esmagador para o homem que tenho em mente eliminar sir Eustace. Na verdade, ele deve ter achado que era a única saída possível para uma situação intolerável. Deixe-me agora relacioná-lo aos poucos fatos que o assassino anônimo nos permitiu conhecer.

"Na outra noite, quando o inspetor-chefe nos permitiu ver a carta forjada da Mason & Filhos, examinei-a com muito cuidado, porque sei alguma coisa sobre máquinas de escrever. A carta foi digitada em uma máquina Hamilton. O homem que tenho em mente tem uma máquina de escrever Hamilton em seu local de trabalho. Os senhores podem dizer que isso é apenas uma coincidência, visto que a Hamilton é usada por muitas pessoas. Talvez, mas se juntarmos coincidências suficientes, elas deixam de se tornar coincidências e se tornam certezas.

"Da mesma forma, temos a coincidência adicional do papel da Mason. Este homem tem uma ligação definitiva com a empresa. Há três anos, como devem se lembrar, a Mason esteve envolvida em um grande processo. Esqueci-me dos detalhes, mas acho que eles moveram uma ação contra um de seus rivais. O senhor se lembra disso, sir Charles?"

O homem assentiu com relutância, como se não estivesse disposto a ajudar sua antagonista, mesmo com essa informação sem importância.

— É claro — disse ele, em poucas palavras. — Foi contra a Companhia de Chocolates Fearnley por violação de direitos autorais em uma campanha publicitária. Eu atuei ao lado da Mason.

— Obrigada. Sim, pensei que se tratasse de algo parecido. Muito bem, então. Este homem estava ligado a esse caso. Ele ajudava a Mason no lado jurídico. Deve ter entrado e saído do escritório deles várias vezes. As oportunidades de se apoderar de uma folha de papel teriam sido inúmeras. As chances pelas quais ele poderia ter se encontrado, três anos depois, na posse de uma folha de papel seriam colossais. O papel tinha bordas amareladas; devia ter uns três anos. Foi apagado. Esse apagamento, sugiro, é o que resta de uma breve nota sobre o caso, feita um dia no escritório da Mason. A coisa é óbvia. Tudo se encaixa.

"Há também a questão do carimbo dos correios. Concordo com sir Charles que podemos presumir que o assassino, por mais astuto que seja e por mais ansioso que estivesse para estabelecer um álibi, não confiaria o envio do pacote fatal a mais alguém. Exceto na existência de um cúmplice, que tenho certeza de que podemos descartar, pois seria perigoso demais; o nome de sir Eustace Pennefather seria notado com facilidade e uma conexão poderia ser posteriormente estabelecida. O assassino, seguro de que a suspeita nunca recairia sobre ele, assim como acreditam todos os assassinos que já existiram, aceita certo risco e posta ele mesmo o pacote. É, portanto, aconselhável, apenas para encerrar o caso, conectar o homem com a vizinhança da Strand entre as 20h30 e 21h30 daquela noite em particular.

"Para minha surpresa, achei esta tarefa, que esperava ser a mais difícil, a mais fácil de todas. O indivíduo que tenho em mente compareceu a um jantar público naquela noite no hotel Cecil, para ser exata, um jantar de reencontro de sua antiga turma de escola. O hotel Cecil, não preciso lembrar, fica quase em frente à Southampton Street. O posto de correios da Southampton Street é o mais próximo do hotel. O que poderia ser mais fácil para ele do que sair de seu assento durante os cinco minutos suficientes e voltar quase antes que percebessem sua ação?"

— De fato, o quê? — murmurou o extasiado sr. Bradley.

— Tenho duas observações finais a fazer. Os senhores se lembram de que, ao apontar a semelhança deste caso com o de Molineux, falei que era mais do que surpreendente, era significativa. Vou explicar o que quis dizer com isso. O que quis dizer foi que o paralelo era próximo demais para ser apenas uma coincidência. Este caso é uma *cópia deliberada* daquele. E, se for, há apenas uma coisa que podemos inferir.

Este assassinato é obra de um homem que entende da história criminal... de um criminologista. E o homem que tenho em mente é um criminologista.

"Meu último argumento diz respeito à negação no jornal do suposto noivado entre sir Eustace Pennefather e a srta. Wildman. Soube pelo criado que sir Eustace não enviou ele mesmo essa negação. Nem a srta. Wildman. Sir Eustace ficou zangado com isso. Foi enviado, por iniciativa própria, sem consultar nenhum dos dois, pelo homem a quem acuso de ter cometido este crime."

O sr. Bradley parou de abraçar o próprio corpo por um momento.

— E o nitrobenzeno? A senhora conseguiu conectá-lo a isso também?

— Este é um dos poucos pontos em que concordo com sir Charles. Não creio que seja minimamente necessário ou possível associá-lo a uma mercadoria tão comum, que pode ser adquirida em qualquer lugar sem a menor dificuldade.

A sra. Fielder-Flemming se continha com visível esforço. As palavras dela, tão calmas e oficiais, até então também haviam sido ditas com a tentativa extenuante de uma entrega calma e oficial. Porém, a cada frase, a tentativa tornava-se mais difícil. A sra. Fielder-Flemming estava tão nervosa que mais algumas frases como essas pareciam suscetíveis a sufocá-la, embora, para os outros, tal intensidade de sentimento parecesse um pouco desnecessária. Ela se aproximava do clímax, é claro, mas mesmo isso dificilmente parecia uma desculpa para um rosto tão roxo e um chapéu que, de alguma forma, conseguira ir até a parte de trás da cabeça, onde tremia com agitação, em simpatia pela dona.

— Isso é tudo — falou ela, em um só sopro. — Afirmo que provei o caso. Este homem é o assassino.

Houve um completo silêncio.

— Bem? — disse Alicia Dammers, sem paciência. — Quem é ele, então?

Sir Charles, que observava a oradora com uma carranca que ficava cada vez mais fechada, bateu de forma bastante ameaçadora na mesa à sua frente.

— Exato — rosnou ele. — Vamos colocar as coisas à vista de todos. Contra quem são dirigidas essas insinuações ridículas, madame?

Era possível concluir que sir Charles não concordava com as conclusões da mulher, mesmo antes de saber quais eram.

— Acusações, sir Charles? — guinchou a sra. Fielder-Flemming. — O senhor... o senhor finge não saber?

— Ora, madame — retorquiu sir Charles, com enorme dignidade —, receio não fazer ideia.

E então a sra. Fielder-Flemming tornou-se lamentavelmente dramática. Levantando-se devagar, como uma rainha da tragédia (exceto que rainhas da tragédia não usam chapéus trêmulos na parte de trás da cabeça e, se seus rostos tendem a ficar roxos de emoção, disfarcem a tonalidade com maquiagens apropriadas), desatenta da cadeira tombando atrás dela com um baque surdo e fatal, com o dedo trêmulo apontando para o outro lado da mesa, ela confrontou sir Charles com cada centímetro de sua pequena altura de um metro e meio.

— O senhor! — gritou a sra. Fielder-Flemming. — O senhor é o homem! — O dedo estendido tremia como uma fita presa a um ventilador. — A marca de Caim está em sua testa! Assassino!

No silêncio de horror extático que se seguiu, o sr. Bradley agarrou-se ao braço do sr. Chitterwick para tentar se conter.

Sir Charles conseguiu encontrar sua voz, que havia perdido por um momento.

— A mulher enlouqueceu — disse ele, engasgado.

Ao descobrir que não havia levado um tiro e nem mesmo fora atingida por um raio dos olhos de sir Charles, possibilidade que parecia temer, a sra. Fielder-Flemming procedeu com um pouco menos de histeria para amplificar seu ataque.

— Não, não estou louca, sir Charles. Estou muito, muito sã. O senhor ama sua filha com o amor duplo que um homem que perdeu a esposa sente pela única presença feminina que lhe resta. Considerou que qualquer medida era justificada para evitar que ela caísse nas mãos de sir Eustace Pennefather... que a juventude, a inocência e a confiança dela fossem exploradas por um canalha como ele.

"Por sua boca, eu o condeno. O senhor já nos disse que não era necessário mencionar tudo o que aconteceu em sua conversa com sir Eustace. Não, pois então teria que revelar o fato de que o informou que preferia matá-lo com as próprias mãos a ver a filha casada com ele. E, quando as coisas chegaram a tal ponto, com a paixão e a obstinação da pobre moça e a determinação de sir Eustace em tirar vantagem delas, nada menos do que isso lhe foi deixado para evitar a catástrofe, e o senhor não hesitou em empregar esse plano. Sir Charles Wildman, que Deus seja seu juiz, pois eu não posso sê-lo."

Respirando com dificuldade, a sra. Fielder-Flemming recuperou a cadeira caída e sentou-se nela.

— Bem, sir Charles — disse o sr. Bradley, cujo peito estufado ameaçava estourar o colete. — Bem, eu não teria pensado isso do senhor. Assassinato, de fato. Muito travesso; muito, muito travesso.

Pela primeira vez, sir Charles não deu atenção à provocação. Talvez nem sequer a tenha ouvido. No momento que sua consciência compreendeu que a sra. Fielder-Flemming de fato pretendia fazer a acusação com toda a seriedade e não tinha sido vítima de um ataque temporário de insanidade, o peito ficou tão estufado quanto o do sr. Bradley. O rosto, adotando o tom arroxeado que o da sra. Fielder-Flemming agora abandonava, assumiu o aspecto do sapo da fábula que não conseguiu perceber o próprio limite de estufamento. Roger, cujas emoções ao ouvir a explosão da sra. Fielder-Flemming foram tão mescladas que quase ficaram confusas, começou a ficar bastante alarmado por ele.

Mas sir Charles encontrou a válvula de escape do discurso bem a tempo.

— Senhor presidente — rugiu ele —, se não estou certo em assumir que isso é uma piada da parte desta senhora, mesmo que seja uma piada de muito mau gosto, devo esperar que leve a sério esse disparate?

Roger olhou para o rosto da sra. Fielder-Flemming, agora rígido, e engoliu em seco. No entanto, por mais que sir Charles chamasse aquilo de disparate, sua antagonista decerto havia apresentado um caso, e um caso robusto e com fundamento.

— Acho — disse ele, com todo o cuidado — que se fosse qualquer outra pessoa além de si mesmo, sir Charles, o senhor concordaria que uma acusação desse tipo, quando há evidências reais para apoiá-la, ao menos exige ser levada a sério a ponto de precisar ser refutada.

Sir Charles bufou, e a sra. Fielder-Flemming assentiu várias vezes com veemência.

— Se é que é possível refutá-la — observou o sr. Bradley. — Mas devo admitir que, de minha parte, estou impressionado. A sra. Fielder-Flemming parece ter explicado seu caso. Gostaria que eu telefonasse para a polícia, senhor presidente? — Ele falou com o ar de esforço sincero de quem cumpriria seu dever de cidadão, por mais desagradável que fosse.

Sir Charles olhou para ele e, mais uma vez, pareceu sem palavras.

— Ainda não, acho — respondeu Roger com gentileza. — Ainda não ouvimos o que sir Charles tem a dizer.

— Bem, suponho que podemos *ouvi-lo* — reconheceu o sr. Bradley.

Cinco pares de olhos recaíram sobre sir Charles, cinco pares de orelhas se prepararam para ouvir.

Mas sir Charles, lutando consigo mesmo, permaneceu em silêncio.

— Como eu esperava — murmurou o sr. Bradley. — Não há defesa. Mesmo sir Charles, que livrou tantos assassinos da forca, não consegue encontrar algo a dizer em um caso tão flagrante. É muito triste.

Pelo olhar que lançou a seu algoz, era possível deduzir que sir Charles teria encontrado muito a dizer caso os dois estivessem sozinhos. Do jeito que estava, ele só conseguia rosnar.

— Senhor presidente — disse Alicia Dammers, com habitual eficiência enérgica —, tenho uma proposta a fazer. Sir Charles parece estar admitindo a culpa por omissão, e o sr. Bradley, como bom cidadão, deseja entregá-lo à polícia.

— De acordo! — observou o cidadão de bem.

— De minha parte, eu lamentaria fazer isso. Acho que há muito a ser dito sobre sir Charles. O assassinato, como aprendemos, é sempre antissocial. Mas será mesmo? Sou da opinião de que a intenção de sir Charles de livrar o mundo... e a própria filha... de sir Eustace Pennefather era de interesse geral. Que sua intenção tenha falhado e uma vítima inocente tenha sido morta não vem ao caso. Até mesmo a sra. Fielder-Flemming parecia ter dúvidas se sir Charles deveria ser condenado, pois um júri com certeza o condenaria, embora ela tenha acrescentado, em conclusão, que não se sentia competente para julgá-lo.

"Eu discordo. Sendo uma pessoa, espero, de inteligência razoável, sinto-me perfeitamente competente para julgá-lo. E considero que todos aqui compartilham dessa capacidade. Sugiro, portanto, que nós mesmos o julguemos de fato. A sra. Fielder-Flemming poderia atuar como promotora; alguém... proponho o sr. Bradley... poderia defendê-lo; e todos nós constituiríamos um júri, sendo a decisão por maioria a favor ou contra. Nós nos comprometemos a respeitar o resultado e, se for contra ele, chamamos a polícia; se for a seu favor, concordamos em nunca dizer uma palavra referente à sua culpa fora desta sala. Isso pode ser colocado na reunião?"

Roger sorriu para ela em reprovação. Ele sabia muito bem que a srta. Dammers não acreditava na culpa de sir Charles, assim como ele, e sabia também que ela estava apenas brincando com aquele eminente advogado; de forma um pouco cruel, mas que sem dúvida pensava ser boa para ele. A srta. Dammers professava acreditar firmemente em ver o outro lado de todas as questões e sustentava que seria muito bom para o gato vez ou outra ser perseguido pelo rato; com certeza, portanto, era muito salutar para um homem que havia processado outros homens por suas vidas, encontrar-se pela primeira vez no banco dos réus. O sr. Bradley, por outro lado, embora também fosse óbvio que não acreditava que sir Charles fosse o assassino, zombou não por convicção, mas porque só assim poderia se vingar de sir Charles por ter feito mais sucesso em sua vida do que o sr. Bradley talvez tivesse a chance de fazer.

Nem o sr. Chitterwick, considerou Roger, tinha quaisquer dúvidas sérias quanto à possibilidade de sir Charles ser culpado, embora ainda parecesse tão alarmado com a ousadia da sra. Fielder-Flemming em sugerir tal coisa que não era de todo possível saber o que ele pensava. Na verdade, Roger tinha certeza de que ninguém alimentava a menor suspeita de que sir Charles era culpado, exceto a sra. Fielder-Flemming... e talvez, pela aparência dele, o próprio sir Charles. Como aquele cavalheiro indignado salientara, tal ideia, encarada como uma reflexão sóbria, era um completo absurdo. Sir Charles não poderia ser culpado porque... bem, porque ele era sir Charles, e porque essas coisas não acontecem, e porque era evidente que ele não poderia ser culpado.

Por outro lado, a sra. Fielder-Flemming provou muito bem que ele o era. E sir Charles ainda nem havia tentado provar o contrário.

Não era a primeira vez que Roger desejava, de maneira muito sincera, que outra pessoa ocupasse a cadeira presidencial.

— Acho — disse ele — que antes de fazermos qualquer coisa, deveríamos ouvir o que sir Charles tem a dizer. Tenho certeza — acrescentou o presidente, de maneira gentil, lembrando-se da frase certa — de que ele terá uma resposta para todas as acusações.

Ele olhou com expectativa para o criminoso. Sir Charles pareceu se retirar da névoa de sua ira.

— Esperam mesmo que eu me defenda dessa... dessa histeria? — rugiu ele. — Pois bem. Admito que sou criminologista, o que a sra. Fielder-Flemming parece considerar tão condenatório. Admito que naquela noite fui a um jantar no hotel Cecil, o que parece ser suficiente para colocar a corda em meu pescoço. Admito, uma vez que parece que meus assuntos privados se tornarão públicos, independentemente do bom gosto ou da decência, que preferiria ter estrangulado sir Eustace a vê-lo casado com minha filha.

Ele fez uma pausa e passou a mão cansada pela testa. Sir Charles já não era mais formidável, era apenas um velho bastante confuso. Roger sentiu pena dele. Mas a sra. Fielder-Flemming expusera o caso muito bem para que fosse possível poupá-lo daquilo.

— Admito tudo, mas nada disso forma uma evidência que teria peso em um tribunal. Se querem que prove que não fui eu a enviar os bombons, o que devo dizer? Poderia trazer meus companheiros de jantar, aqueles que estavam sentados a meu lado, que jurariam que não saí de meu assento até... bem, deve ter sido depois das dez horas da noite. Posso provar por meio de outras testemunhas que minha filha enfim consentiu, após minhas declarações, em desistir da ideia de se casar com sir Eustace e foi, por vontade própria, passar uma temporada com parentes em Devonshire. Mas então tenho que admitir que isso aconteceu após a data da postagem dos doces.

"Em suma, a sra. Fielder-Flemming conseguiu, com considerável habilidade, montar um caso *prima facie* contra mim, embora tenha sido baseado em uma suposição equivocada. Eu diria a ela que um advogado nunca entra e sai das instalações do cliente como bem entender, que, em geral, só se encontra com ele na presença do procurador, quer no local de trabalho do primeiro, quer em seu próprio escritório. Além disso, estou inteiramente pronto, se esta reunião considerar aconselhável, para que o assunto seja investigado de maneira oficial. Mais ainda: saúdo tal investigação tendo em conta a calúnia que me foi lançada. Senhor presidente, peço-lhe, como representante dos membros como um todo, que tome as medidas que achar adequadas."

Roger seguiu um rumo cauteloso.

— Em minha opinião, sir Charles, tenho certeza de que o raciocínio da sra. Fielder-Flemming, por mais inteligente que tenha sido, baseou-se, como o senhor disse, em um erro, e de fato, por uma questão de mera probabilidade, não consigo ver um pai enviando bombons envenenados para o futuro noivo da filha. Um instante de reflexão lhe mostraria a inevitabilidade prática de os doces acabarem chegando à própria filha. Tenho minha opinião sobre este crime, mas, mesmo não a levando em consideração, tenho certeza de que o caso contra sir Charles não foi realmente provado.

— Senhor presidente — interveio a sra. Fielder-Flemming, com veemência —, o senhor pode dizer o que quiser, mas no interesse de...

— Concordo, senhor presidente — falou a srta. Dammers, interrompendo-a incisivamente. — É impensável que sir Charles pudesse ter enviado aqueles chocolates.

— Humpf! — disse o sr. Bradley, sem querer que a brincadeira fosse estragada tão cedo.

— De acordo! — falou o sr. Chitterwick, com uma certeza surpreendente.

— Por outro lado — disse Roger —, é evidente que a sra. Fielder-Flemming tem direito à investigação oficial que sir Charles pede, tanto quanto o próprio, para manter seu bom nome. E concordo que ela certamente apresentou um caso *prima facie* para investigação. Mas o que gostaria de sublinhar é que, até agora, apenas dois dos seis membros falaram, e não é excluída a possibilidade de que tais desenvolvimentos surpreendentes possam ser detectados quando todos tivermos nossa vez, e que o que estamos discutindo agora pode... não digo que isso acontecerá, mas *pode*... ter se tornado insignificante.

— Ah! — murmurou o sr. Bradley. — O que nosso digno presidente tem na manga?

— Proponho, portanto, uma moção formal — falou Roger, desconsiderando os olhares um tanto azedos lançados pela sra. Fielder-Flemming — para arquivarmos inteiramente a questão relativa a sir Charles, seja em discussão ou em relatório, dentro ou fora desta sala, por uma semana a partir de hoje, quando qualquer membro que desejar poderá trazê-la outra vez à tona; caso contrário, cairá no esquecimento para sempre. Vamos votar? Quem é a favor?

A moção foi aprovada por unanimidade. A sra. Fielder-Flemming teria gostado de votar contra, mas ela nunca havia pertencido a uma comissão na qual todas as moções não fossem aprovadas por unanimidade, e o hábito era forte demais para ela.

A reunião foi encerrada, então, com bastante pressão.

CAPÍTULO 9

Roger sentou-se à escrivaninha do escritório de Moresby na Scotland Yard e balançou as pernas, mal-humorado. O inspetor-chefe não estava ajudando.

— Já lhe disse, sr. Sheringham — falou ele, com ar paciente. — É inútil tentar me fazer perguntas. Já contei tudo o que sabemos. Eu o ajudaria se pudesse, como o senhor bem sabe... — bufou Roger, incrédulo — ...mas estamos simplesmente em um beco sem saída.

— Eu também — resmungou Roger. — E não gosto disso.

— O senhor logo se acostumará, sr. Sheringham — disse Moresby, consolando-o —, se assumir esse tipo de trabalho com frequência.

— É simples, eu não consigo avançar — lamentou-se Roger. — Na verdade, acho que não quero. Tenho quase certeza de que estou investigando na direção errada. Se a pista de fato reside na vida privada de sir Eustace, ele a está protegendo como o próprio diabo. Mas não acho que seja isso.

— Humpf! — disse Moresby, que discordava.

— Interroguei os amigos dele até eles se cansaram de mim. Apresentei-me para os amigos dos amigos dele e para os amigos dos amigos dos amigos dele e os interroguei também. Assombrei o clube. E o que descobri? Que sir Eustace não é apenas um sujeito inacreditável, como o senhor já me falou, mas um sujeito inacreditável perfeitamente indiscreto, do tipo bastante desagradável, por sorte muito mais raro do que as mulheres supõem, que cita por nome as conquistas femininas... embora eu pense que, no caso de sir Eustace, isso tenha acontecido por falta de imaginação, e não por qualquer grosseria natural. Mas o senhor entende o que quero dizer. Coletei o nome de dezenas de mulheres e todas elas levam... a lugar nenhum! Se houvesse uma mulher por trás disso, já teria ouvido falar dela a essa altura. E não ouvi.

— E quanto ao caso americano, que consideramos um paralelo tão extraordinário, sr. Sheringham?

— Foi citado ontem à noite por um de nossos membros — disse Roger, a voz sombria. — E que dedução tirou dele!

— Ah, sim — assentiu o inspetor-chefe. — Essa seria a sra. Fielder-Flemming, suponho. Ela acha que sir Charles Wildman é o culpado, não?

Roger olhou para ele.

— Como raios sabia disso? Ah! Aquela velha bruxa inescrupulosa. Ela falou com vocês, não foi?

— Decerto que não, senhor — retrucou Moresby com um ar virtuoso, como se metade dos casos difíceis que a Scotland Yard resolvesse não fossem conduzidos sobretudo por meio de "informações recebidas". — Ela não nos disse uma palavra, embora eu não esteja afirmando que não seria dever dela fazê-lo. Mas não há muitas ações de seus membros das quais não saibamos e pensemos bastante a respeito.

— Estamos sendo seguidos — disse Roger, satisfeito. — Sim, o senhor nos informou no início que ficariam de olho em nós. Pois bem. Então, nesse caso, vai prender sir Charles?

— Ainda não, sr. Sheringham — respondeu Moresby, com voz grave.

— O que acha da teoria, então? Ela apresentou um caso muito marcante.

— Eu ficaria surpreso — disse Moresby, com cuidado — se me convencessem de que sir Charles Wildman começou a assassinar pessoas em vez de nos impedir de enforcar outros assassinos.

— Paga menos, com certeza — concordou Roger. — Sim, claro que não pode ter base na realidade, mas é uma ideia boa.

— E que teoria o senhor vai apresentar, sr. Sheringham?

— Moresby, não faço a mínima ideia. E preciso falar amanhã à noite. Suponho que posso fingir algo, mas é uma decepção. — Roger refletiu por um momento. — Creio que o verdadeiro problema é que meu interesse nesse caso é puramente acadêmico. Para todos os outros foi pessoal, e isso não só dá um incentivo bem maior para chegar ao fundo da questão, mas, de alguma forma, de fato ajuda a fazê-lo. Maior possibilidade de coleta de informações, imagino. E informações mais íntimas sobre as pessoas envolvidas.

— Bem, sr. Sheringham — observou Moresby, com um pouco de malícia —, talvez agora possa admitir que a polícia, que nunca tem um interesse pessoal, se com isso quer dizer olhar para um caso de dentro em vez de olhar para ele de fora, tenha uma boa desculpa quando um caso não é resolvido. O que, aliás — acrescentou Moresby, com orgulho profissional —, quase nunca acontece.

— Com certeza — concordou Roger. — Bem, Moresby, preciso passar pela penosa tarefa de comprar um chapéu novo antes do almoço. Quer vir comigo até a Bond Street? Depois eu poderia entrar em uma hospedaria vizinha e seria bom que pudesse me acompanhar lá também.

— Desculpe, sr. Sheringham — disse o inspetor-chefe Moresby, incisivo —, mas *eu* tenho um trabalho a fazer.

Roger se retirou.

Ele estava se sentindo tão deprimido que pegou um táxi para a Bond Street em vez do ônibus, a fim de se animar. Roger, tendo estado algumas vezes em Londres durante os anos de guerra e lembrando-se dos hábitos interessantes cultivados pelos motoristas de táxi durante esse período, nunca pegava um táxi quando o ônibus funcionava muito bem. A memória pública é notoriamente curta, mas os preconceitos públicos são, da mesma forma, notoriamente longos.

Roger tinha motivos para sua depressão. Ele estava, como dissera a Moresby, não apenas em um beco sem saída, mas também começava a crescer nele a convicção de que, na verdade, estivera trabalhando de maneira completamente equivocada, e a possibilidade de que todo o trabalho ao qual se dedicou fosse uma perda de tempo era triste. Seu interesse inicial pelo caso, embora grande, era, como acabara de descobrir, apenas acadêmico, como o que sentiria por qualquer assassinato planejado de maneira engenhosa e, apesar dos contatos estabelecidos com pessoas que conheciam vários dos protagonistas, ainda se sentia um tanto desligado do caso. Não havia conexão pessoal alguma que lhe permitisse lidar com isso. Ele começava a suspeitar que era o tipo de caso que necessitava de investigações intermináveis, coisa que um indivíduo não tem a habilidade, a paciência ou o tempo para processar e que só podia de fato ser tratado pela polícia.

Foi por acaso que dois encontros fortuitos no mesmo dia e quase no espaço de uma hora deram ao caso uma aparência diametralmente oposta aos olhos de Roger, enfim traduzindo o interesse no assunto do acadêmico para o pessoal.

O primeiro foi na Bond Street.

Saindo da chapelaria, com o chapéu novo apoiado no ângulo certo na cabeça, ele viu a sra. Verreker-le-Mesurer se aproximando. A sra. Verreker-le-Mesurer era baixinha, elegante, rica, jovem o suficiente, viúva e cobiçava Roger. O motivo disso, mesmo Roger, que tinha sua cota de presunção, não conseguia entender, mas sempre que ele lhe dava a oportunidade, ela se punha a seus pés (de maneira metafórica, é claro; ele não tinha a intenção de dar-lhe a oportunidade de fazê-lo de forma literal) e olhava para ele com os grandes olhos castanhos se derretendo em sincero engrandecimento. Mas ela falava. Falava, em suma, e falava, e falava. E Roger, que também gostava de falar, não a suportava.

Ele tentou atravessar a rua, mas não havia abertura no fluxo de tráfego. Estava encurralado. Com um sorriso alegre que mascarava uma mente injuriosa, mudou o ângulo de seu belo chapéu novo.

A sra. Verreker-le-Mesurer agarrou o braço dele com alegria.

— Ah, sr. Sheringham! Justamente quem eu queria encontrar. Sr. Sheringham, *diga-me*. Na mais estrita confidencialidade, é claro. O senhor *assumiu* aquele assunto terrível da morte da *pobre* Joan Bendix? Ah, não... não me diga que não. — Roger tentou dizer a ela que esperava fazê-lo, mas a mulher não lhe deu chance. — Ah, não mesmo? Mas é terrível demais. O senhor deveria, sabe, deveria tentar descobrir mesmo quem enviou aqueles bombons para sir Eustace Pennefather. Acho que é maldade de sua parte não fazer isso.

Roger, com o sorriso da relação civilizada congelado no rosto, mais uma vez tentou dizer uma palavra; sem resultado.

— Fiquei horrorizada quando ouvi falar do crime. Simplesmente horrorizada. — A sra. Verreker-le-Mesurer deixou claro seu horror. — Veja bem, Joan e eu éramos amigas *muito* próximas. Bastante íntimas. Na verdade, estudamos juntas... o senhor disse alguma coisa, sr. Sheringham?

Roger, que havia permitido que um gemido um tanto incrédulo lhe escapasse, logo balançou a cabeça.

— E o mais terrível, o mais *terrível*, é que Joan causou tudo isso a si mesma. Não é um horror, sr. Sheringham?

Roger não queria mais escapar.

— O que disse? — perguntou ele com alguma dificuldade, outra vez incrédulo.

— Suponho que seja o que chamam de ironia trágica — tagarelou a sra. Verreker-le-Mesurer com alegria. — Decerto foi trágico o suficiente, e nunca ouvi falar de algo tão terrivelmente irônico. O senhor sabe da aposta que ela fez com o marido, é claro, que ele teria que comprar uma caixa de bombons para ela. Se essa aposta não existisse, sir Eustace nunca teria dado a ele os doces envenenados, mas os teria comido e morrido, e, pelo que ouvi falar dele, seria muito bem feito. Bem, sr. Sheringham... — A sra. Verreker-le-Mesurer baixou a voz para um sussurro conspirador e olhou ao redor de maneira aprovadora. — Nunca revelei isso a ninguém, mas estou lhe contando porque sei que vai gostar. O senhor se *interessa* por ironia, não é?

— Eu adoro ironia — respondeu Roger, de forma mecânica. — O que é?

— Bem... *Joan não estava jogando limpo!*

— O que quer dizer? — perguntou ele, perplexo.

A sra. Verreker-le-Mesurer ficou satisfeitíssima com a reação que causava.

— Ora, ela não devia ter feito aquela aposta. Foi uma decisão dela. Uma decisão horrível, é claro, mas o pior é que ela mesma causou isso, de certa forma. Estou terrivelmente angustiada com tudo. De fato, sr. Sheringham, mal suporto apagar a luz quando vou para a cama. Vejo o rosto de Joan me olhando no escuro. É horrível.

E, por um breve instante, a expressão da sra. Verreker-le-Mesurer refletiu pela primeira vez a emoção que ela professava sentir: parecia bastante abatida.

— Por que a sra. Bendix não devia ter feito a aposta? — indagou Roger, com paciência.

— Ah! Ora, porque ela já tinha visto a peça antes. Fomos juntas logo na primeira semana. Ela *sabia* quem era o vilão o tempo todo.

— Por Deus! — Roger ficou tão impressionado quanto a sra. Verreker-le-Mesurer poderia ter desejado. — Um acaso vingativo de novo, não? Nenhum de nós está imune a isso.

— Justiça poética, o senhor quer dizer? — comentou a sra. Verreker-le-Mesurer, para quem essas observações foram um pouco obscuras. — Sim, de certa forma, foi mesmo, não? Embora, na verdade, a punição tenha sido desproporcional ao crime. Meu Deus, se toda mulher que trapaceia em uma aposta fosse morta, onde estaríamos? — perguntou, com uma franqueza inconsciente.

— Humpf! — exclamou Roger com tato.

A sra. Verreker-le-Mesurer olhou para cima e para baixo na calçada e umedeceu os lábios. Roger teve a estranha impressão de que ela não estava falando como sempre, apenas por falar, mas tagarelava de forma recôndita para escapar do silêncio. Era como se estivesse mais angustiada com a morte da amiga do que gostaria de demonstrar e encontrasse algum alívio em balbuciar. Roger também se interessou ao notar que, embora fosse possível que a sra. Verreker-le-Mesurer gostasse da mulher morta, ela agora se via impelida, como que contra sua vontade, a insinuar culpa, mesmo enquanto a elogiava. Era como se conseguisse extrair algum consolo sutil para a morte real.

— Mas Joan Bendix, entre todas as pessoas! É isso que não consigo superar, sr. Sheringham. Eu nunca pensaria que Joan fosse *capaz* de uma coisa dessas. Ela era uma mulher tão boa. Talvez um pouco ligada demais ao dinheiro, considerando o quanto era rica, mas isso não é nada. É claro que sei que era apenas uma brincadeira com o marido, mas sempre pensei que Joan fosse muito *séria*, se é que me entende.

— Bastante — falou Roger, que entendia o idioma dela tão bem quanto a maioria das pessoas.

— Quer dizer, as pessoas comuns não falam sobre honra, verdade e joguetes, e todas essas coisas que damos como certas. Mas Joan, sim. Ela sempre dizia que isso não era honroso ou que não queria participar de joguetes. Bem, ela pagou o preço por participar de um, não foi, pobre coitada? Ainda assim, suponho que isso tudo prova a veracidade do que as pessoas dizem.

— O que as pessoas dizem? — indagou Roger, quase hipnotizado por esse fluxo de conversa.

— Ora, que indivíduos calados em geral têm muito a dizer. Joan deve ter sido profunda, imagino. — A sra. Verreker-le-

-Mesurer suspirou. Ao que parecia, ser profundo era um erro social grave. — Não que eu queira falar algo contra Joan agora que ela está morta, coitada, mas... bem, o que quero dizer é que acho a psicologia muito interessante, não é, sr. Sheringham?

— Fascinante — concordou Roger, de forma grave. — Bem, receio que eu deva estar...

— E o que aquele homem, sir Eustace Pennefather, pensa sobre tudo isso? — questionou a sra. Verreker-le-Mesurer, com uma expressão vingativa. — Afinal, ele também é responsável pela morte de Joan.

— Ora. — Roger não nutria qualquer amor por sir Eustace, mas sentiu-se obrigado a defendê-lo dessa acusação. — Para ser sincero, não creio que possa dizer isso, sra. Verreker-le-Mesurer.

— Posso e digo — afirmou ela. — O senhor já o conheceu, sr. Sheringham? Ouvi falar que é uma criatura horrível. Sempre correndo atrás de uma mulher ou outra e quando se cansa dela a abandona sem mais nem menos... É verdade?

— Receio não saber — respondeu Roger, com frieza. — Não conheço o sujeito.

— Bem, já ouvi dizer que ele já está ocupado com outra agora — retrucou a sra. Verreker-le-Mesurer, talvez um pouco mais rosada do que as bochechas delicadas teriam ficado naturalmente. — Meia dúzia de pessoas me contou. Aquela mulher, Bryce, entre todas as pessoas. O senhor sabe, a esposa do homem do petróleo, ou da gasolina, ou de onde quer que tenha vindo seu dinheiro.

— Nunca ouvi falar — mentiu Roger.

— Tudo começou há cerca de uma semana, dizem — falou a fervorosa fofoqueira. — Para se consolar por não ter conseguido Dora Wildman, suponho. Bem, graças a Deus sir Charles teve o bom senso de impedir aquilo. Foi ele quem fez isso, não foi? Ouvi isso outro dia. Homem terrível! Você teria pensado que uma coisa tão nefasta quanto ser praticamente responsável pela morte da pobre Joan o deixaria um pouco mais sério, não é? Mas não. Na verdade, acredito que ele...

— Tem visto algum espetáculo nos últimos dias? — perguntou Roger em voz alta.

A sra. Verreker-le-Mesurer olhou para ele, perplexa, por um momento.

— Espetáculo? Sim, já vi quase todos, acho. Por quê, sr. Sheringham?

— Estava apenas pensando. O novo musical do Pavilion é muito bom, não acha? Bem, receio que devo...

— Ah, não! — A sra. Verreker-le-Mesurer estremeceu de leve. — Estava lá na noite anterior à morte de Joan.

Será que nenhum assunto pode nos afastar disso por um momento?, pensou Roger.

— Lady Cavelstoke tinha um camarote e me convidou para me juntar ao grupo.

— É mesmo? — Roger estava se perguntando se seria considerado rude simplesmente largar a senhora, como no rúgbi, e mergulhar em direção à abertura mais próxima no trânsito. — Um espetáculo excelente — falou ao acaso, aproximando-se inquieto do meio-fio. — Gostei em especial daquele esquete, *O triângulo sempiterno*.

— *O triângulo sempiterno*? — repetiu a sra. Verreker-le--Mesurer.

— Sim, no início.

— Ah! Então talvez eu não tenha visto. Cheguei alguns minutos atrasada, infelizmente. Mas — disse a sra. Verreker-le--Mesurer, com emoção — parece que sempre estou atrasada para tudo.

Roger notou que *alguns minutos* eram apenas um eufemismo, assim como a maioria das declarações da sra. Verreker--le-Mesurer a respeito de si mesma. *O triângulo sempiterno*, tinha certeza, só fora apresentado após a primeira meia hora do espetáculo.

— Ah! — Roger olhou fixamente para um ônibus que se aproximava. — Receio que tenha que me desculpar, sra.

Verreker-le-Mesurer. Há um homem naquele ônibus que quer falar comigo. *Scotland Yard!* — sibilou ele, em um sussurro impressionante.

— Ah! Então... então isso significa que o senhor *está* investigando a morte da pobre Joan, sr. Sheringham? *Diga-me!* Não vou revelar a ninguém.

Roger olhou ao redor com ar misterioso e franziu a testa de maneira aprovativa.

— Sim! — falou, com o dedo nos lábios. — Mas nem uma palavra, sra. Verreker-le-Mesurer.

— Claro que não, prometo.

Mas Roger ficou decepcionado ao notar que a mulher não parecia tão impressionada quanto ele esperava. Pela expressão da sra. Verreker-le-Mesurer, ele estava quase acreditando que ela suspeitava de quão inúteis seus esforços haviam sido e lamentava um pouco que ele tivesse assumido mais do que conseguia lidar.

Contudo, o ônibus já havia chegado até eles e, com um "adeus" apressado, Roger subiu no degrau enquanto o veículo passava. Agindo de maneira ostensivamente furtiva, sentindo aqueles grandes olhos castanhos fixos de admiração às costas, ele subiu os degraus e sentou-se, depois de um exame exagerado dos outros passageiros, ao lado de um homenzinho que parecia bem inofensivo, de chapéu-coco. O homenzinho, que por acaso era um funcionário contratado por um homem que faz lápides em Tooting, olhou para ele com ressentimento. Havia diversos assentos vazios ao redor.

O ônibus parou em Piccadilly, e Roger desceu no clube Arco-íris. Iria almoçar mais uma vez com um dos sócios. Roger passou a maior parte dos últimos dez dias convidando sócios do Arco-íris que ele conhecia, mesmo que remotamente, para almoçar, a fim de ser convidado para ir ao clube em troca. Até agora, nada de útil havia surgido de todo esse trabalho, e ele não esperava mais nada hoje.

Não que aquele membro do clube estivesse relutante em falar da tragédia. Ao que parecia, ele estudara com Bendix e estava tão disposto a assumir responsabilidade por ele com base nesse vínculo quanto a sra. Verreker-le-Mesurer estivera em relação à sra. Bendix. Ele se orgulhava um bocado de ter uma conexão mais íntima com a questão do assassinato do que os outros membros do clube. Na verdade, concluiu-se que a ligação era ainda um pouco mais próxima que a do próprio sir Eustace. O anfitrião de Roger era esse tipo de sujeito.

Enquanto conversavam, um homem entrou na sala de jantar e passou pela mesa. O anfitrião de Roger ficou em silêncio de repente. O recém-chegado acenou de forma abrupta para ele e seguiu em frente.

O anfitrião de Roger inclinou-se sobre a mesa e falou no tom abafado de alguém a quem foi concedida uma revelação.

— Falando do diabo! Aquele era o próprio Bendix. É a primeira vez que o vejo aqui desde o acontecido. Pobre coitado! Aquilo acabou com ele, o senhor sabe. Nunca vi um homem tão dedicado à esposa. Era um exemplo. Viu como ele parecia horrível? — Tudo isso em um sussurro diplomático que devia ter sido muito mais óbvio para o sujeito do que o mais alto dos gritos, caso ele estivesse olhando na direção deles.

Roger assentiu por um segundo. Ele teve um vislumbre do rosto de Bendix e ficou chocado antes mesmo de saber sua identidade. Estava abatido, pálido e marcado por linhas de amargura, velho antes do tempo. *Espere um instante*, pensou ele, muito emocionado, *alguém precisa fazer um esforço. Se o assassino não for encontrado logo, ele também vai morrer.*

Em voz alta, falou, um tanto ao acaso e sem tato:

— Ele não conversou com o senhor. Pensei que eram amigos íntimos.

O anfitrião pareceu desconfortável.

— Ah, bem, é preciso fazer concessões neste momento — disse ele, se esquivando. — Além disso, não éramos amigos *íntimos*, para ser exato. Na verdade, ele estava um ou dois anos à minha frente na escola. Ou podem ter sido três. Éramos de casas diferentes também. E ele estava do lado moderno, é claro... pode imaginar o filho do pai dele sendo outra coisa? Eu, por outro lado, era um homem clássico.

— Entendo — disse Roger com bastante seriedade, percebendo que o contato real de seu anfitrião com Bendix na escola se limitara, no máximo, ao dedo do pé deste último com as partes traseiras do primeiro.

Ele deixou por isso mesmo.

Durante o restante do almoço, Roger permaneceu um pouco desatento. Algo o incomodava, e ele não conseguia identificar o que era. Em algum lugar, de alguma forma, durante a última hora, sentiu que uma informação vital lhe havia sido transmitida e ele não compreendera sua importância.

Apenas quando vestia o casaco, meia hora depois, tendo desistido por um instante de tentar preocupar a mente com aquilo, é que a compreensão lhe veio de forma espontânea, do jeito enlouquecedor que costuma acontecer. Ele parou, um braço na manga do casaco, o outro do lado de fora.

— *Por Deus!* — falou, baixinho.

— Algum problema, meu velho? — perguntou o anfitrião, agora abrandado por muito vinho do Porto.

— Não, nada — respondeu Roger, com pressa, voltando à Terra.

Fora do clube, chamou um táxi.

Talvez pela primeira vez na vida, a sra. Verreker-le-Mesurer deu a alguém uma ideia construtiva.

Durante o restante do dia, Roger ficou muito ocupado.

CAPÍTULO 10

O presidente convocou o sr. Bradley a iniciar seu discurso. Ele coçou o bigode e mentalmente ergueu as mangas.

Ele havia começado sua carreira (quando ainda era Percy Robinson) como vendedor de carros e descobriu que havia mais dinheiro na fabricação. Agora, fabricava histórias de detetive e achava útil a experiência anterior com a ingenuidade do público. Ainda era um vendedor de si mesmo, mas, às vezes, tinha dificuldade em lembrar que não estava mais em uma concessionária. Tudo e todos neste mundo, incluindo Morton Harrogate Bradley, ele desprezava com todo o coração, com a única exceção de Percy Robinson. Ele vendia dezenas de milhares.

— Isso é bastante lamentável para mim — começou, com o sotaque cavalheiresco correto, como se estivesse se dirigindo a uma plateia de idiotas. — Tinha a impressão de que os senhores esperavam que eu apresentasse como assassino a pessoa mais improvável, na tradição costumeira, mas a sra. Fielder-Flemming puxou meu tapete. Não vejo como posso encontrar um assassino mais improvável do que sir Charles. Todos nós que temos a infelicidade de falar depois da sra. Fielder-Flemming teremos que nos contentar com o anticlímax.

"Não que não tenha feito meu melhor. Estudei o caso com meus próprios olhos, o que me levou a uma conclusão que com certeza me surpreendeu bastante. Mas, como disse, depois da última oradora, isso acabará parecendo a todos um sombrio anticlímax. Deixe-me ver agora, por onde comecei? Ah, sim, com o veneno.

"O uso do nitrobenzeno como agente intoxicante me interessou bastante. Acho isso significativo ao extremo. O nitrobenzeno é a última coisa que se esperaria dentro daqueles bombons. Fiz uma espécie de estudo sobre venenos, por causa de meu trabalho, e nunca ouvi falar de nitrobenzeno sendo empregado em um caso criminal antes. Há registros de seu uso em suicídio e envenenamento acidental; contudo, não mais do que três ou quatro no total.

"Fico surpreso por este ponto não ter chamado a atenção de nenhum de meus antecessores. O que é de fato interessante é que pouquíssimas pessoas conhecem o nitrobenzeno como um veneno. Mesmo os especialistas. Estava conversando com um homem que recebeu uma bolsa de estudos em Ciências em Cambridge, com especialização em Química, e ele nunca tinha ouvido a substância ser referida como veneno. Na verdade, descobri que sabia muito mais sobre o assunto do que ele. Um químico decerto nunca pensaria no nitrobenzeno como um veneno comum. Nem sequer é listado como tal, e a lista é muito abrangente. Bem, tudo isso parece bastante significativo para mim.

"Além disso, há outras questões. O nitrobenzeno é usado de maneira mais ampla no comércio. Na verdade, é algo que pode ser usado em quase todas as manufaturas. É um solvente do tipo universal. Disseram-nos que seu principal uso é na fabricação de tintas de anilina. Este pode ser o uso mais importante, mas com certeza não é o maior. É muito utilizado em confeitaria, como também nos disseram, e em perfumaria. Mas, na verdade, não posso nem tentar oferecer uma lista de todos os usos. Eles variam de chocolates a pneus. O importante é que é perfeitamente fácil de ser obtido.

"Aliás, também é perfeitamente fácil de ser feito. Qualquer estudante sabe como tratar o benzol com ácido nítrico para obter nitrobenzeno. Eu mesmo fiz isso centenas de vezes. Basta um mínimo de conhecimento químico e não é necessário ter acesso a aparelhos caros. Ou poderia ser feito também por alguém sem qualquer conhecimento químico, pelo menos a parte manual. E, a propósito, poderia ser feito em segredo. Ninguém precisa nem adivinhar. Mas acho que seria necessário apenas um pouco de conhecimento químico, de qualquer forma, para começar a fazê-lo. Pelo menos, para este propósito específico.

"Bem, no que diz respeito ao caso como um todo, essa utilização do nitrobenzeno pareceu-me não apenas a única característica original, mas de longe a prova mais importante. Não da mesma forma que o ácido prússico é uma evidência valiosa pela razão de que é tão difícil de obter, já que, uma vez determinado seu uso, qualquer um poderia obter ou produzir nitrobenzeno, e isso, claro, é um tremendo ponto a favor, a partir do ponto de vista do suposto assassino. Não, o que quero dizer é que o tipo de pessoa que pensaria em empregar esse material deveria ser definível dentro de limites surpreendentemente estreitos."

O sr. Bradley parou por um instante para acender um cigarro, e se estava, em segredo, satisfeito pelo interesse que os colegas demonstravam ao não abrirem a boca até que ele estivesse pronto para continuar, não divulgou o fato. Examinando-os por um momento, como se estivesse inspecionando uma turma composta inteiramente de tolos, o escritor retomou o argumento.

— Em primeiro lugar, então, podemos creditar a este usuário de nitrobenzeno um mínimo de conhecimento químico. Ou talvez eu deva corrigir isso. Conhecimento químico ou especializado. Um assistente de químico, por exemplo, que estivesse interessado o suficiente no trabalho para se aprofundar nele depois do expediente, seria adequado para o primeiro caso, e uma mulher empregada em uma fábrica que usa nitrobenzeno e onde os empregados são advertidos contra as propriedades venenosas serviria como exemplo do segundo. Parece-me que existem dois tipos de pessoas que poderiam pensar em usar a substância como veneno, e o primeiro tipo é subdividido nas duas classes que mencionei.

"Mas é com o segundo tipo que é mais provável estarmos lidando neste crime, creio eu. Esse é um tipo de pessoa mais inteligente.

"Nesta categoria, o auxiliar de químico torna-se um curioso amador em química, a moça da fábrica, uma médica, digamos, com interesse em toxicologia, ou, para fugir do especialista, uma senhora muito inteligente com forte interesse pela criminologia, sobretudo por seu lado toxicológico... assim como, na verdade, a sra. Fielder-Flemming aqui."

A sra. Fielder-Flemming engasgou-se, indignada, e sir Charles, embora surpreso por um instante com a misericórdia inesperada exibida em retaliação ao que ele sofreu nos últimos tempos pelas mãos daquela ofegante senhora, emitiu no momento seguinte um som que, vindo de qualquer outra pessoa, só poderia ter sido descrito como uma gargalhada.

— Todos são, os senhores entendem — disse o sr. Bradley com completa serenidade —, o tipo de pessoa de quem se poderia esperar não apenas ter um livro de jurisprudência médica, como o Taylor, na prateleira, mas também consultá-lo com frequência.

"Concordo, sra. Fielder-Flemming, que o método deste crime apresenta traços de conhecimento criminológico. A senhora citou um caso que de fato foi um paralelo notável, sir Charles citou outro, e vou citar ainda um terceiro. Trata-se de uma confusão regular de casos antigos, e tenho certeza, tal como todos aqui, de que é algo mais do que mera coincidência. Eu mesmo cheguei a essa conclusão, de conhecimento criminológico, antes de a senhora mencioná-la, e também fui auxiliado pela forte sensação de que quem enviou aqueles bombons para sir Eustace tem um Taylor. É pura suposição, admito, mas, em meu exemplar, o artigo sobre nitrobenzeno aparece logo na página seguinte à do cianeto de potássio; e isso me fez pensar."

O orador fez uma pausa momentânea.

O sr. Chitterwick assentiu.

— Acho que entendi. O senhor quer dizer, alguém procurando de maneira deliberada por um veneno que atendesse a certos requisitos...?

— Exato — concordou o sr. Bradley.

— O senhor dá demasiada ênfase a essa questão do veneno — comentou sir Charles, quase genioso. — Está nos dizendo que acha que identificou o assassino por meio de deduções extraídas apenas desse ponto?

— Não, sir Charles, não creio que possa ir tão longe. Enfatizo o veneno porque, como disse, é a única característica realmente original do crime. Por si só, não resolverá o assunto, mas, considerado ao lado de outras características, penso que pode ajudar bastante na resolução... ou, de qualquer forma, pode confirmar o envolvimento de uma pessoa suspeita por outras razões, de modo a transformar a suspeita em certeza.

"Analisemos isso, por exemplo, à luz do crime como um todo. Acho que a primeira coisa que se percebe é que este crime é obra não apenas de uma pessoa inteligente, mas também de uma pessoa instruída. Bem, vejamos, isso exclui de imediato a primeira divisão de pessoas que poderiam pensar em usar nitrobenzeno como veneno. Assim, perdemos nosso assistente de químico e nossa operária. Podemos nos concentrar em nossa pessoa inteligente e instruída, com interesse em criminologia, algum conhecimento de toxicologia e, se não estou muito enganado... e é raro que eu esteja... um livro de jurisprudência médica ou coisa semelhante em suas prateleiras.

"Isso, meus caros Watsons, é o que a escolha singular do criminoso pelo nitrobenzeno me diz."

E o sr. Bradley acariciou o lábio superior com uma complacência que não era de todo falsa. Ele se esforçou para mostrar ao mundo o quanto estava satisfeito consigo mesmo, mas a pose não deixava de ter fundamento.

— Muito engenhoso, com certeza — murmurou o sr. Chitterwick, impressionado.

— Vamos logo com isso — falou a srta. Dammers, nada impressionada. — Qual é sua teoria? Se é que o senhor tem mesmo uma.

— Ah, tenho uma, sim. — O sr. Bradley sorriu de maneira superior. Aquela foi a primeira vez que conseguiu provocar a srta. Dammers para que o atacasse e ficou bastante satisfeito. — Mas vamos colocar as coisas na devida ordem. Quero mostrar aos senhores a forma inevitável como cheguei à minha conclusão, e só posso fazer isso seguindo meus próprios passos, por assim dizer. Tendo feito deduções a partir do veneno, comecei, então, a examinar as outras pistas para ver se elas me levariam a um resultado que eu pudesse verificar de outra forma. Em primeiro lugar, concentrei-me no papel pautado da carta forjada, a única pista de fato valiosa, além do veneno.

"Aquela folha de papel me intrigou. Por alguma razão, que não consegui identificar, o nome da Mason pareceu instigar uma lembrança. Tive certeza de ter ouvido falar da firma de alguma outra forma que não apenas por meio de seus excelentes chocolates. Por fim, lembrei.

"Receio ter que abordar aqui um assunto pessoal e peço desculpas de antemão, sir Charles, pela falta de tato. Minha irmã, antes de se casar, era estenógrafa."

A languidez extrema do sr. Bradley de repente indicou que ele sentia que aquela conexão precisava de alguma defesa e estava determinado a não a fornecê-la. No instante seguinte, ele a ofereceu.

— Quer dizer, a instrução dela colocava-a em um nível bastante diferente de uma estenógrafa habitual, e ela era, na verdade, uma secretária treinada. Minha irmã ingressara em um estabelecimento dirigido por uma senhora que provia secretárias para empresas comerciais, a fim de ocuparem, em caráter temporário, o lugar de moças em cargos de responsabilidade que estavam doentes ou de férias ou algo parecido. Incluindo minha irmã, havia apenas duas ou três mulheres no local, e os cargos que ocupavam duravam, via de regra, duas ou três semanas. Cada uma delas teria, portanto, um bom número de cargos do tipo ao longo de um ano. No entanto, lembrei-me claramente de que uma das empresas para a qual minha irmã foi indicada enquanto estava lá era a Mason, como secretária temporária de um dos diretores.

"Isso me pareceu útil. Seria improvável que ela pudesse lançar luz sobre o assassinato, mas, de qualquer forma, poderia me apresentar um ou dois membros da equipe da Mason, se necessário. Então fui vê-la.

"Ela se lembrava muito bem. Foi há três ou quatro anos, e minha irmã gostou tanto do lugar que considerou assumir um cargo de secretária permanente na firma, caso houvesse algum disponível. Como era de se esperar, ela não conhecia muito bem nenhum dos funcionários, mas o suficiente para me fazer as apresentações, se eu quisesse.

"'A propósito', disse-lhe casualmente: 'Vi a carta que foi enviada a sir Eustace com os bombons, e não apenas o nome da Mason, mas o próprio papel pautado me pareceu familiar. Suponho que me escreveu enquanto estava lá?'

"'Não me lembro', respondeu ela, 'mas é claro que o papel lhe era familiar. Você já jogou jogos de lápis e papel aqui com muita frequência, não? Sempre usamos ele. É de um tamanho bastante conveniente.' Os jogos em que se usa lápis e papel, devo explicar, sempre foram os prediletos de nossa família.

"É engraçado como uma conexão fica gravada na mente, mas não as circunstâncias reais dela. Então me lembrei de imediato. Havia uma grande pilha de papel em uma das gavetas da escrivaninha de minha irmã. Muitas vezes eu mesmo o rasgava em tiras para nossos jogos.

"Eu perguntei como havia conseguido aqueles papéis. Ela respondeu de forma bastante evasiva, dizendo apenas que o pegou no escritório quando trabalhava lá. Eu a pressionei, e ela enfim me contou que, certa noite, quando estava prestes a sair do escritório, lembrou-se de que alguns amigos chegariam em casa após o jantar. Era quase certo que jogariam algum tipo de jogo de lápis e papel, e não tinham papel adequado. Ela subiu as escadas correndo de volta ao escritório, largou a pasta sobre a mesa e abriu-a, pegou apressadamente alguns papéis da pilha ao lado da máquina de escrever e jogou-os na pasta. Na pressa, não percebeu o quanto havia pegado, e esse suprimento, que deveria ajudá-la naquela noite, na verdade já durava quase quatro anos. Ela deve ter levado algo em torno de meia resma.

"Bem, saí da casa dela bastante assustado. Antes de partir, examinei as folhas restantes e, pelo que pude ver, eram iguais àquela em que a carta fora datilografada. Até as bordas estavam com o mesmo tom amarelado. Fiquei mais do que assustado: fiquei alarmado. Porque devo dizer-lhes que já me ocorreu que, de todas as maneiras de encontrar a pessoa que enviou a carta a sir Eustace, a que parecia mais promissora era procurar o autor entre os funcionários ou ex-funcionários da empresa.

"Na verdade, essa minha descoberta teve um lado ainda mais desconcertante. Ao refletir sobre o caso, ocorreu-me que, tanto no que diz respeito ao papel timbrado quanto ao próprio método do crime, era bem possível que a polícia, e todos os demais, estivessem colocando a carroça na frente dos bois. Ao que parecia, era dado como certo que o assassino havia primeiro decidido o método e depois obtido o papel para executá-lo.

"Mas não é muito mais viável que o papel já estivesse lá, em propriedade do criminoso, e que tenha sido a posse casual dele que de fato sugeriu o método do crime? Assim, é claro, a probabilidade de o papel ser atribuído ao assassino seria muito pequena, enquanto, do contrário, existiria sempre essa possibilidade. Isso chegou a lhe ocorrer, senhor presidente?"

— Devo admitir que não — confessou Roger. — E, no entanto, como os truques de Holmes, a possibilidade é evidente agora que foi apresentada. Devo dizer que me parece um ponto muito válido, Bradley.

— Do ponto de vista psicológico, claro — concordou a srta. Dammers —, é perfeito.

— Obrigado — murmurou o sr. Bradley. — Então poderão entender o quão desconcertante foi aquela minha descoberta. Porque, se houvesse alguma coisa aí, qualquer pessoa que tivesse em seu poder algum papel timbrado velho, com bordas um pouco amareladas, da Mason se tornaria suspeita.

— Hr-r-r-r-mpf!

Sir Charles forçou um pigarro com aquele comentário. A implicação era óbvia. Cavalheiros não suspeitam das próprias irmãs.

— Ó, céus — cacarejou o sr. Chitterwick, de forma mais empática.

O sr. Bradley continuou a colocar lenha na fogueira.

— E havia outra coisa que não pude ignorar. Minha irmã, antes de se formar como secretária, já havia pensado em ser enfermeira de hospital. Ela fez um breve curso de Enfermagem quando era jovem e sempre se interessou muito pelo assunto. Lia não apenas livros de Enfermagem, mas também de Medicina. Várias vezes — disse o sr. Bradley, em tom solene —, eu a vi estudando meu próprio exemplar do Taylor e parecia bastante absorta por ele.

Ele fez nova pausa, mas desta vez ninguém comentou. A sensação geral era de que aquilo estava acontecendo vezes demais para ser uma coisa boa.

— Bem, fui para casa e pensei sobre o assunto. É claro que parecia absurdo colocar minha própria irmã na lista de suspeitos, e ainda mais no topo. Não se conecta o próprio círculo de conhecidos com a ideia de assassinato. As duas coisas não se misturam. No entanto, não pude deixar de perceber que, se fosse qualquer outra pessoa, eu estaria exultante com a perspectiva de resolver o caso. Porém, do jeito que as coisas estavam, o que deveria fazer?

"No final, fiz o que considerava ser meu dever e enfrentei a situação. Voltei para a casa de minha irmã no dia seguinte e perguntei-lhe de maneira franca se ela já havia tido algum tipo de relacionamento com sir Eustace Pennefather e, em caso afirmativo, qual. Ela olhou para mim sem expressão e disse que, até o momento do assassinato, nunca tinha ouvido falar do homem. Acreditei nela. Perguntei-lhe se conseguia se lembrar do que estivera fazendo na noite anterior ao assassinato. Ela olhou para mim ainda mais apática e respondeu que, na época, estava em Manchester com o marido, sendo que os dois haviam se hospedado no hotel Peacock e, à noite, tinham ido ao cinema, onde assistiram a um filme chamado, na medida em que ela conseguia se lembrar, *Fogos do destino*. Acreditei nela mais uma vez.

"Contudo, por uma questão de precaução rotineira, verifiquei as declarações dela mais tarde e constatei que eram perfeitamente verídicas; no momento da postagem do pacote, ela tinha um álibi infalível. Eu me senti mais aliviado do que posso dizer."

O sr. Bradley falou em voz baixa, com emoção e moderação, mas Roger percebeu que, quando ele olhou para cima, havia um brilho zombeteiro em seu olhar, que fez o presidente se sentir um pouco desconfortável. Nunca era possível ter certeza com o sr. Bradley.

— Visto que não tive resultados, tabulei as conclusões que havia tirado até o momento e comecei a considerar os outros pontos do caso.

"Ocorreu-me, então, que o inspetor-chefe da Scotland Yard se mostrara um tanto reticente quanto às provas na noite em que se dirigiu a nós. Então liguei para ele e fiz algumas perguntas. Com o inspetor-chefe, aprendi que a máquina de escrever era uma Hamilton nº 4, ou seja, o modelo Hamilton comum; que o endereço escrito à mão na caixa foi escrito com uma caneta-tinteiro, e é quase certo que foi com uma Onyx com pena de largura média, que a marca da tinta era Harfield e que não havia algo a ser aprendido com o papel de embrulho, um papel pardo comum, ou com o barbante. Disseram-nos que não havia impressões digitais em lugar algum.

"Bem, suponho que não deveria admitir isso, considerando como ganho a vida, mas juro por minha alma que não faço a menor ideia de como um detetive profissional faz seu trabalho. É bem fácil em um livro, claro, porque há um certo número de coisas que o autor quer descobrir e estas ele deixa a encargo de seu detetive, e mais nenhuma. Na realidade, sem dúvida, as coisas não acontecem assim.

"De qualquer forma, o que fiz foi copiar os métodos de meus detetives e comecei a trabalhar da maneira mais sistemática possível. Ou seja, fiz uma lista cuidadosa de todas as evidências disponíveis, quanto aos fatos e quanto ao caráter... foi surpreendente quantas evidências havia quando cheguei a tabulá-las... e tirei tantas deduções quanto pude de cada uma delas, tentando, ao mesmo tempo, manter a mente aberta quanto à identidade da pessoa que nasceria de meu ninho de conclusões completas.

O sr. Bradley concluiu, com certa severidade:

— Em outras palavras, *não* decidi que a senhora A ou o senhor B tivessem um motivo tão bom para o crime que ela ou ele devessem, sem dúvida, tê-lo cometido e então distorci minhas evidências para se encaixarem nesta teoria conveniente.

— Que bom! — exclamou Roger, sentindo-se constrangido.

— Que bom! — ecoaram, por sua vez, tanto Alicia Dammers quanto o sr. Ambrose Chitterwick.

Sir Charles e a sra. Fielder-Flemming entreolharam-se e depois desviaram o olhar no mesmo instante, como duas crianças em uma escola dominical que foram pegas fazendo algo errado juntas.

— Meu Deus — murmurou o sr. Bradley —, isso tudo é deveras cansativo. Posso descansar cinco minutos, senhor presidente, e fumar meio cigarro?

O presidente gentilmente deu ao sr. Bradley um intervalo para se recompor.

CAPÍTULO 11

— Sempre digo — falou o sr. Bradley, recuperado —, sempre digo que os assassinatos podem ser divididos em dois tipos: fechados ou abertos. Por homicídio fechado, refiro-me àquele cometido em um certo círculo fechado de pessoas, tal como uma festa, em que se sabe que o assassino pertence ao grupo. Esta é de longe a forma mais comum na ficção. Chamo de assassinato aberto aquele em que o criminoso não está limitado a um grupo específico, mas pode ser quase qualquer pessoa no mundo inteiro. É claro que isso é o que quase sempre acontece na realidade.

"O caso de que estamos tratando tem esta peculiaridade: não é possível classificá-lo de forma definitiva em nenhuma das categorias. A polícia diz que é um assassinato aberto; ambos os nossos oradores anteriores pareceram considerá-lo fechado.

"É uma questão de motivo. Se concordarmos com a polícia de que se trata de obra de algum fanático ou criminoso lunático, então com certeza é um assassinato aberto; qualquer pessoa em Londres sem álibi naquela noite poderia ter postado o pacote. Se alguém considerar que o motivo foi pessoal, ligado ao próprio sir Eustace, então o assassino está confinado ao círculo fechado de pessoas que tiveram relações de um tipo ou de outro com ele.

"E por falar em postar o pacote, devo fazer uma digressão para lhes contar algo deveras interessante. Até onde sei, posso ter visto o assassino com meus próprios olhos enquanto ele postava a caixa! Eu passei pela Southampton Street naquela noite, cerca de 20h45. Mal imaginava, como diria o sr. Edgar Wallace, que o primeiro ato deste trágico drama se desenrolava naquele exato minuto, debaixo de meu nariz desavisado. Nem mesmo uma premonição me fez vacilar. A Providência, parece-me, estava um tanto fechada a premonições naquela noite. Contudo, se ao menos meus instintos preguiçosos tivessem me avisado, de quantos problemas poderia ter nos salvado. Infelizmente, assim é a vida.

"No entanto, isso não é de fato importante. Estávamos discutindo assassinatos fechados e abertos.

"Eu estava determinado a não formar opiniões definitivas, então, para garantir, tratei o caso como um assassinato aberto. Assim, assumi a posição de que todas as pessoas do mundo eram suspeitas. Para restringir um pouco, comecei a trabalhar para chegar ao único indivíduo que decerto cometeu o assassinato, a partir das parcas indicações que ele ou ela nos deu.

"Já havia tirado as conclusões da escolha do nitrobenzeno, que já lhes expliquei. Mas, como corolário da boa educação, acrescentei um pós-escrito bastante significativo: o assassino não teria se formado em um colégio interno ou uma universidade. Não concorda, senhor Charles? Não há como ser uma possibilidade."

— Homens de colégios internos já cometeram assassinatos antes — comentou sir Charles, um tanto confuso.

— Ah, de acordo. Mas não de forma tão dissimulada quanto esta. O código dos colégios internos significa alguma coisa, mesmo no caso de homicídio, como tenho certeza de que qualquer homem educado em uma instituição como essa me diria. Este não é um assassinato cavalheiresco. Um homem de colégio interno, se conseguisse cometer algo tão pouco convencional quanto um assassinato, usaria um machado, um revólver ou algo que o deixasse cara a cara com a vítima. Nunca mataria um homem pelas costas, por assim dizer. Tenho certeza disso.

"Outra conclusão óbvia é que o assassino é excepcionalmente cuidadoso com as mãos. Desembrulhar os bombons, tirar o recheio, enchê-los com nitrobenzeno, tapar os buracos com chocolate derretido e embrulhá-los de volta no papel prateado para parecer que nunca foram adulterados... não é um trabalho fácil. E tudo isso com luvas, lembrem-se.

"A princípio pensei que a forma bonita como isso foi feito apontava com mais certeza para uma mulher. No entanto, fiz uma experiência e consegui que uma dúzia ou mais de amigos meus, homens e mulheres, tentassem fazê-lo, e de todo o conjunto fui o único... digo isso sem qualquer orgulho... que fez um bom trabalho. Então não foi necessariamente uma mulher. Mas a destreza manual é um bom ponto a ser estabelecido.

"Depois, havia a questão da dose exata em cada chocolate. Isso é muito esclarecedor, acho. Defende uma mentalidade metódica que equivale a uma verdadeira paixão pela simetria. Existem pessoas assim. Elas não suportam que os quadros na parede fiquem tortos. Sei, porque também sou assim. Simetria é sinônimo de ordem, em minha opinião. Posso ver como o assassino chegou a rechear os chocolates. É provável que eu tivesse feito o mesmo. De forma inconsciente.

"Então acho que podemos creditar a ele ou ela uma mente criativa. Um crime como este não é cometido no calor do momento. É criado de forma deliberada, pouco a pouco, cena a cena, construído da mesma maneira que uma peça. Não concorda, sra. Fielder-Flemming?"

— Não teria me ocorrido, mas pode ser verdade.

— Ah, sim. Muita reflexão deve ter sido usada para a condução desse crime. Não acho que precisamos nos preocupar com plágio de outros casos. As maiores mentes criativas não hesitam em adaptar as ideias dos outros para os próprios usos. Eu mesmo faço isso. Assim como, espero, Sheringham; sem dúvida, a srta. Dammers; e imagino que às vezes também o faça, sra. Fielder-Flemming. Sejamos honestos.

Um murmúrio moderado de honestidade reconheceu lapsos ocasionais daquela natureza.

— Claro. Veja como Sullivan adaptava músicas antigas da igreja e transformava cantos gregorianos em *A Pair of Sparkling Eyes*, ou algo tão secular quanto. É permitido. Pois bem, isso tudo ajuda no retrato de nosso desconhecido. Por último, deve estar presente em sua constituição mental a fria e implacável desumanidade do envenenador. Penso que seja só. Mas já é alguma coisa, não? Deveríamos conseguir percorrer um caminho certeiro para reconhecer nosso criminoso, para o caso de alguém alguma vez se deparar com uma pessoa com estas características variadas.

"Ah, e há outro ponto que não devo esquecer. O crime paralelo. Estou surpreso que ninguém tenha mencionado isso. Em minha opinião, é um paralelo mais próximo do que qualquer outro que já vimos. Não é um caso muito conhecido, mas acredito que todos aqui já tenham ouvido falar dele. O assassinato do dr. Wilson, na Filadélfia, há apenas vinte anos.

"Vamos repassá-lo por um instante. Certa manhã, este homem, Wilson, recebeu o que supostamente era uma amostra de uma garrafa de cerveja, enviada a ele por uma cervejaria conhecida. Junto da amostra havia uma carta, escrita em papel oficial, e a etiqueta de endereço tinha o nome da cervejaria. Wilson bebeu a cerveja no almoço e morreu de imediato. A bebida estava saturada com cianeto de potássio.

"Logo se constatou que a cerveja não vinha da cervejaria, que não enviara amostra alguma. Tinha sido entregue pela empresa de correio expresso local, mas tudo o que puderam dizer foi que a garrafinha havia sido postada por um homem.

A etiqueta e o papel timbrado foram falsificados, impressos para aquela ocasião.

"O mistério nunca foi resolvido. A prensa usada para o cabeçalho e a etiqueta não foram localizadas, embora a polícia tenha visitado todas as gráficas dos Estados Unidos. O próprio motivo do assassinato nunca foi apurado de forma satisfatória. Um assassinato aberto típico. A garrafa chegou do nada e o assassino permaneceu desconhecido.

"É possível ver a grande semelhança com este caso, sobretudo na suposta amostra. Como a sra. Fielder-Flemming apontou, é quase bom demais para ser uma coincidência. Nosso assassino *deve* ter tido esse caso em mente, com um desfecho muito bem-sucedido para o criminoso. Na verdade, havia um motivo possível. Wilson era um notório abortista, e alguém pode ter desejado interromper o trabalho dele. Consciência, suponho. Algumas pessoas têm isso. Vejam, esse é outro paralelo com o caso. Todos sabem que sir Eustace é um libertino. E isso corrobora a visão da polícia, de um fanático anônimo. Há muito a ser dito sobre essa teoria, acho.

"Mas devo continuar com minha própria exposição.

"Pois bem, tendo chegado a essa fase, tabulei as conclusões e elaborei uma lista de condições que nosso criminoso deveria cumprir. Agora, gostaria de salientar que essas minhas condições eram tantas e tão variadas que, para encontrar alguém que se enquadrasse nelas, as chances, sir Charles, não seriam de um mero milhão para um, mas de vários milhões para um. Esta não é apenas uma afirmação aleatória, é um fato matemático.

"Tenho doze condições, e as probabilidades matemáticas de que todas elas sejam cumpridas em uma só pessoa são, na verdade... se meus cálculos estiverem corretos... cerca de 479.001.600 para um. E isso, vejam bem, seria se todas as chances fossem iguais. Mas não são. Que o assassino tenha algum conhecimento de criminologia é uma chance de pelo menos dez para um. O fato de ter obtido o papel da Mason deve ser de mais de cem para um.

"Bem, considerando tudo, acho que as probabilidades reais devem ser algo em torno de 4.790.516.458 para um. Em outras palavras, é uma chance ínfima. Todos concordam?"

Os membros do Círculo do Crime ficaram surpresos demais para discordar.

— Certo, estamos de acordo — disse o sr. Bradley, com alegria. — Então vou ler minha lista para os senhores.

Ele folheou as páginas de um caderninho e começou a ler:

CONDIÇÕES A SEREM PREENCHIDAS PELO CRIMINOSO

1. Ter ao menos conhecimento básico de química;
2. Ter ao menos conhecimento básico de criminologia;
3. Ter recebido boa educação, mas não ter formação formal (colegial ou acadêmica);
4. Ter posse ou acesso ao papel timbrado da Mason;
5. Ter posse ou acesso a uma máquina de escrever Hamilton nº 4;
6. Ter estado no bairro de Southampton Street, Strand, durante a hora crítica, entre 20h30 e 21h30, na noite anterior ao assassinato;
7. Estar em posse ou ter acesso a uma caneta-tinteiro Onyx equipada com ponta de largura média;
8. Estar em posse ou ter acesso à tinta de caneta-tinteiro Harfield;
9. Ter uma mente criativa, mas não aversa a adaptar criações alheias;
10. Ter habilidade motora acima da média;
11. Ser uma pessoa de hábitos metódicos, talvez com forte sentimento de simetria;
12. Ter a fria desumanidade de um envenenador.

— A propósito — disse o sr. Bradley, voltando a guardar o caderninho —, pode ver que concordei com o senhor, sir Charles, que o assassino nunca teria confiado a postagem do pacote a outra pessoa. Ah, e mais um ponto. Para fins de referência. Se alguém quiser ver uma caneta Onyx com ponta média, dê uma olhada na minha. Ela, curiosamente, também está cheia de tinta de caneta-tinteiro Harfield.

A caneta circulou devagar pela mesa enquanto o sr. Bradley, recostado na cadeira, observava o progresso dela com um sorriso paternal.

— E, então — disse ele, quando a caneta lhe foi devolvida —, é só isso.

Roger pensou ter vislumbrado a explicação para o brilho que aparecia de vez em quando nos olhos do sr. Bradley.

— Então o problema ainda precisa ser resolvido? As quatro bilhões de chances foram demais para o senhor? Não conseguiu encontrar ninguém que se adaptasse às suas próprias condições?

— Bem — respondeu o sr. Bradley, de repente muito relutante —, se quer saber, encontrei alguém.

— É mesmo? Meu bom homem! Quem?

— Espere um minuto — disse o sr. Bradley, tímido —, não sei se gostaria de lhe contar. É de fato muito ridículo.

Um coro de revolta, persuasão e encorajamento foi dirigido a ele de imediato. Nunca o sr. Bradley se achou tão popular.

— Todos vão rir de mim se eu contar.

Parecia que as pessoas ali reunidas prefeririam sofrer as torturas da Inquisição a rir do sr. Bradley. Jamais cinco indivíduos menos dispostos a rir às custas do sr. Bradley foram reunidos.

O sr. Bradley pareceu se animar.

— Bem, é muito estranho. Juro por minha alma que não sei o que fazer a respeito. Se puder lhes mostrar que a pessoa que tenho em mente não apenas preenche com exatidão cada uma de minhas condições, mas também tinha certo interesse... remoto, admito, mas capaz de ser comprovado... em enviar aqueles bombons a sir Eustace, tenho sua garantia, senhor presidente, de que os membros me darão conselhos sérios sobre qual é meu dever neste caso?

— Bom Deus, sim — concordou Roger, muito entusiasmado.

O presidente achava que poderia estar prestes a resolver o problema sozinho, mas tinha certeza de que ele e Bradley não haviam chegado à mesma solução. E se o sujeito realmente tivesse encontrado alguém...

— Bom Deus, sim! — repetiu Roger.

O sr. Bradley olhou ao redor com ar preocupado.

— Bem, não entendem a quem estou me referindo? Meu Deus, pensei ter contado em quase todas as frases.

Ninguém havia percebido a quem ele se referia.

— A única pessoa possível, até onde posso ver, de quem se poderia esperar que preenchesse todas as doze condições... — disse uma versão perturbada do sr. Bradley, desgrenhando o cabelo alisado com esmero. — Ora, não é minha irmã, mas... mas... mas sou *eu*, é claro!

Houve um silêncio estupefato.

— O *senhor*? — falou, por fim, o sr. Chitterwick.

O sr. Bradley voltou os olhos sombrios para ele.

— É óbvio que estou com medo. Tenho mais do que um conhecimento elementar de química. Posso produzir nitrobenzeno e já o fiz. Sou criminologista. Tive uma formação razoavelmente boa, mas não frequentei colégio interno ou universidade. Tive acesso ao papel da Mason. Possuo uma máquina de escrever Hamilton nº 4. Estava na Southampton Street durante o horário crítico. Possuo uma caneta Onyx, com ponta média e preenchida com tinta Harfield. Tenho uma mente criativa, mas não vejo problema em adaptar ideias de outras pessoas. Tenho boa habilidade motora. Sou uma pessoa de hábitos metódicos, com forte sentido de simetria. E, ao

que parece, tenho a fria desumanidade do envenenador. Sim.
— O sr. Bradley suspirou. — Simplesmente não há como fugir. *Eu* mandei aqueles bombons para sir Eustace.

"Devo ter feito. Provei isso de forma conclusiva. E o mais extraordinário é que não me lembro de nada. Suponho que o fiz quando estava pensando em outra coisa. Já percebi que, às vezes, fico um pouco distraído."

Roger lutava contra uma vontade descomunal de rir. No entanto, conseguiu perguntar com bastante seriedade:

— E qual imagina ter sido seu motivo, Bradley?

O sr. Bradley animou-se um pouco.

— Sim, isso foi difícil. Por um bom tempo não consegui estabelecer meu motivo. Não conseguia nem conectar minha pessoa a sir Eustace Pennefather. Já tinha ouvido falar dele, é claro, como qualquer um que já esteve no Arco-íris. E percebi que suas atitudes eram um tanto condenáveis. Mas não tinha rancor do homem. Ele poderia ser tão inaceitável quanto quisesse, pois não me importava. Acho que nunca o tinha visto antes. Sim, o motivo foi um verdadeiro obstáculo, pois é evidente que deve haver um. De outra forma, por que eu deveria ter tentado matá-lo?

— E encontrou?

— Acho que consegui descobrir qual deve ser a verdadeira causa — disse o sr. Bradley, com algum orgulho. — Depois de muito tempo intrigado, lembrei-me de que certa vez falei a um amigo, em uma discussão sobre o trabalho de detetive, que a ambição de minha vida era cometer um assassinato, porque tinha plena certeza de que poderia fazê-lo sem ser descoberto. E a excitação, observei, deve ser estupenda; nenhum jogo de azar já inventado deve chegar perto. Um assassino está, na verdade, fazendo uma grande aposta com a polícia, com a vida dele mesmo e de sua vítima, expliquei ao meu amigo; se ele se safar, ganha ambos; se for pego, perde os dois. Para um homem como eu, que tem a infelicidade de ficar extremamente entediado com o tipo habitual de recreação popular, o assassinato deveria ser o hobby *par excellence*.

— Ah! — assentiu Roger, de forma portentosa.

— Essa conversa, quando me lembrei dela — continuou o sr. Bradley, seríssimo —, pareceu-me carregar um significado intenso. Fui ver meu amigo na mesma hora e perguntei-lhe se ele se lembrava do ocorrido e se estava preparado para jurar que aquilo havia acontecido. Ele estava. Na verdade, foi capaz de acrescentar outros detalhes ainda mais contundentes. Fiquei tão impressionado que tomei notas do depoimento dele.

"Além da mera sugestão, de acordo com a declaração dele, passei a considerar a melhor forma de realizar o crime. O óbvio, eu havia decidido, era selecionar alguma figura da qual o mundo não sentiria falta, não precisava ser um político... eu estava me esforçando para evitar o banal, pelo visto... e simplesmente matá-lo à distância. Para o jogo ser bem-feito, deve-se deixar uma ou duas pistas mais ou menos obscuras. Como podemos ver, deixei um pouco mais do que pretendia.

"Meu amigo concluiu dizendo que me afastei dele naquela noite expressando a mais firme intenção de fazer minha estreia no assassinato na primeira oportunidade. Não só a prática seria um hobby admirável, disse a ele, mas a experiência seria inestimável para um escritor de histórias de detetive como eu. Isso, acho, estabelece meu motivo com muita certeza."

— Assassinato por experiência — comentou Roger. — Uma nova categoria. Deveras interessante.

— Assassinato por parte de hedonistas cínicos — corrigiu o sr. Bradley. — Existe um precedente, os senhores sabem. Loeb e Leopold. Bem, aí está. Já provei meu caso, senhor presidente?

— Mais do que provou, até onde posso ver. Não consigo detectar uma única falha em seu argumento.

— Esforcei-me para torná-lo bem mais forte do que jamais me preocupei em fazer em meus livros. Nesse sentido, o senhor poderia defender um caso muito desagradável contra mim no tribunal, não poderia, sir Charles?

— Bem, gostaria de analisar isso com um pouco mais de atenção, mas, à primeira vista, Bradley, admito que, na medida em que valem as provas circunstanciais... e em minha opinião, como sabe, elas valem tudo... não vejo margem para duvidar de que o senhor enviou aqueles bombons para sir Eustace.

— E se eu dissesse aqui e agora que na verdade os *enviei*? — persistiu o sr. Bradley.

— Não poderia deixar de acreditar.

— E, mesmo assim, não o fiz. Mas, com o tempo, estou preparado para provar-lhe, de forma tão convincente quanto, que a pessoa que de fato os enviou foi o arcebispo de Canterbury, ou Sybil Thorndike, ou a sra. Robinson-Smythe de The Laurels, Acacia Road, Upper Tooting, o presidente dos Estados Unidos, ou qualquer outra pessoa neste mundo que queira citar.

"Chega de provas. Construí todo o caso contra mim mesmo devido à coincidência de minha irmã ter algumas folhas de papel timbrado da Mason. Não contei algo além da verdade. Mas não lhes contei a verdade inteira. A prova artística é, como qualquer outra coisa artística, simplesmente uma questão de seleção. Se souber o que colocar e o que deixar de fora, poderá provar o que quiser de forma bastante conclusiva. Faço isso em todos os livros que escrevo, e nenhum crítico jamais me depreciou por causa de argumentos desleixados. Contudo, não creio que qualquer crítico tenha lido um de meus livros."

— Bem, foi um trabalho bastante engenhoso — resumiu a srta. Dammers. — E instrutivo.

— Obrigado — murmurou o sr. Bradley, com gratidão.

— E tudo isso significa — falou a sra. Fielder-Flemming, de forma um tanto ácida — que o senhor não faz a menor ideia de quem é o verdadeiro criminoso.

— Ah, *isso* eu sei, é claro — respondeu o sr. Bradley, sem vigor. — Mas não posso provar. Então não adianta muito lhes contar.

Todos se inclinaram para a frente.

— O senhor encontrou outra pessoa, apesar das probabilidades, que se enquadrasse em suas condições? — perguntou sir Charles.

— Suponho que ela deve cumprir as condições — admitiu o sr. Bradley —, já que cometeu o crime. Mas, infelizmente, não consegui verificar todas.

— Ela! — exclamou o sr. Chitterwick.

— Ah, sim, uma mulher. Isso era óbvio... e, aliás, uma das coisas que tive o cuidado de deixar de fora até então. Fico me perguntando se isso nunca foi mencionado antes. Decerto, se há algo evidente neste caso é que se trata de um crime feminino. Nunca ocorreria a um homem enviar bombons envenenados para outro homem. Ele enviaria uma amostra envenenada de lâmina de barbear, ou uísque, ou cerveja, como fez o infeliz amigo do dr. Wilson. Está claro que é um crime de mulher.

— Eu me pergunto... — começou Roger, baixinho.

O sr. Bradley lhe lançou um olhar penetrante.

— Discorda, Sheringham?

— Só estou pensando — respondeu Roger. — Mas é um ponto muito defensável.

— Invulnerável, eu diria — declarou o sr. Bradley, devagar.

— Bem — disse a srta. Dammers, impaciente com esses assuntos menores —, o senhor não vai nos contar quem é a criminosa, sr. Bradley?

O sr. Bradley olhou para a mulher com curiosidade.

— Mas eu disse que não adiantava, pois não tenho como provar. Além disso, há uma pequena questão de honra da senhora envolvida.

— Você está ressuscitando a lei da calúnia para se livrar de uma dificuldade?

— Ah, meu Deus, não. Não me importaria nem um pouco de entregá-la como assassina. É algo muito mais importante do que isso. Acontece que ela já foi amante de sir Eustace, sabe, e há um código que rege esse tipo de coisa.

— Ah! — disse o sr. Chitterwick.

O sr. Bradley virou-se para ele com educação.

— Ia falar alguma coisa?

— Não, não. Só estava me perguntando se o senhor pensa da mesma forma que eu. Isso é tudo.

— Quer dizer a teoria da amante descartada?

— Bem — falou o sr. Chitterwick, com desconforto visível —, sim.

— Claro. O senhor também seguiu essa linha de pesquisa? — O tom do sr. Bradley era o de um diretor benevolente dando tapinhas na cabeça de um aluno promissor. — É o caminho certo, sem dúvida. Vendo o crime como um todo, e à luz do caráter de sir Eustace, uma amante descartada, irradiando ciúme, destaca-se como um farol. Essa é uma das coisas que omiti de modo bem conveniente de minha lista de condições... número treze, o autor do crime deve ser uma mulher. E, voltando à prova artística, tanto sir Charles quanto a sra. Fielder-Flemming a praticaram, não foi? Ambos omitiram estabelecer qualquer ligação do nitrobenzeno com os respectivos criminosos, embora tal ligação seja vital para os dois casos.

— Então o senhor acha mesmo que ciúme é o motivo? — sugeriu o sr. Chitterwick.

— Estou convencido disso, sem sombra de dúvida — falou o sr. Bradley. — Mas vou lhe contar outra coisa da qual não estou de forma alguma convencido: que a vítima pretendida era realmente sir Eustace Pennefather.

— Acha que ele não era a vítima pretendida? — questionou Roger, muito inquieto. — Por quê?

— Ora, eu descobri — disse o sr. Bradley, dissimulando orgulho — que sir Eustace tinha um compromisso para almoçar no dia do assassinato. Ele parece ter mantido muito segredo sobre isso, e decerto era com uma mulher, e não apenas uma mulher, mas uma por quem sir Eustace estava interessado. Acho que provavelmente não a srta. Wildman, mas alguém que ele não queria que chegasse aos ouvidos dela. No entanto, em minha opinião, a mulher que enviou os bombons conhecia a identidade da outra. O compromisso foi cancelado, mas ela talvez não soubesse disso.

"Minha sugestão... e é apenas uma sugestão, já que não posso comprová-la de forma alguma, exceto que torna os bombons ainda mais razoáveis... é que esses doces não se destinavam de forma alguma a sir Eustace, mas à rival da remetente."

— Ah! — A sra. Fielder-Flemming suspirou.

— Essa é uma ideia inédita — disse sir Charles.

Roger levou um segundo para recordar os nomes das diversas damas com quem sir Eustace se relacionava. Ele não conseguia incluir qualquer uma delas no crime; no entanto, não achava que alguma lhe escapasse.

— Se a mulher em quem está pensando, Bradley, a remetente — falou ele, um tanto tímido —, era de fato amante de sir Eustace, não acho que precise se preocupar em ser muito meticuloso. É quase certo que o nome dela esteja na boca do Arco-íris inteiro, quiçá na boca de todos os clubes de Londres. Sir Eustace não é um homem reservado.

— Posso assegurar ao sr. Bradley — disse a srta. Dammers, com ironia — que o padrão de honra de sir Eustace está muito aquém do seu.

— Sobre isso — disse-lhes o sr. Bradley, impassível —, creio que não.

— Como assim?

— Tenho certeza de que, além de meu informante inconsciente, de sir Eustace e de mim mesmo, não há vivalma que saiba dessa ligação. Exceto a mulher, é claro — acrescentou o sr. Bradley, de forma meticulosa. — Naturalmente, ela está ciente.

— Então como o senhor descobriu? — perguntou a srta. Dammers.

— Lamento — respondeu o sr. Bradley, de maneira serena —, mas não tenho a liberdade para dizer.

Roger coçou o queixo. Poderia haver outra de quem ele nunca tinha ouvido falar? Nesse caso, como sua nova teoria continuaria a se sustentar?

— Seu paralelo tão próximo cai por terra, então? — afirmou a sra. Fielder-Flemming.

— Não por completo. Mas se isso acontecer, tenho outro tão bom quanto. Cristina Edmunds. Quase o mesmo caso, com a insanidade deixada de lado. Ciúme. Chocolates envenenados. O que poderia ser melhor?

— Humpf! O alicerce de seu último caso, percebi — observou sir Charles —, ou pelo menos o ponto de partida, foi a escolha do nitrobenzeno. Suponho que isso, e as deduções que tirou desse fato, também sejam importantes para este. Devemos presumir que essa mulher é uma química amadora com um Taylor na prateleira?

O sr. Bradley sorriu, com gentileza.

— Como o senhor bem observou, esse foi o alicerce de meu *último* caso, sir Charles. Mas não é o alicerce deste. Receio que minhas observações sobre a escolha do veneno tenham tido um apelo bastante especial. Eu estava me aproximando de certa pessoa, veja bem, e, portanto, apenas tirei as conclusões que se adequavam a essa pessoa em particular.

Porém, apesar de tudo, havia uma boa dose de verdade possível, embora eu não classificasse sua probabilidade tão alta quanto pretendi fazer então. Estou pronto para acreditar que o nitrobenzeno foi usado pelo simples fato de que é muito fácil de conseguir. Mas é verdade que a substância quase não é conhecida como veneno.

— Então o senhor não fez uso disso em seu caso atual?

— Ah, sim, fiz. Ainda acho que o argumento de que a criminosa usou a substância porque sabia que poderia usá-la é perfeitamente válido. A razão para essa suposição deve ser estabelecida. Eu já havia procurado um exemplar de algum livro de jurisprudência médica como motivo, e ainda o faço. Acontece que essa boa senhora *tem* um livro do tipo.

— Ela *é* criminologista, então? — questionou a sra. Fielder-Flemming.

O sr. Bradley recostou-se na cadeira e olhou para o teto.

— Isso, creio eu, é questionável. Para ser franco, fico intrigado com a questão da criminologia. Do meu ponto de vista, não vejo aquela senhora como uma "ista" de qualquer coisa. A função dela na vida é óbvia, aquela que cumpriu para sir Eustace, e eu não deveria tê-la considerado capaz de qualquer outra. Exceto para maquiar o nariz de maneira bastante encantadora e parecer decorativa, mas tudo isso é parte integrante de sua verdadeira *raison d'être*. Não, não creio que ela pudesse ser criminologista, não mais do que um canário poderia. Mas ela decerto tem um conhecimento superficial de criminologia, porque, em seu apartamento, há uma estante inteira repleta de obras sobre o assunto.

— Ela é sua amiga, então? — perguntou a sra. Fielder-Flemming, de forma casual.

— Ah, não. Só a encontrei uma vez. Foi quando visitei o apartamento dela com um exemplar novo de um livro recém-publicado sobre assassinatos populares debaixo do braço e me apresentei como vendedor da editora, solicitando encomendas do livro. Ao perguntar se poderia ter o prazer de colocar o nome dela na lista de pedidos, ela me mostrou, com orgulho, um exemplar dele na estante, sendo que a obra só tinha sido lançada havia quatro dias. Ela se interessava por criminologia, então? Ah, sim, adorava o assunto; assassinatos são *simplesmente* fascinantes, não? Conclusivo, acho.

— Ela parece meio tola — comentou sir Charles.

— Parece — concordou o sr. Bradley. — Fala como uma tola também. Se a tivesse conhecido em um chá formal, diria que *é* um pouco tola. E, no entanto, ela cometeu um assassinato muito bem planejado, então não vejo como pode ser um pouco tola.

— Não lhe ocorreu — observou srta. Dammers — que talvez ela nunca tenha feito isso?

— Bem, não — confessou o sr. Bradley. — Receio que não. Quer dizer, uma amante de sir Eustace descartada há pouco tempo... não há mais de três anos, e a esperança é a última que morre... que se tem em alta conta e pensa que assassinatos são fascinantes demais para serem descrito em palavras. Ora, realmente!

"A propósito, se quiserem alguma prova confirmatória de que ela foi uma das amantes de sir Eustace, devo acrescentar que vi uma fotografia dele no apartamento dela. Estava em uma moldura muito grande. A fotografia exibia a palavra 'seu', mas a moldura cortava o resto de maneira bem conveniente. Não 'todo seu', percebam, mas 'seu'. Acho que é razoável supor que algo bastante afetuoso esteja sob aquela discreta moldura."

— Eu ouvi de seus próprios lábios que sir Eustace troca de amantes com a mesma frequência com que troca de chapéus — revelou a srta. Dammers. — Não é possível que mais de uma pessoa tenha sofrido de um ataque de ciúme?

— Mas não, creio eu, uma que também tenha um Taylor — insistiu o sr. Bradley.

— O fator do conhecimento criminológico parece ter tomado o lugar, neste caso, do fator do nitrobenzeno no último — relatou o sr. Chitterwick. — Estou certo em pensar assim?

— Bastante — assegurou o sr. Bradley, com gentileza. — Essa, em minha opinião, é a pista mais importante. É deveras enfática. Obtemos isso de dois ângulos totalmente diferentes: a escolha do veneno e as características remanescentes do caso. De fato, deparamos com ela o tempo inteiro.

— Pois bem — murmurou o sr. Chitterwick, reprovando-se como faria qualquer pessoa que se deparasse com alguma coisa o tempo inteiro e nem sequer percebesse.

Houve um breve silêncio, que o sr. Chitterwick atribuiu (de forma errada) a uma condenação geral de sua estupidez.

— Sua lista de condições — falou a srta. Dammers, retomando a acusação. — O senhor disse que não conseguiu verificar todas elas. O que esta mulher de fato cumpre na lista, e o que o senhor não conseguiu verificar?

O sr. Bradley assumiu um tom de alerta.

— Número um: não sei se ela tem algum conhecimento de química. Número dois: sei que ela tem pelo menos um conhecimento elementar de criminologia. Número três: é quase certo que ela teve uma boa formação, de certa forma... embora seja uma questão bem diferente se de fato aprendeu alguma coisa... e acho que podemos presumir que a mulher nunca frequentou colégio interno. Número quatro: não consegui encontrar ligação alguma dela com o papel da Mason, exceto pelo fato de que tem uma conta com a empresa; e, se isso é bom o suficiente para sir Charles, é bom o suficiente para mim. Número cinco: não consegui conectá-la a uma máquina de escrever Hamilton, mas isso deve ser bem fácil; uma de suas amigas com certeza deve ter uma.

"Número seis: ela poderia estar na região de Southampton Street. A mulher tentou estabelecer um álibi, mas não conseguiu; é cheio de furos. Ela deveria ter estado em um teatro, mas só chegou lá bem depois das nove da noite. Número sete: vi uma caneta-tinteiro Onyx em sua cômoda. Número oito: vi um frasco de tinta Harfield em um dos escaninhos da cômoda.

"Número nove: eu não diria que ela tem uma mente criativa; aliás, não diria que tem mente alguma; mas, pelo visto, devemos dar-lhe o benefício da dúvida neste quesito. Número dez: a julgar pelo rosto, devo dizer que é muito habilidosa com os dedos. Número onze: se ela é uma pessoa de hábitos metódicos, deve ver essa característica como algo incriminador, pois com certeza disfarça bem. Número doze: acho que esse ponto pode ser alterado para 'deve ter a completa falta de imaginação do envenenador'. É isso."

— Entendo — disse a srta. Dammers. — Existem lacunas.

— Sim — concordou o sr. Bradley. — Para falar a verdade, sei que essa mulher deve ter cometido o crime porque, decerto, ela deve ter cometido. Mas não consigo acreditar.

— Ah! — falou a sra. Fielder-Flemming, reunindo uma frase elegante em uma só palavra.

— A propósito, Sheringham — comentou o sr. Bradley —, o senhor conhece essa mulher.

— Conheço? — perguntou Roger, como quem sai de um transe. — Achei que poderia. Se eu escrever um nome em um pedaço de papel, se importaria de me dizer se estou certo ou errado?

— Nem um pouco — respondeu o sereno sr. Bradley. — Na verdade, ia mesmo sugerir algo assim. Acho que, como presidente, deveria saber a quem me refiro, caso haja alguma coisa aí.

Roger dobrou o pedaço de papel e passou-o para o outro lado da mesa.

— Essa é a pessoa, suponho.

— Está certo — retorquiu o sr. Bradley.

— E baseia a maior parte de seu caso nas razões dela para se interessar pela criminologia?

— O senhor pode colocar assim — admitiu o sr. Bradley.

Apesar de tudo, Roger corou de leve. Ele tinha as melhores razões para saber por que a sra. Verreker-le-Mesurer professava tanto interesse em criminologia. Sem ser muito preciso, as razões foram quase impostas a ele.

— Então está enganado, Bradley — disse ele sem hesitar. — Muito enganado.

— Tem certeza?

Roger suprimiu um estremecimento involuntário.

— Quase absoluta.

— Sabe, nunca acreditei que ela pudesse mesmo ter cometido o crime — disse o filosófico sr. Bradley.

CAPÍTULO 12

Roger estava muito ocupado.

Andando de táxi para lá e para cá, apesar do que os relógios lhe diziam, tentando concluir o caso antes do anoitecer. Para aquela criminologista ingênua, a sra. Verreker-le-Mesurer, as atividades dele poderiam ter parecido não apenas desconcertantes, mas inúteis.

Na tarde anterior, por exemplo, ele pegou o primeiro táxi até a biblioteca pública de Holborn e lá consultou uma obra de referência com uma descrição nada inspiradora. Depois disso, dirigiu-se ao escritório dos srs. Weall e Wilson, a conhecida empresa que tinha a finalidade de proteger os interesses comerciais dos indivíduos e fornecer aos assinantes informações demasiado sigilosas sobre a estabilidade de qualquer negócio no qual se pretenda investir.

Roger, apresentando-se de forma leviana como um potencial investidor de grandes somas, inseriu seu nome como assinante, preencheu vários formulários especiais de consulta intitulados "estritamente confidencial" e não consentiu em ir embora até que os srs. Weall e Wilson tivessem prometido, em consideração a certos valores extras, ter as informações necessárias em mãos dentro de 27 horas.

Ele então comprou um jornal e foi para a Scotland Yard. Lá, procurou Moresby.

— Moresby — falou, sem preâmbulos —, quero que faça algo importante para mim. Pode encontrar um taxista que pegou uma corrida em Piccadilly Circus ou em suas cercanias por volta das 21h10, na noite anterior ao assassinato de Bendix, e deixou o passageiro no final da Southampton Street ou próximo à Strand? Ou outro táxi que pegou um passageiro na Strand, perto da Southampton Street, por volta das 21h15, e o deixou perto de Piccadilly Circus? A segunda corrida é a mais provável; não tenho certeza da primeira. Ou um táxi poderia ter sido usado para a viagem dupla, mas duvido muito. Acha que pode fazer isso?

— Talvez não seja possível obter resultado algum, após tanto tempo — respondeu Moresby, duvidoso. — É muito importante?

— Bastante.

— Bem, é claro que vou tentar, visto que é o senhor quem está pedindo, e sei que posso acreditar em sua palavra de que é importante. Mas não faria isso por mais ninguém.

— Tudo bem — disse Roger, com muita cordialidade. — Procure o motorista com urgência, por favor. E pode me telefonar no Albany amanhã, por volta da hora do chá, se achar que conseguiu falar com o taxista certo.

— O que há por trás disso, sr. Sheringham?

— Estou tentando desvendar um álibi bastante interessante — respondeu Roger.

Ele voltou para suas acomodações a fim de jantar.

Depois da refeição, a cabeça dele zumbia muito de preocupação para que pudesse fazer qualquer outra coisa além de dar um passeio. Inquieto, Roger saiu do Albany e virou na Piccadilly. Caminhou pelo lugar, pensando bastante, e parou por um momento, por hábito, para inspecionar com olhos desatentos as fotografias do novo espetáculo penduradas do lado de fora do Pavilhão. A próxima coisa que percebeu foi que devia ter virado na Haymarket e feito um amplo círculo na Jermyn Street, pois estava parado do lado de fora do teatro Imperial, naquela rua fascinante, observando o público se aglomerando, sem pressa.

Olhando os anúncios de *O crânio partido*, viu que a coisa terrível tinha começado às 20h30. Verificando o relógio, viu que já passavam 29 minutos daquela hora.

Aquela era uma noite a ser enfrentada de alguma forma. Ele entrou.

A noite também passou de alguma forma.

Cedo na manhã seguinte (ou seja, cedo para Roger; digamos, 10h30), em um local desolado perdido além dos limites da civilização, ou seja, em Acton, Roger se viu falando com uma jovem nos escritórios da Companhia de Perfumaria Anglo-oriental. A jovem estava entrincheirada atrás de uma divisória na entrada principal, sendo uma pequena janela com vidro fosco seu único meio de comunicação com o mundo exterior. Essa janela ela abriria (se convocada por tempo suficiente e em voz alta o bastante) para dar algumas respostas curtas a interlocutores inconvenientes, e essa janela ela fecharia com um estrondo, como uma indicação de que a conversa, em sua opinião, deveria ser encerrada naquele momento.

— Bom dia — disse Roger, sem demonstrar qualquer emoção, quando sua terceira batida convocou esta moça das profundezas da fortaleza. — Liguei para...

— Caixeiros-viajantes, terças e sextas de manhã, das dez às onze — disse a donzela, de forma surpreendente, e fechou a janela com uma de suas melhores pancadas.

"Isso vai ensiná-lo a tentar fazer negócios com uma empresa inglesa respeitável em uma quinta-feira de manhã", era o que dizia o estrondo.

Roger encarou a janela fechada sem desviar o olhar. Então percebeu que um erro havia sido cometido. Ele bateu de novo. E de novo.

Na quarta batida, a janela se abriu como se algo tivesse explodido atrás dela.

— Já lhe disse — retrucou a moça, em seu direito de se sentir indignada —, só recebemos...

— Não sou um caixeiro-viajante — explicou Roger, apressado. — Pelo menos — acrescentou com meticulosidade, pensando nos desertos sombrios que havia explorado antes de encontrar aquele oásis inóspito —, pelo menos, não do ponto de vista comercial.

— O senhor não quer vender alguma coisa? — perguntou a moça, desconfiada.

Versada no que havia de melhor no espírito de avanço dos métodos comerciais ingleses, ela olhava com a mais profunda desconfiança para qualquer pessoa que pudesse querer fazer algo tão pouco comercial quanto *vender* algo para sua empresa.

— Não — assegurou Roger com a maior seriedade, impressionado com a vulgaridade revoltante de tal procedimento.

Naquelas condições, parecia que a moça, embora não estivesse de modo algum disposta a acolhê-lo, estava inclinada a tolerá-lo por alguns segundos.

— Bem, o que *quer*, então? — perguntou ela, com um ar de cansaço paciente, suportado com nobreza.

Pelo tom dela, deduziu-se que pouquíssimas pessoas passavam por aquela porta, a não ser com a intenção condenável de tentar fazer negócios com sua empresa. Imagine... fazer negócios!

— Sou advogado, estou investigando o caso de um certo sr. Joseph Lea Hardwick, que trabalhava aqui. Lamento dizer isso... — disse Roger, mentindo.

— Desculpe, nunca ouvi falar do sujeito — disse a moça, e insinuou, com seu jeito habitual, que a conversa já havia durado bastante.

Mais uma vez, Roger se ocupou com sua bengala. Depois da sétima batida, foi recompensado com outra visão da indignada jovem inglesa.

— Eu já falei...

Mas Roger estava farto.

— E agora, minha jovem, deixe-me falar algo para *você*. Caso se recuse a responder às minhas perguntas, devo avisá-la de que poderá se encontrar em sérios apuros. Nunca ouviu falar em desacato?

Havia momentos em que se era permitido um pequeno malabarismo com a verdade. Havia momentos, também, em que até mesmo um golpe perspicaz com uma clava pode ser desculpado. Aquele era um dos dois.

A moça, embora longe de se intimidar, ficou, enfim, impressionada.

— Bem, o que quer saber, então? — perguntou, resignada.
— Este homem, Joseph Lea Hardwick...
— Já disse que nunca ouvi falar dele.

Como o cavalheiro em questão desfrutou de uma existência de apenas dois ou três minutos, e isso apenas no cérebro de Roger, seu criador não estava despreparado para tal.

— É possível que o tenha conhecido por um nome diferente — disse ele, em tom sombrio.

O interesse da moça foi despertado. Mais ainda, ela parecia alarmada. Falou com a voz estridente:

— Se for divórcio, deixe-me dizer que não pode *me* culpar por nada. Eu nem sabia que ele era casado. Além disso, não é como se houvesse uma causa. Quer dizer... bem, pelo menos... de qualquer forma, é um monte de mentiras. Eu nunca...

— Não é divórcio. — Roger se apressou em conter a maré, ele próprio alarmado com aquelas revelações tão impuras. — Não... não tem a ver com sua vida pessoal. É sobre um homem que trabalhava aqui.

— Ah! — O alívio da moça transformou-se logo em indignação. — Bem, por que não disse logo?

— Ele trabalhava no departamento de nitrobenzeno. — falou Roger, com firmeza. — Há um departamento de nitrobenzeno, não?

— Não que eu saiba.

Roger fez um barulho que costuma ser escrito assim:

— *Tchah!* Sabe muito bem o que quero dizer. O departamento que trata do nitrobenzeno utilizado aqui. Não está negando que a substância é usada nesta firma, está? E de forma extensiva?

— Bem, e se for?

— Relataram ao meu escritório que esse homem veio a óbito pois quase nenhum aviso foi emitido aos funcionários sobre a natureza perigosa dessa substância. Eu gostaria...

— O quê? Um de nossos funcionários morreu? Não acredito nisso. Eu devia ter sido a primeira a saber se...

— O caso foi abafado — falou Roger, sem perder um segundo. — Gostaria que me mostrasse uma cópia do aviso que está pendurado na fábrica sobre o nitrobenzeno.

— Bem, sinto muito, mas receio não poder ajudá-lo.

— Está me dizendo — retrucou Roger, chocado — que nenhum aviso é emitido aos funcionários sobre essa substância tão perigosa? Eles nem sequer sabem que é um veneno mortal?

— Não falei isso, falei? Claro que somos avisados de que é venenoso. Todo mundo sabe. E são muito cuidadosos com a maneira como isso é tratado, tenho certeza disso. Acontece que não há um aviso pendurado. E se o senhor quiser saber mais sobre o assunto, é melhor consultar um dos diretores. Vou...

— Agradeço — disse Roger, enfim falando a verdade. — Já sei tudo o que queria. Bom dia. — Ele recuou exultante.

Ele foi até a Webster, a gráfica, de táxi.

A Webster, claro, era para a impressão o que Monte Carlo era para a Riviera. A Webster era, falando sem rodeios, *a* gráfica. Então, para onde mais Roger deveria ir se quisesse imprimir um papel timbrado novo de uma maneira muito especial e particular, como, ao que tudo indicava, ele queria?

À jovem que o atendeu atrás do balcão, ele especificou com os detalhes mais meticulosos exatamente o que queria. Ela lhe entregou um catálogo de amostras e pediu-lhe que procurasse um estilo que lhe agradasse. Enquanto Roger examinava, ela se virou para outro cliente. Sem querer faltar com a verdade, a jovem estava ficando um pouco cansada de Roger e seus pedidos.

Pelo visto, Roger não conseguiu encontrar um estilo que lhe agradasse, pois fechou o catálogo e avançou um pouco ao longo do balcão até chegar ao território da próxima jovem. Para ela, por sua vez, ele embarcou na epopeia de suas necessidades, e ela também lhe presenteou com seu catálogo e pediu-lhe que escolhesse um estilo. Como o livro era apenas mais um exemplar da mesma edição, não era de surpreender que Roger não tivesse avançado mais.

Ele voltou a seguir ao longo do balcão e, mais uma vez, recitou sua saga à terceira e última jovem. Conhecendo o jogo, ela lhe entregou o catálogo. Agora, porém, Roger teve sua recompensa. Aquele livro era da mesma edição, mas não era uma cópia exata.

— Tenho certeza de que você terá o que quero — comentou ele enquanto folheava as páginas —, fui recomendado por um amigo que é muito exigente. *Deveras* particular.

— É mesmo? — disse a jovem, fazendo o possível para parecer interessada.

Ela era uma mulher bem jovem, jovem o suficiente para estudar técnicas de vendas nas horas vagas; e uma das primeiras regras, ela aprendeu, era receber qualquer comentário casual de um cliente com admiração ansiosa e respeitosa pela astúcia de sua observação, da mesma forma que reagiria a uma cartomante que lhe informasse que receberia uma carta de um estranho sombrio de terras estrangeiras contendo uma oferta de dinheiro e querendo, em troca, apenas uma nota promissória.

— Bem — disse ela, esforçando-se —, algumas pessoas são particulares, é fato.

— Meu Deus! — Roger pareceu muito impressionado. — Sabe, acho que tenho comigo a fotografia desse meu amigo. Não é uma coincidência extraordinária?

— Bem, nunca imaginei... — falou a jovem, obediente.

Roger apresentou a fotografia e entregou-a por cima do balcão.

— Aqui! Reconhece?

A jovem pegou a fotografia e estudou-a com atenção.

— Então, esse é seu amigo! Bem, não é extraordinário? Sim, claro que o reconheço. Que mundo pequeno, não?

— Há cerca de quinze dias, acho que meu amigo esteve por aqui — comentou Roger. — A senhorita o viu?

A jovem ponderou.

— Sim, foi há cerca de duas semanas, suponho. Sim, mais ou menos isso. Esta é uma linha que estamos vendendo bastante no momento.

Roger comprou uma quantidade excessiva de um papel timbrado que não queria por pura leveza de coração. E porque a jovem era mesmo muito simpática e era uma pena tirar vantagem dela.

Então, Roger voltou para seus aposentos na hora do almoço.

Ele passou a maior parte da tarde aparentemente tentando comprar uma máquina de escrever de segunda mão.

Roger foi muito específico ao dizer que a máquina deveria ser uma Hamilton nº 4. Quando os vendedores tentaram induzi-lo a considerar outras marcas, ele se recusou a olhar para eles, dizendo que a Hamilton nº 4 lhe fora recomendadíssima por um amigo, que comprou uma de segunda mão havia cerca de três semanas. Talvez tenha sido naquela loja mesmo? Não? Eles não venderam uma Hamilton nº 4 nos últimos dois meses? Que estranho.

Contudo, em uma loja tinham vendido uma; e isso era ainda mais estranho. O prestativo vendedor procurou a data exata da venda e descobriu que havia sido apenas um mês antes. Roger descreveu o amigo, e o vendedor de imediato concordou que ele e seu cliente eram a mesma pessoa.

— Bom Deus, agora que parei para pensar no assunto — bradou Roger —, acredito que tenho comigo a fotografia de meu amigo. Deixe-me ver! — Ele vasculhou os bolsos e, para seu grande espanto, encontrou a fotografia em questão.

O vendedor gentilmente identificou o cliente, sem hesitar. Ele então prosseguiu, com a mesma gentileza, com a venda da Hamilton nº 4 usada, que aquele detetive entusiasmado sentiu que não tinha coragem de se recusar a comprar. Detectar, Roger descobria, era um hobby caríssimo para quem não tinha autoridade oficial. Mas, como a sra. Fielder-Flemming, ele não se importava com o dinheiro gasto em uma boa causa.

Roger voltou para seus aposentos para tomar chá. Não havia mais o que fazer a não ser aguardar o telefonema de Moresby.

Ele chegou mais cedo do que o esperado.

— É o senhor, sr. Sheringham? Há catorze motoristas de táxi aqui, bagunçando meu escritório — reclamou Moresby. — Todos pegaram uma corrida de Piccadilly Circus para a Strand, ou vice-versa, na época que o senhor comentou. O que quer que faça com eles?

— Por favor, peça para aguardarem até eu chegar, inspetor-chefe — respondeu Roger com dignidade, e pegou seu chapéu.

Ele esperava três taxistas, no máximo, mas não iria deixar Moresby saber disso.

As entrevistas com os catorze motoristas foram breves. Para cada homem sorridente (Roger deduziu que os homens tinham sido tratados com um pouco de humor pesado por parte de Moresby antes de ele chegar), Roger mostrou a fotografia, esforçando-se para segurá-la de forma que o inspetor-chefe não pudesse vê-la, e perguntou se reconheciam o passageiro. Nenhum deles ofereceu uma resposta afirmativa.

Moresby dispensou os homens com um largo sorriso.

— É uma pena, sr. Sheringham. Coloca um pouco de dúvida no caso que está tentando resolver, não?

Roger sorriu para ele de maneira superior.

— Pelo contrário, meu caro Moresby, diria que é quase a conclusão.

— Foi como que disse? — perguntou Moresby, surpreso ao ponto de esquecer as regras gramaticais. — O que anda fazendo, hein, sr. Sheringham?

— Achei que soubesse. Não estamos sendo investigados?

— Ora! — Moresby de fato parecia um pouco desconcertado. — Para dizer a verdade, sr. Sheringham, aquele pessoal parecia estar se afastando tanto da linha que retirei meus homens do caso; não parecia valer a pena mantê-los aqui.

— Meu caro, meu caro — disse Roger, com suavidade. — Imagine só. Bem, é um mundo pequeno, não é?

— Então, o que tem feito, sr. Sheringham? Não tem objeção alguma em me dizer, suponho?

— Nem um pouco, Moresby. Vou fazer seu trabalho por você. Interessa-lhe saber que descobri quem enviou aqueles bombons a sir Eustace?

Moresby olhou para ele por um momento.

— Decerto que sim, sr. Sheringham. Se o senhor sabe mesmo.

— Ah, sei, sim — revelou Roger com muita indiferença; mesmo o próprio sr. Bradley não teria feito melhor. — Vou compor um relatório assim que colocar minhas provas em ordem.... Foi um caso interessante — falou, suprimindo um bocejo.

— Foi mesmo, sr. Sheringham? — disse Moresby, com a voz embargada.

— Ah, sim, de certa forma. Mas de uma simplicidade absurda, uma vez que se tenha compreendido o fator essencial. De maneira bastante ridícula. Darei a você esse relatório algum dia. Adeus, então. — E se retirou.

Não se podia esconder o fato de que Roger tinha seus momentos irritantes.

CAPÍTULO 13

Roger chamou a atenção de todos.

— Senhoras e senhores, como responsável por este experimento, creio que posso me parabenizar. Os três membros que falaram até agora demonstraram uma engenhosidade de observação e argumentação que penso que não poderia ter sido suscitada por nenhuma outra ação. Cada um estava convencido, antes de começar a falar, de que havia resolvido o problema e poderia produzir provas positivas em apoio a tal solução, e cada um, creio, ainda tem o direito de dizer que a própria leitura do quebra-cabeça ainda não foi refutada de forma definitiva.

"Até mesmo a escolha de lady Pennefather por sir Charles está apta à discussão, apesar do álibi que a srta. Dammers pode lhe dar. Sir Charles tem todo o direito de dizer que lady Pennefather teve uma cúmplice e de apresentar as circunstâncias bastante duvidosas que acompanharam sua estada em Paris.

"E, nesse contexto, gostaria de aproveitar a oportunidade para retratar o que disse a Bradley ontem à noite. Falei que sabia com certeza que a mulher que ele tinha em mente não poderia ter cometido o assassinato. Foi uma declaração errônea. Eu não sabia com certeza. Achei a ideia, pelo que conheço dela, bastante difícil de acreditar.

"Além disso, tenho alguns motivos para suspeitar da origem do interesse dela por criminologia, e tenho quase certeza de que é bem diferente daquele postulado por Bradley. O que eu devia ter dito era que a culpa dela por este crime era uma impossibilidade psicológica. Mas, considerando os fatos, não é possível provar impossibilidades psicológicas. Bradley ainda tem todo o direito de acreditar que ela é a criminosa. E, de qualquer forma, a mulher deve permanecer na lista de suspeitos."

— Concordo com a impossibilidade psicológica, Sheringham — comentou o sr. Bradley. — Falei isso. O problema é que considero ter provado que ela é a assassina.

— Mas também provou que o senhor era o assassino — apontou a sra. Fielder-Flemming, com doçura na voz.

— Ah, sim; no entanto, a inconsistência disso não me preocupa. Não envolve impossibilidade psicológica alguma, veja bem.

— Não — disse a sra. Fielder-Flemming. — Talvez não.

— Impossibilidade psicológica! — exclamou sir Charles. — Ah, vocês, romancistas. Estão tão ligados a Freud hoje em dia que perderam de vista a natureza humana. Quando eu era jovem, ninguém mencionava impossibilidades psicológicas. E por quê? Porque sabíamos muito bem que isso não existe.

— Em outras palavras, a pessoa mais improvável pode, sob certas circunstâncias, fazer as coisas mais improváveis — afirmou a sra. Fielder-Flemming. — Bem, posso ser antiquada, mas estou inclinada a concordar.

— Constance Kent — comentou sir Charles.

— Lizzie Borden — prosseguiu a sra. Fielder-Flemming.

— O caso Adelaide Bartlett. — Sir Charles apresentou seu trunfo.

A sra. Fielder-Flemming reuniu as cartas em um monte organizado.

— Em minha opinião, as pessoas que falam de impossibilidades psicológicas estão tratando os suspeitos como personagens de um romance... estão infundindo neles certa porcentagem da própria constituição mental e, como consequência, nunca veem com clareza que o que pensam ser impossível para si mesmas pode muito bem ser possível, por mais improvável que pareça, para outro indivíduo.

— Então, afinal, há algo no axioma da pessoa mais improvável do comerciante de histórias policiais — murmurou o sr. Bradley. — Que bom!

— Vamos ouvir o que o sr. Sheringham tem a dizer sobre o caso? — sugeriu a srta. Dammers.

Roger entendeu a deixa.

— Eu estava dizendo que o experimento também se revelou interessante, pois as três pessoas que já falaram indicaram, cada uma, um indivíduo diferente como autor do crime. A propósito, vou sugerir outro, por isso, mesmo que a srta. Dammers e o sr. Chitterwick concordem com um de nós, isso nos dá no mínimo quatro possibilidades diferentes. Não me importo de dizer que esperava que algo assim acontecesse, embora não esperasse um resultado tão bom.

"Ainda assim, como Bradley salientou em suas observações sobre assassinatos fechados e abertos, as possibilidades neste caso são quase infinitas. Isso, é claro, torna tudo muito mais interessante de nosso ponto de vista. Por exemplo, comecei minhas investigações analisando a vida privada de sir Eustace. Estava convencido, assim como Bradley, de que era ali que a pista do assassinato seria encontrada. E, como ele, pensei que a pista estaria na forma de uma amante descartada; o ciúme ou a vingança, eu tinha certeza, acabariam sendo o motivo do crime. Por último, tal como ele, fiquei convencido, desde o primeiro momento, de que o crime foi elaborado por uma mulher.

"A consequência foi que comecei a trabalhar inteiramente do ponto de vista das mulheres de sir Eustace. Passei alguns dias nada agradáveis coletando informações, até me convencer de que tinha uma lista completa de todos os casos dele durante os últimos cinco anos. Não foi difícil. Sir Eustace, como falei ontem à noite, não é um homem reservado. Ao que parece, eu não tinha a lista completa, pois a minha não incluía a senhora cujo nome não foi mencionado ontem à noite, e, se houve uma omissão, pode haver outras. De qualquer forma, parece que sir Eustace, para lhe fazer justiça, teve seus momentos de discrição.

"Mas nada disso vem ao caso. O que importa é que, a princípio, tive certeza de que o crime fora obra não apenas de uma mulher, mas de uma mulher que havia sido amante recente de sir Eustace.

"Agora mudei todas as minhas opiniões, *in toto*."

— Ora! — exclamou o sr. Bradley. — Não me diga que eu estava errado o tempo inteiro.

— Receio que sim — disse Roger, tentando ocultar o triunfo na voz.

Parecer indiferente, no entanto, é algo difícil, sobretudo quando alguém de fato resolveu um problema que confundiu tantos cérebros excelentes.

— Lamento ter que dizer — prosseguiu ele, esperando parecer mais humilde do que se sentia —, lamento ter que dizer que não posso atribuir todo o crédito por esta mudança de visão à perspicácia. Para ser sincero, foi pura sorte. Um encontro casual com uma mulher tola na Bond Street colocou-me na posse de uma informação por si só trivial... minha informante nunca, nem por um momento, percebeu seu possível significado... mas o conteúdo alterou todo o caso para mim. Percebi, em um piscar de olhos, que estava trabalhando desde o início com base em premissas equivocadas. Que estava cometendo, na verdade, o erro fundamental específico que o assassino pretendia que a polícia e todos os demais cometessem.

"É um negócio curioso esse elemento da sorte na solução dos quebra-cabeças de crimes. Por acaso, discuti o assunto com Moresby, em conexão com este mesmo caso. Apontei o número de problemas impossíveis que a Scotland Yard acaba por resolver por pura sorte... uma prova vital que surge sozinha, por assim dizer, ou uma informação trazida por uma mulher zangada porque o marido dera-lhe motivos para ter ciúme pouco antes do crime. Esse tipo de coisa acontece o tempo todo. *O acaso vingativo*, sugeri como título, caso Moresby algum dia quisesse transformar a história em um filme.

"Bem, o acaso vingativo funcionou outra vez. Por meio daquele feliz encontro na Bond Street, em um momento de esclarecimento, soube quem realmente havia enviado os bombons para sir Eustace Pennefather."

— Ora, ora, ora! — O sr. Bradley expressou com gentileza os sentimentos do clube.

— E quem foi então? — questionou a srta. Dammers, que tinha uma infeliz falta de senso dramático.

Aliás, ela tendia a se vangloriar pelo fato de não ter noção de construção e de que nenhum de seus livros tinha sequer um enredo. Romancistas que usam palavras como "valores", "reflexos" e "complexo de Édipo" simplesmente não têm nada a ver com enredos.

— Quem lhe apareceu nesta interessante revelação, sr. Sheringham? — inquiriu ela.

— Ah, deixe-me explicar um pouco minha história primeiro — pediu Roger.

A srta. Dammers suspirou. Histórias, como Roger, um colega de profissão, deveria saber, não eram mais feitas. Mas ele era um campeão de vendas, e tudo era possível para uma criatura como aquela.

Inconsciente dessas reflexões, Roger estava recostado na cadeira, em uma atitude descontraída, meditando um pouco. Quando voltou a falar, foi em um tom mais coloquial do que antes.

— Como os senhores sabem, este foi mesmo um caso notável. A sra. Fielder-Flemming e Bradley não fizeram justiça criminal quando o descreveram como uma mistura de outros casos. Quaisquer ideias de mérito real em casos anteriores podem ter sido emprestadas, talvez; mas, como disse Fielding, em *Tom Jones*, tomar emprestado dos clássicos, mesmo sem reconhecimento, é algo bastante legítimo para os propósitos de uma obra original. E este *é* um trabalho original. Tem uma característica que não apenas o isenta de qualquer acusação em contrário, mas que o coloca acima de todos os protótipos.

"Está fadado a se tornar um dos maiores casos do crime. E se não fosse por mero acidente, que o criminoso, apesar de toda a sua engenhosidade, não poderia ter previsto, penso que teria se tornado um dos mistérios clássicos. No geral, estou inclinado a considerá-lo o assassinato planejado com a maior perfeição de que já ouvi falar... porque, é claro, não ouvimos falar de assassinatos planejados com ainda maior perfeição e que nem chegam a ser considerados assassinatos. É perfeito... engenhoso, simples e tão infalível quanto possível."

— Humpf! Não é tão infalível quanto o senhor pensava, não é? — grunhiu sir Charles.

Roger sorriu para ele.

— O motivo é óbvio quando se sabe onde procurá-lo, mas os senhores não sabiam. O método é significativo quando se compreende seus verdadeiros fundamentos, mas os senhores não os compreenderam. Os rastros foram porcamente cobertos quando se percebe o que os cobre, mas os senhores não perceberam. Tudo foi antecipado. Nos deram vendas e corremos para cobrir os olhos com elas. Não me admira que não pudéssemos ver com clareza. De fato, o crime foi planejado de forma linda. A polícia, o público, a imprensa... todos enganados. Parece quase uma pena ter que denunciar o assassino.

— Ora, sr. Sheringham — comentou a sra. Fielder-Flemming. — O senhor está falando de forma bastante lírica.

— Um assassinato perfeito me deixou assim. Se eu fosse o criminoso, teria escrito odes em minha homenagem pelas últimas duas semanas.

— E, pelo visto — sugeriu a srta. Dammers —, o senhor quer escrever odes para si mesmo por ter resolvido o crime.

— Quero mesmo — concordou Roger. — Bem, começarei com as evidências. Quanto a isso, não direi que tenho uma coleção de detalhes tão grande quanto a que Bradley conseguiu reunir para provar sua primeira teoria, mas acho que todos concordarão que tenho o suficiente. Talvez a melhor coisa que eu possa fazer seja repassar a lista de doze condições que o assassino deve cumprir, embora, como vão ver, eu não concorde de forma alguma com todas elas.

"Concordo com, e posso provar, as duas primeiras, que o assassino deve ter ao menos um conhecimento elementar de química e criminologia, mas discordo de ambas as partes da terceira; não creio que uma boa educação seja essencial, e decerto não excluiria ninguém com formação em colégio interno ou universidade, por razões que explicarei mais tarde. Também não concordo com a quarta afirmação de que ele ou ela deve ter tido posse ou acesso ao papel timbrado da Mason. Foi uma ideia engenhosa de Bradley de que a posse do papel sugerisse o método do crime, mas acho que foi um erro; um caso anterior sugeriu o método, os bombons foram escolhidos... por uma excelente razão, como mostrarei depois... como o meio do veneno, e a Mason foi escolhida por ser a empresa mais importante entre os fabricantes de chocolate. Foi então necessário adquirir uma folha de papel deles e tenho condições de mostrar como isso foi feito.

"A quinta condição eu qualificaria. Não concordo que o criminoso deva possuir ou ter acesso a uma máquina de escrever Hamilton nº 4, mas concordo que tal posse deva ter existido. Em outras palavras, eu colocaria essa condição no pretérito. Lembrem-se de que estamos lidando com um criminoso muito astuto e um crime planejado com muito cuidado. Acho bastante improvável que uma evidência tão incriminatória como a própria máquina de escrever ficaria parada, esperando que alguém a descobrisse. É muito mais previsível que uma máquina tivesse sido comprada especialmente para a ocasião. Ficou claro na carta que não se tratava de uma máquina nova. Com a coragem de minha dedução, portanto, passei uma tarde inteira pesquisando lojas de máquinas de escrever de segunda mão até que encontrei o local onde ela havia sido adquirida e comprovei a compra. O vendedor conseguiu identificar meu assassino por uma fotografia que eu tinha comigo."

— E onde está a máquina agora? — perguntou a sra. Fielder-Flemming, ansiosa.

— Imagino que no fundo do Tâmisa. É isso que quero dizer. Meu criminoso não deixa aspecto algum ao acaso.

"Com a sexta condição, de estar perto do correio na hora certa, é óbvio que concordo. Meu assassino tem um álibi moderado, mas que não se sustenta. Quanto às duas condições seguintes, a caneta-tinteiro e a tinta, não consegui verificá-las, e, embora concorde que sua posse seria uma confirmação bastante agradável, não lhes dou grande importância; as canetas Onyx são tão universais, assim como a tinta Harfield, que não há muito o que ser discutido. Além disso, seria típico de meu criminoso não possuir qualquer uma delas, mas ter pegado a caneta emprestada sem ninguém perceber. Por último, concordo com a mente criativa, com a precisão das mãos e, claro, com a mentalidade peculiar do envenenador, mas não com a necessidade de hábitos metódicos."

— Ora, vamos — disse o sr. Bradley, magoado. — Pensei que essa tinha sido uma dedução bastante acertada. E lógica também.

— Não de acordo com o que penso — retrucou Roger.

O sr. Bradley deu de ombros.

— Estou interessado no papel — disse sir Charles. — Em minha opinião, esse é o ponto em que se sustenta o caso contra qualquer um. Como prova a posse do papel, Sheringham?

— O papel timbrado — falou Roger — foi furtado há cerca de três semanas de um dos catálogos da Webster. A frase apagada seria alguma marca particular da gráfica; o preço, por exemplo: "Este estilo, cinco xelins e nove *pence*". Há três catálogos da Webster contendo os mesmos exatos exemplos. Dois deles incluem uma folha de papel da Mason, que não consta no terceiro. Posso provar o contato de meu suspeito com o catálogo há cerca de três semanas.

— É mesmo? — Sir Charles ficou impressionado. — Isso parece bastante conclusivo. O que o levou à ideia dos catálogos?

— As bordas amareladas — disse Roger, bastante satisfeito consigo mesmo. — Não via como um papel guardado em uma pilha poderia ficar com as bordas tão amareladas assim, então concluí que devia ser uma folha isolada. Então me ocorreu que, andando por Londres, vemos folhas isoladas de papel coladas em um quadro nas vitrines das gráficas. Mas esta peça não apresentava furos de alfinetes ou quaisquer outros sinais de ter sido fixada a uma placa. Além disso, seria difícil removê-la de uma placa. Qual seria a melhor opção, então? É óbvio, um catálogo de amostras, como o que se costuma encontrar nas mesmas lojas. Então fui até a gráfica de papel timbrado da Mason, e lá, por assim dizer, não encontrei o papel.

— Sim — murmurou sir Charles —, isso parece bastante conclusivo.

O homem suspirou. É possível concluir que ele imaginava com melancolia a figura cada vez menor de lady Pennefather e o belo caso que construíra ao redor dela. Então, sir Charles se animou. Desta vez, conclui-se que ele havia mudado seu foco para a figura de sir Charles Wildman, que também ia diminuindo, e para o belo caso que construíram ao redor dele.

— Agora — falou Roger, sentindo que não poderia mais adiar —, chegamos ao erro fundamental ao qual acabei de me referir, a armadilha que o assassino preparou para nós e na qual todos caímos com tanta facilidade.

Os membros do clube se inclinaram, interessados.

Roger examinou-os com benevolência.

— O senhor esteve muito perto de perceber isso, Bradley, ontem à noite, com sua sugestão casual de que o próprio sir Eustace talvez não fosse a vítima pretendida, afinal. Isso está certo. Mas vou além.

— Eu caí na armadilha, não é? — perguntou o sr. Bradley, magoado. — Bem, que armadilha é essa? Qual é o erro fundamental que todos nós cometemos?

— Ora! — exclamou Roger, triunfante. — Que o plano fracassou... que a pessoa errada foi morta!

Ele recebeu sua recompensa.

— O quê?! — disseram todos em uníssono. — Meu Deus, quer dizer...?

— Exato — falou Roger. — Essa era a beleza do plano. Ele *não* fracassou. Foi um sucesso brilhante. A pessoa errada *não foi* morta. Na verdade, ele conseguiu matar a pessoa certa.

— Como assim? — Sir Charles ficou boquiaberto. — Como chegou a essa conclusão?!

— A sra. Bendix era o alvo o tempo inteiro — explicou Roger, mais sóbrio. — É por isso que o enredo foi tão engenhoso. Tudo foi antecipado. Estava previsto que, se Bendix pudesse ser trazido à presença de sir Eustace no momento da abertura do pacote, este lhe entregaria os bombons. Estava previsto que a polícia procuraria o criminoso entre os associados de sir Eustace, não entre os da morta. Talvez estivesse até previsto, Bradley, que o crime seria considerado obra de uma mulher, quando, na verdade, é claro, os bombons foram empregados porque o *alvo* era uma mulher.

— Ora, ora, ora! — disse o sr. Bradley.

— Então sua teoria — falou sir Charles — é que o assassino era conhecido da mulher morta e não tinha a ver com sir Eustace? — O tom demonstrava que não rejeitava totalmente tal ideia.

— Sim — confirmou Roger. — Mas primeiro deixe-me contar o que enfim abriu meus olhos para a armadilha. A informação vital que obtive na Bond Street foi esta: *a sra. Bendix já tinha assistido àquela peça, O crânio partido*. Não há dúvida sobre isso; ela foi com minha informante. Isso é importantíssimo, é claro. Significa que já sabia a resposta da aposta que fez com o marido sobre a identidade do vilão.

Um pequeno suspiro demonstrou uma apreciação geral daquela informação.

— Ah! Que ironia divina maravilhosa. — A srta. Dammers exercia sua capacidade habitual de ver as coisas do ponto de vista impessoal. — Então ela foi responsável pelo próprio castigo. A aposta que ganhou praticamente a matou.

— Sim — falou Roger. — A ironia não deixou de atingir até mesmo minha informante. A punição, como ela ressaltou, foi bem maior do que o crime. Mas não acho... — falou Roger de forma muito gentil, em um grande esforço para conter a euforia — ...não acho que mesmo agora os senhores entendam o que quero dizer.

Os membros do Círculo do Crime olharam para ele, interrogativos.

— Todos aqui já ouviram descrições minuciosas da sra. Bendix e devem ter uma imagem mental razoavelmente boa dela. A sra. Bendix era uma mulher direta e honesta e, de acordo com minha informante, tinha quase um fetiche por fazer negociações francas. Apostar algo que ela já sabia a resposta se enquadra nesse quadro?

— Ah! — assentiu o sr. Bradley. — Ah, essa é boa.

— Exato. É, com desculpas a sir Charles, uma impossibilidade psicológica. Isso é verdade, o senhor sabe, sir Charles;

não é possível vê-la fazendo tal coisa, por diversão ou por invencionice; e deduzo que diversão não era seu forte, de qualquer forma.

"*Ergo*, ela não criou a aposta. *Ergo*, a aposta nunca foi feita. *Ergo*, nunca houve tal aposta. *Ergo*, Bendix estava mentindo. *Ergo*, Bendix queria aqueles bombons por um motivo diferente do declarado. E, os bombons sendo o que eram, só havia um motivo possível.

"Este é meu caso."

CAPÍTULO 14

Quando o alvoroço que saudou aquela leitura revolucionária do caso cessou, Roger passou a defender a teoria com mais detalhes.

— É um tanto chocante, claro, contemplar Bendix como o astuto assassino da própria esposa, mas, na verdade, uma vez que a mente fica livre de todo preconceito, não vejo como esta conclusão pode ser evitada. Cada evidência, por mais ínfima que seja, serve para apoiá-la.

— Mas e o motivo? — questionou a sra. Fielder-Flemming.

— Motivo? Meu Deus, ele teria motivos suficientes. Em primeiro lugar, estava francamente... não, não francamente; em segredo... cansado da esposa. Lembrem-se do que nos disseram sobre seu caráter. Durante a juventude, ele tivera aventuras. Mas, pelo visto, não havia terminado com elas, porque o nome dele foi mencionado em ligação a mais de uma mulher desde o casamento, em geral, atrizes. Então Bendix não era de forma alguma um bastião da sociedade. Ele gostava de se divertir. E a esposa, imagino, era a última pessoa no mundo a simpatizar com tais sentimentos.

"Não que ele não gostasse dela quando os dois se casaram, embora o objetivo de Bendix tenha sido o dinheiro esse tempo todo. Mas ela deve tê-lo entediado bastante. E, de fato, acho que não podemos culpá-lo por isso. Qualquer mulher, por mais encantadora que seja, está fadada a aborrecer um homem normal se não fizer algo além de tagarelar sobre honra e dever; e esse, sei muito bem, era o hábito da sra. Bendix.

"Basta olhar para a união sob esta nova luz. A esposa nunca ignoraria o menor pecadilho. Cada lapso, por menor que fosse, seria jogado contra ele durante anos. Tudo o que ela fizesse estaria certo, e tudo o que ele fizesse, errado. A justiça carola dela seria para sempre contrastada com a vilania dele. Ela poderia até chegar ao estado daquelas criaturas meio insanas que passam o casamento inteiro insultando os maridos por terem sido atraídos por outras antes mesmo de conhecerem a mulher com quem tiveram a infelicidade de se casar. Não pensem que estou tentando diminuir a sra. Bendix. Só estou demonstrando como a vida ao lado dela podia ser intolerável.

"Mas este é apenas o motivo incidental. O verdadeiro problema era que ela controlava o dinheiro com mão de ferro, e disso também tenho certeza. Foi aí que a sra. Bendix se sentenciou à morte. Ele queria muito o dinheiro, ou parte dele... foi por isso, afinal, que se casou com ela... e ela não quis dá-lo.

"Uma das primeiras coisas que fiz foi consultar um diretório de administradores e fazer uma lista das empresas que interessavam ao sr. Bendix, com o objetivo de obter um relatório confidencial sobre a situação financeira dele. O relatório chegou até mim pouco antes de eu sair de meus aposentos. Era exatamente o que esperava... cada uma das firmas está em situação difícil; algumas apenas um pouco, mas outras estão à beira do colapso. Todas precisam de dinheiro para salvá-las. É óbvio, não? Ele gastou todo o dinheiro que tinha e precisava de mais. Encontrei tempo para ir até Somerset House e outra vez foi como eu esperava: o testamento dela era todo em favor dele. O ponto mais importante... de que ninguém parece ter suspeitado... é que Bendix não é um bom homem de negócios; ele é péssimo. E meio milhão... Ora! Ah, sim. Há motivo suficiente."

— É possível — disse o sr. Bradley. — Mas e o nitrobenzeno? O senhor falou, acho, que Bendix tem algum conhecimento de química.

Roger riu.

— O senhor me lembra de uma ópera de Wagner, Bradley. Fala do *motif* do nitrobenzeno sempre que um possível criminoso é mencionado. No entanto, acho que posso satisfazê-lo neste caso. O nitrobenzeno, como sabem, é usado em perfumaria. Na lista de negócios de Bendix está a Companhia de Perfumaria Anglo-oriental. Fiz uma viagem especial e terrível a Acton com o propósito expresso de descobrir se a empresa em questão usava nitrobenzeno e, em caso afirmativo, se as características venenosas da substância eram reconhecidas. A resposta a ambas as perguntas foi afirmativa. Portanto, não há dúvida de que Bendix conhece bem o assunto.

"Ele poderia ter obtido o suprimento na fábrica, mas estou inclinado a duvidar disso. Acho que Bendix seria mais inteligente. É possível que ele mesmo tenha produzido o material, se o processo for tão fácil quanto Bradley nos mostrou. Sei que frequentou o lado moderno da Selchester... isso também ouvi por acaso... o que pressupõe, de qualquer forma, um conhecimento elementar de química. É o suficiente, Bradley?"

— Sim — afirmou o homem.

Roger tamborilou na mesa.

— Foi um caso bem planejado, não? — questionou. — E fácil demais de reconstruir. Bendix deve ter pensado que estava prevenido contra todas as contingências possíveis. E quase conseguiu. Foi apenas um pouco do azar que entra no maquinário de tantos crimes inteligentes: ele não sabia que sua esposa já tinha visto a peça. Ele havia decidido o álibi moderado da presença no teatro, para o caso de surgir alguma suspeita, e sem dúvida enfatizou o desejo de assistir à peça e levar a esposa junto. Para não o decepcionar, ela teria escondido do marido o fato de que já tinha visto a peça e que não queria revê-la. Este altruísmo foi ruim para ele. Porque é inconcebível que a sra. Bendix tenha aproveitado a situação para ganhar a aposta que ele finge ter feito com ela.

"Ele saiu do teatro, é claro, durante o primeiro intervalo, e correu o máximo que pôde nos dez minutos à sua disposição, para postar o pacote. Eu mesmo assisti àquela peça terrível ontem à noite apenas para ver o momento dos intervalos. O primeiro se encaixa com perfeição. Eu imaginei que ele tivesse pegado um táxi só de ida, pois o tempo era curto, mas nenhum motorista que fez uma viagem semelhante naquela noite conseguiu identificá-lo. Ou talvez o motorista certo ainda não tenha aparecido. Pedi à Scotland Yard que investigasse isso para mim. Porém, combina mais com a inteligência que ele demonstrou por todo esse tempo ter ido de ônibus ou metrô. Os táxis, ele sabe, são rastreáveis. De qualquer forma, Bendix conseguiria realizar o feito sem problemas, e eu não ficaria surpreso se voltasse para o camarote apenas alguns minutos atrasado. A polícia pode estabelecer isso."

— Parece-me — observou o sr. Bradley — que cometemos um erro ao recusar a adesão do homem a nosso clube. Achávamos que a criminologia dele não estava de acordo com os padrões, não é? Ora, ora.

— Mas dificilmente poderíamos saber que ele era um criminologista prático, e não um mero teórico. — Roger sorriu. — Foi um erro, no entanto. Teria sido agradável ter um criminologista prático entre nossos membros.

— Devo confessar que certa vez pensei assim — disse a sra. Fielder-Flemming, tentando fazer emendas. — Sir Charles — acrescentou ela, sem necessidade —, peço desculpas.

Sir Charles inclinou a cabeça com cortesia.

— Por favor, não é necessário, madame. E, de qualquer forma, a experiência foi interessante para mim.

— Posso ter sido enganada pelo caso que citei — disse a sra. Fielder-Flemming, um tanto melancólica. — Foi um paralelo estranhamente próximo.

— Foi o primeiro paralelo que me ocorreu também — concordou Roger. — Estudei o caso Molineux com bastante atenção, na esperança de obter uma indicação dele. Mas agora, se me pedissem um paralelo, responderia com o caso Carlyle Harris. Os senhores se lembram do jovem estudante de Medicina que enviou uma pílula contendo morfina para Helen Potts, com quem descobriu-se que ele estava casado em segredo havia um ano? Ele era um devasso e um patife. Um grande romance, como sabem, foi baseado neste caso, então, por que não um grande crime?

— Então, por que, sr. Sheringham, o senhor acha que Bendix se arriscou ao não destruir a carta forjada e o papel de embrulho quando teve a oportunidade? — perguntou a srta. Dammers.

— Ele não fez isso — respondeu Roger com prontidão — porque a carta forjada e o papel de embrulho foram calculados não apenas para desviar as suspeitas de si mesmo, mas, na verdade, para apontar para outra pessoa... um funcionário da Mason, por exemplo, ou um lunático anônimo. O que foi exatamente o que aconteceu.

— Mas não seria um grande risco enviar bombons envenenados para sir Eustace? — sugeriu o sr. Chitterwick, tímido. — Quer dizer, sir Eustace poderia ter ficado doente na manhã seguinte ou nem os ter oferecido. Suponhamos que ele os tivesse dado a outra pessoa em vez de Bendix.

Roger começou a dar ao sr. Chitterwick motivos para sua timidez. A essa altura, ele estava sentindo uma espécie de orgulho pessoal de Bendix e ficou angustiado ao ouvir um grande homem ser tão difamado.

— Ora! O senhor deve dar crédito a ele por ser o que é. Ele não é um trapalhão. Nada sério aconteceria se sir Eustace acordasse doente pela manhã, ou tivesse comido os bombons, ou se o pacote tivesse sido extraviado e as iguarias consumidas pela filha favorita do carteiro, ou qualquer outra contingência. Vamos, sr. Chitterwick! O senhor não acha que ele mandaria os bombons envenenados pelo correio, não é? Claro que não. Ele enviaria alguns inofensivos e os trocaria pelos outros no caminho para casa. Homessa, ele não deixaria tantas possibilidades ao acaso.

— Ah! Compreendo — murmurou o sr. Chitterwick, de volta ao lugar.

— Estamos lidando com um grande criminoso — disse Roger, com um pouco menos de severidade. — Isso pode ser visto em todos os pontos. Veja a chegada ao clube, por exemplo... uma chegada antes da hora bastante incomum... por que essa chegada adiantada, aliás, se ele não é o culpado? Bem, ele não espera lá fora e segue seu "cúmplice", entendem? Nem um pouco. Sir Eustace é escolhido porque é conhecido por chegar de forma pontual às 10h30 todas as manhãs; orgulha-se disso; gaba-se disso; faz de tudo para manter o bom e velho hábito. Então Bendix chega às 10h35, e aí está. A propósito, no início do caso fiquei intrigado ao descobrir por que os bombons haviam sido enviados para sir Eustace no clube, em vez de em seus aposentos. Agora é óbvio.

— Bem, eu não estava tão longe em minha lista de condições — falou o sr. Bradley, consolando-se. — Mas por que não concorda com meu argumento um tanto sutil sobre o assassino não ser um estudante de colégio interno ou universitário, Sheringham? Só porque Bendix frequentou Selchester e Oxford?

— Não, porque eu diria de maneira ainda mais sutil que o código de colégio interno ou universidade talvez influencie um assassino na maneira de matar um homem, mas não teria muito efeito quando uma mulher é a vítima. Concordo que, se Bendix quisesse se livrar de sir Eustace, provavelmente o teria eliminado do mundo de uma forma boa, direta e masculina. Mas não se usa maneiras boas, diretas e masculinas ao lidar com mulheres, quando se trata de bater na cabeça delas com um porrete ou qualquer coisa dessa natureza. Veneno, imagino, seria bastante adequado. E há muito pouco sofrimento com uma dose grande de nitrobenzeno. A inconsciência logo intervém.

— Sim — admitiu o sr. Bradley. — Esse é um ponto um tanto sutil demais para um de meus atributos não psicológicos.

— Acho que lidei com a maioria de suas outras condições. No que diz respeito aos hábitos metódicos, que o senhor deduziu a partir das doses meticulosas de veneno em cada bombom, o que quero dizer é que as doses eram exatamente iguais para que Bendix pudesse pegar dois doces quaisquer e ter certeza de ter obtido a quantidade exata de nitrobenzeno em seu sistema para produzir os sintomas que desejava, e não o suficiente para correr qualquer risco sério. A dose de veneno foi um golpe de mestre. E é muito natural que um homem não coma tantos bombons quanto uma mulher. Ele sem dúvida exagerou bastante os sintomas, mas o efeito sobre todos foi tremendo.

"Vejam bem, devemos nos lembrar que só temos a palavra dele para a conversa na sala de estar, durante o consumo dos bombons, assim como só temos a palavra dele de que a aposta existiu em primeiro lugar. A maior parte da conversa deve ter mesmo acontecido, no entanto. Bendix é um artista bom demais para não fazer todo o uso possível da verdade em suas mentiras. Mas é claro que ele não a teria deixado naquela tarde até que a visse comer, ou de alguma forma a obrigasse a comer, pelo menos seis dos bombons, que ele sabia constituírem uma dose letal. Essa foi outra vantagem em ter o material exato na quantidade mínima de seis."

— Na verdade — resumiu o sr. Bradley —, nosso rapaz Bendix é um grande homem.

— De fato — disse Roger, com formalidade.
— Não tem dúvida alguma de que ele é o criminoso? — questionou a srta. Dammers.
— Nenhuma — respondeu Roger, atônito.
— Hum — disse a srta. Dammers.
— Por quê? Você tem?
— Hum — repetiu a mulher.
A conversa terminou.
— Bem — falou o sr. Bradley —, vamos todos dizer a Sheringham o quanto ele está enganado?
A sra. Fielder-Flemming parecia tensa.
— Receio — disse ela em voz baixa — que ele esteja certo.
Mas o sr. Bradley recusou-se a ficar impressionado.
— Ah, acho que posso encontrar um ou dois buracos em sua teoria. O senhor parece atribuir muita importância ao motivo, Sheringham. Será que não exagera? Não se envenena uma esposa da qual se está cansado; é possível apenas abandoná-la. E, para ser sincero, tenho alguma dificuldade em acreditar que a) Bendix estivesse tão empenhado em conseguir mais dinheiro para despejar no ralo de seus negócios a ponto de cometer um assassinato, e b) que a sra. Bendix se recusaria a ajudar o marido caso ele estivesse muito pressionado.
— Então acho que não conseguiu avaliar o caráter deles — rebateu Roger. — Os dois eram obstinados feito o diabo. Foi a sra. Bendix, e não o marido, quem percebeu que os negócios dele *eram* um sumidouro de dinheiro. Eu poderia lhe dar uma lista de assassinatos que foram cometidos com muito menos motivos do que este.
— Motivo admitido outra vez, então. Agora, o senhor deve se lembrar de que a sra. Bendix tinha um almoço marcado no dia da morte, que foi cancelado. Bendix não sabia disso? Porque, se sabia, teria escolhido o dia para a entrega dos bombons sabendo que a esposa não estaria em casa para almoçar e recebê-los?

— Exatamente o que pensei em apresentar ao sr. Sheringham — observou a srta. Dammers.

Roger parecia confuso.

— Parece-me um ponto sem importância. Por que ele deveria necessariamente dar os bombons à esposa na hora do almoço?

— Por duas razões — respondeu o sr. Bradley com desenvoltura. — Em primeiro lugar, porque ele, é claro, desejaria colocá-los em ação o mais rápido possível, em segundo, porque, já que a esposa era a única pessoa que poderia contradizer a história da aposta, ele iria querer silenciá-la o quanto antes.

— O senhor só pode estar brincando — disse Roger, sorrindo —, e me recuso a acreditar nisso. Aliás, não vejo por que Bendix devia saber do compromisso da esposa. Os dois almoçavam fora o tempo todo, e não creio que tomassem cuidado especial em informar um ao outro com antecedência.

— Humpf! — disse o sr. Bradley, coçando o queixo.

O sr. Chitterwick aventurou-se a erguer a cabeça, abatido.

— O senhor baseia todo o caso na aposta, não é, sr. Sheringham?

— E a dedução psicológica que tirei dessa história. Sim. Por completo.

— Então, se fosse possível provar que a aposta foi feita, o senhor não teria mais um caso?

— Ora! — exclamou Roger, um tanto alarmado. — Tem alguma prova de que a aposta foi feita?

— Ah, não. Ah, meu Deus, não. Nada do tipo. Estava apenas pensando que, se alguém quisesse refutar seu argumento, como sugeriu Bradley, seria na aposta que a pessoa deveria se concentrar.

— O senhor quer dizer que discutir sobre o motivo, o compromisso no horário de almoço e assuntos menores é perda de tempo? — sugeriu o sr. Bradley, em tom amigável. — Ah, estou de completo concordo. Mas tentava apenas testar o caso dele, o senhor sabe, e não o refutar. E por quê? Porque acho que ele tem razão. O mistério dos bombons envenenados, no que me diz respeito, chegou ao fim.

— Obrigado, Bradley — disse o sr. Sheringham.

— Portanto, três vivas para nosso presidente detetive — disse o sr. Bradley com grande entusiasmo —, junto do nome de Graham Reynard Bendix, pelo excelente caso que nos proporcionou!

— E o senhor afirma que comprovou de forma definitiva a compra da máquina de escrever e o contato do sr. Bendix com o catálogo da Webster, sr. Sheringham? — perguntou Alicia Dammers, que parecia seguir uma linha de raciocínio própria.

— Sim, srta. Dammers — respondeu Roger, com um toque de complacência.

— Poderia me dar o nome da loja de máquinas de escrever?

— Claro.

Ele rasgou uma página de seu caderninho e escreveu o nome e o endereço.

— Obrigada. E pode me dar uma descrição da mulher da Webster que identificou a fotografia do sr. Bendix?

Roger olhou para ela um pouco inquieto; ela respondeu ao olhar com a serenidade habitual. A inquietação de Roger aumentou. Ele deu uma descrição tão boa da jovem da Webster quanto conseguia lembrar. A srta. Dammers agradeceu.

— Bem, o que vamos fazer sobre tudo isso? — indagou o sr. Bradley, que parecia ter adotado o papel de mestre do picadeiro para seu presidente. — Devemos mandar uma delegação à Scotland Yard composta por Sheringham e eu, para lhes dar a notícia de que seus problemas acabaram?

— Está presumindo que todos concordam com o sr. Sheringham?

— Claro.

— O costume não é colocar este tipo de questão em votação? — sugeriu a srta. Dammers, fria.

— "Aprovada por unanimidade" — citou o sr. Bradley.
— Sim, vamos fazer o procedimento correto. Bem, então, Sheringham propõe que esta reunião aceite sua solução do mistério dos chocolates envenenados como a solução certa e envie uma delegação dele e do sr. Bradley à Scotland Yard para falar de maneira muito severa com a polícia. Eu apoio a moção. Quem é a favor...? Sra. Fielder-Flemming?

A sra. Fielder-Flemming se esforçou para esconder a desaprovação que sentia pelo sr. Bradley ao aprovar a sugestão dele.

— Eu sem dúvida acho que o sr. Sheringham provou seu caso — disse ela, de forma rígida.

— Sir Charles?

— Concordo — falou ele, em tom severo, também desaprovando a frivolidade do sr. Bradley.

— Chitterwick?

— Estou de acordo.

Foi imaginação de Roger ou o sr. Chitterwick hesitou apenas um segundo antes de falar, como se estivesse perturbado por alguma reserva mental que não conseguia colocar em palavras? Roger decidiu que era sua imaginação.

— E a srta. Dammers? — perguntou, por fim, o sr. Bradley.

A srta. Dammers olhou com calma ao redor.

— Discordo com a mais profunda veemência. Acho que a exposição do sr. Sheringham foi bastante engenhosa e digna de sua reputação; ao mesmo tempo, penso que ele está errado. Amanhã espero poder provar aos senhores quem de fato cometeu este crime.

O Círculo do Crime olhou para ela com respeito.

Roger, perguntando-se se os ouvidos não estariam pregando uma peça nele, descobriu que a língua também se recusava a funcionar. Um som inarticulado emanou de sua boca.

O sr. Bradley foi o primeiro a se recuperar.

— Votação realizada, mas não unânime. Senhor presidente, penso que isso é inédito. Alguém sabe o que acontece quando uma resolução não é aprovada por unanimidade?

Na incapacidade temporária do presidente, a srta. Dammers tomou para si a decisão.

— A reunião se encerra, eu acho — disse ela.

E encerrou a reunião.

CAPÍTULO 15

Roger chegou à sala de reuniões do Círculo, na noite seguinte, ainda mais entusiasmado do que de costume. Simplesmente não conseguia acreditar que a srta. Dammers seria capaz de destruir seu caso contra Bendix, ou mesmo abalá-lo, mas, de qualquer forma, o que ela tinha a dizer não poderia deixar de ser interessante, mesmo sem as críticas à solução dele. Roger estava ansioso pela exposição da srta. Dammers mais do que pela de qualquer outra pessoa.

Alicia Dammers era um reflexo da época.

Era difícil imaginar como ela poderia ter existido se tivesse nascido cinquenta anos antes. Não teria se tornado a romancista daquela era antiga, uma criatura estranha (no imaginário popular) com luvas brancas de algodão, modos intensos e anseios apaixonados, para não dizer histéricos, por um livro que sua aparência infelizmente a impossibilitaria de escrever. As luvas da srta. Dammers, assim como as roupas, eram lindas, e ela não deveria encostar em tecido barato desde os dez anos de idade (se é que alguma vez o fez); a tensão era a profundidade da má forma; e se ela sabia como desejar, decerto guardava isso para si. Uma pessoa poderia concluir que, na opinião dela, paixão e poder eram fenômenos bastante desnecessários para si, embora fossem interessantes em mortais inferiores.

Da lagarta em luvas de algodão, a romancista progrediu pelo estágio de casulo, semelhante ao de uma cozinheira, a que a sra. Fielder-Flemming se agarrara, até a borboleta séria e desapegada, não raro bela e pensativa, cujas imagens decorativas os semanários atuais tinham o prazer de publicar. Borboletas com testas calmas, um pouquinho enrugadas pelo pensamento analítico. Borboletas irônicas e cínicas; borboletas cirurgiãs lotando as salas de dissecação mental (e, às vezes, se formos honestos, inclinadas a ficar ali por mais tempo do que deveriam); borboletas sem paixão, voando com graça de um complexo de cores vivas para outro. E, de vez em quando, borboletas sem humor, e depois borboletas entediantes, cujo pólen reunido parecia ter adquirido a cor da lama.

Ao conhecer a srta. Dammers e olhar para seu rosto oval e clássico, com as feições delicadas e pequenas e os grandes olhos cinzentos, observar com aprovação sua figura alta e vestida com esmero, ninguém de imaginação popular a consideraria uma romancista. E isso, na opinião da srta. Dammers, junto com a capacidade de escrever bons livros, era exatamente o que uma autora moderna de mentalidade adequada deveria almejar.

Nenhuma pessoa jamais tivera a coragem de perguntar à srta. Dammers como ela poderia esperar analisar nos outros emoções que nunca havia sentido com sucesso. Provavelmente pelo simples fato que serviria como resposta: ela podia, e fez. De forma muito bem-sucedida.

— Ouvimos, ontem à noite — disse srta. Dammers, às 21h05 —, uma exposição bastante competente de uma teoria bem interessante deste crime. Os métodos do sr. Sheringham, se assim posso dizer, foram um modelo para todos nós. Começando pelo raciocínio dedutivo, ele o seguiu até onde este o levou, que foi até o criminoso; ele então confiou no raciocínio indutivo para provar seu caso. Desta forma, conseguiu fazer o melhor uso possível de cada método. Que esta mistura engenhosa se baseou em uma falácia e, portanto, nunca tenha tido qualquer chance de levar o sr. Sheringham à solução certa, é mais um azar do que culpa dele.

Roger, que ainda não conseguia acreditar que não havia chegado à verdade, sorriu em dúvida.

— A leitura do crime feita pelo sr. Sheringham — continuou a srta. Dammers, em tom claro e nivelado — deve ter parecido para alguns de nós uma novidade ao extremo. Para mim, contudo, foi talvez mais interessante do que nova, pois começou do mesmo ponto de partida da teoria na qual eu mesma tenho trabalhado: que o crime não falhou em seu objetivo.

Roger apurou os ouvidos.

— Como o sr. Chitterwick apontou, todo o caso do sr. Sheringham baseava-se na aposta entre o casal Bendix. Da história contada pelo sr. Bendix, ele tira a dedução psicológica de que a aposta nunca existiu. É inteligente, mas é uma dedução errada. O sr. Sheringham é muito leniente em sua interpretação da psicologia feminina. Comecei, creio que posso dizer, também com a aposta. Mas a dedução que tirei dela, conhecendo minhas irmãs do sexo feminino talvez um pouco mais a fundo do que o sr. Sheringham, foi que a sra. Bendix não era tão honrada quanto dizia ser.

— Pensei nisso, claro — protestou Roger —, mas descartei por motivos lógicos. Não há algo na vida da sra. Bendix que demonstre que ela não era honesta, e tudo que demonstra que ela o era. E como não existe evidência alguma para a realização da aposta além da simples palavra de Bendix...

— Ah, mas existe — retrucou a srta. Dammers. — Passei a maior parte do dia estabelecendo esse ponto. Eu sabia que nunca poderia abalar o senhor até que pudesse provar de forma definitiva que houve uma aposta. Deixe-me acabar com sua agonia agora mesmo, sr. Sheringham. Tenho provas contundentes de que ela foi feita.

— Tem? — perguntou Roger, desconcertado.

— Com certeza. Era um ponto que o senhor realmente devia ter verificado — repreendeu a srta. Dammers, com delicadeza —, considerando a importância dele para seu caso. Bem, tenho duas testemunhas. A sra. Bendix a mencionou para a empregada quando foi se deitar, dizendo... como o senhor, sr. Sheringham... que a indigestão violenta da qual pensava estar sofrendo era um castigo pela aposta que tinha feito. A segunda é uma amiga minha, que conhece os Bendix. Ela viu a sra. Bendix sentada sozinha em seu camarote durante o segundo intervalo e foi conversar com ela. No decorrer da conversa, a sra. Bendix comentou que ela e o marido apostaram na identidade do vilão, mencionando o personagem da peça. Mas... e isso confirma minha própria dedução... a sra. Bendix *não* disse à minha amiga que já tinha visto a peça.

— Ah! — exclamou Roger, agora bastante desanimado.

A srta. Dammers tratou-o com o máximo possível de ternura.

— Só havia essas duas deduções a serem feitas a partir da aposta, e, por azar, o senhor escolheu a errada.

— Mas como a senhorita sabia — disse Roger, falando pela terceira vez — que a sra. Bendix já tinha visto a peça antes? Só descobri isso há alguns dias, e por mero acidente.

— Ah, sei disso desde o começo — falou a srta. Dammers, sem preâmbulos. — Suponho que a sra. Verreker-le-Mesurer tenha lhe contado. Eu não a conheço, mas conheço amigos dela. Não o interrompi ontem à noite quando mencionou a incrível sorte desta informação ter chegado até o senhor. Se o tivesse feito, poderia ter salientado que qualquer coisa conhecida pela sra. Verreker-le-Mesurer ser também de conhecimento dos amigos dela não é acaso, mas certeza.

— Compreendo — disse Roger, afundando-se na cadeira pela terceira e última vez.

Porém, ao fazê-lo, lembrou-se de uma informação que a sra. Verreker-le-Mesurer conseguira ocultar de seus amigos, não totalmente, mas quase isso; e, ao ver o olhar irreverente do sr. Bradley, soube que seu pensamento era compartilhado. Então, nem mesmo a srta. Dammers era infalível em sua psicologia.

— Nós, então — disse a mulher, voltando a falar de forma um tanto didática —, fizemos com que o sr. Bendix fosse deslocado de seu papel temporário de vilão e voltasse ao antigo papel de vítima secundária.

Ela fez uma pausa momentânea.

— Mas sem que sir Eustace retornasse ao elenco em seu papel original, de suposta vítima da peça — falou o sr. Bradley.

A srta. Dammers o ignorou, com razão.

— Agora, creio que o sr. Sheringham achará meu caso tão interessante quanto achei o dele ontem à noite, pois embora tenhamos divergências vitais em certos pontos essenciais, concordamos notavelmente em outros. E um dos pontos em que concordamos é que a vítima pretendida foi morta.

— Como, Alicia? — perguntou a sra. Fielder-Flemming. — Também acha que a conspiração foi dirigida contra a sra. Bendix desde o início?

— Não tenho dúvida disso. Mas, para provar minha afirmação, devo demolir mais uma das conclusões do sr. Sheringham.

"O senhor deixou claro que 10h30 era um horário muito incomum para o sr. Bendix chegar ao clube e, portanto, de extrema importância. É verdade. Por azar, o senhor atribuiu o significado errado a isso. A chegada dele àquela hora não indica necessariamente uma intenção culpada, como presumiu. Escapou-lhe... para ser justa, devo dizer que parece ter escapado a todos... que, se a sra. Bendix fosse a vítima pretendida e o próprio sr. Bendix não fosse o assassino, sua presença no clube naquele momento pode ter sido garantida pelo verdadeiro assassino. De qualquer forma, acho que o sr. Sheringham poderia ter dado ao sr. Bendix o benefício da dúvida ao perguntar-lhe se ele tinha alguma explicação própria a oferecer. Como eu fiz."

— A senhorita perguntou a Bendix por que ele chegou ao clube às 10h30 daquele dia? — indagou o sr. Chitterwick, em tom admirado.

Aquela com certeza era a forma como detetives de verdade trabalhavam. Infelizmente, a timidez parecia ter impedido o sr. Chitterwick de fazer qualquer investigação real.

— Sim — respondeu a srta. Dammers, rapidamente. — Telefonei para ele e lhe perguntei. Pelo que percebi, nem mesmo a polícia havia lhe feito essa indagação antes. E embora ele tenha respondido da forma que eu esperava, ficou claro que não viu significado algum na própria resposta. O sr. Bendix me contou que tinha ido até lá para receber um telefonema. Mas, vão se perguntar, por que não receber o telefonema em casa? É essa a questão. Eu também me perguntei. A razão foi que não era o tipo de telefonema que alguém gostaria de receber em casa. Devo admitir que pressionei o sr. Bendix sobre isso, e, como ele não fazia ideia da importância de minhas perguntas, deve ter considerado meu tato bastante questionável. No entanto, não pude evitar.

"No final, consegui fazer com que ele admitisse que, na tarde anterior, havia recebido um telefonema em seu escritório de certa srta. Vera Delorme, que faz um pequeno papel em *Pés para o alto!* no teatro Regency. Ele só a tinha encontrado uma ou duas vezes, mas não se oporia a fazê-lo outra vez. Ela perguntou se ele tinha algum compromisso importante na manhã seguinte, ao que ele respondeu que não. Ele poderia, então, levá-la para um almoço tranquilo em algum lugar? Seria um prazer. Mas ela ainda não tinha certeza se estaria livre. Ligaria, então, na manhã seguinte, entre 10h30 e 11h, no Arco-íris."

Cinco pares de sobrancelhas se uniram.

— Também não vejo significado algum nisso — disse, por fim, a sra. Fielder-Flemming.

— Não? — falou a srta. Dammers. — Mas e se a srta. Delorme negar veementemente ter telefonado para o sr. Bendix?

Cinco pares de sobrancelhas se afastaram.

— *Ah!* — exclamou a sra. Fielder-Flemming.

— Claro que foi a primeira coisa que verifiquei — informou a srta. Dammers, com frieza.

O sr. Chitterwick suspirou. Sim, sem dúvida, aquilo era trabalho de detetive de verdade.

— Então seu assassino tinha um cúmplice, srta. Dammers? — sugeriu sir Charles.

— Tinha dois — retrucou a srta. Dammers. — Ambos involuntários.

— Ah, sim. A senhorita quer dizer Bendix. E a mulher que telefonou?

— Bem...! — A srta. Dammers observou, com seu jeito desinteressado, para o círculo de rostos. — Não é óbvio?

Pelo visto, não era óbvio.

— De qualquer forma, deve ser óbvio por que a srta. Delorme foi escolhida: o sr. Bendix mal a conhecia e com certeza seria incapaz de reconhecer sua voz ao telefone. E quanto à verdadeira oradora... bem! — A srta. Dammers olhou para as faces obtusas.

— A sra. Bendix! — guinchou a sra. Fielder-Flemming, avistando um triângulo.

— Sim. A sra. Bendix, muito bem informada por *alguém* sobre as pequenas contravenções do marido.

— Esse alguém é o assassino, é claro — falou a sra. Fielder-Flemming. — Um amigo da sra. Bendix, então. Pelo menos — corrigiu com certa confusão, lembrando-se de que amigos quase nunca se matavam —, ela pensava nele como um amigo. Meu Deus, isso está ficando interessante, Alicia.

A srta. Dammers deu um pequeno sorriso irônico.

— Sim, esse assassinato é, afinal, um caso muito íntimo. Bem fechado, na verdade, sr. Bradley. Mas estou me adiantando. É melhor que eu complete a destruição do caso do sr. Sheringham antes de construir o meu.

Roger gemeu baixinho e olhou para o teto duro e branco. Tão duro quanto a srta. Dammers, o que o fez olhar para baixo outra vez.

— Para ser franca, sr. Sheringham, sua fé na natureza humana é grande demais — zombou a srta. Dammers, sem piedade. — Seja o que for que alguém escolha lhe dizer, o senhor acredita. Uma testemunha confirmatória nunca lhe parece necessária. Tenho certeza de que, se um indivíduo tivesse ido a seus aposentos para lhe dizer que viu o xá da Pérsia injetando nitrobenzeno naqueles chocolates, o senhor teria acreditado nele sem hesitar.

— Está insinuando que alguém não me contou a verdade? — indagou o infeliz Roger.

— Farei mais do que insinuar; vou provar. Quando nos disse ontem à noite que o homem da loja de máquinas de escrever identificou o sr. Bendix como o comprador de uma Hamilton nº 4 usada, fiquei surpresa. Peguei o endereço da loja. Hoje de manhã, logo cedo, fui lá. Acusei o atendente de ter lhe contado uma mentira. Ele admitiu, sorrindo.

"Pelo que ele percebeu, tudo o que o senhor queria era uma boa Hamilton nº 4, e ele tinha uma boa Hamilton nº 4 para vender. Não viu mal algum em levá-lo a supor que aquela era a loja onde seu amigo havia comprado sua Hamilton nº 4, porque ele tinha uma máquina tão boa quanto qualquer outra loja poderia ter. E, se a consciência do senhor ficava tranquila com o fato de ele reconhecer seu amigo pela fotografia... bem... ele estava bastante preparado para tranquilizar sua consciência com qualquer fotografia que o senhor tivesse para mostrar."

— Compreendo — disse Roger, e seus pensamentos se detiveram nas oito libras que entregara àquele comerciante simpático e tranquilo em troca de uma Hamilton nº 4 que ele não queria.

— Quanto à moça da Webster — continuou a srta. Dammers, implacável —, ela também estava disposta a admitir que talvez pudesse ter cometido um erro ao reconhecer aquele amigo do cavalheiro que falou com ela por causa de algum papel timbrado. Na verdade, o cavalheiro parecia tão ansioso que seria uma pena decepcioná-lo. E, se chegasse a esse ponto, ela não conseguia ver mal algum nisso, nem mesmo agora, ela não conseguia. — A imitação que srta. Dammers fez da jovem da Webster foi bastante divertida. Roger não riu muito.

— Sinto muito se pareço estar insistindo no assunto, sr. Sheringham — disse a srta. Dammers.

— De forma alguma — replicou Roger.

— É essencial para meu caso.

— Sim, entendo.

— Então essa evidência é descartada. Não acho que o senhor tinha outra, não é?

— Não, acho que não — respondeu Roger.

— Os senhores devem ter percebido — falou a srta. Dammers, sobre o cadáver de Roger — que estou seguindo a deixa de omitir o nome do criminoso. Agora que chegou minha vez de falar, vejo as vantagens disso, mas não posso deixar de temer que todos aqui já tenham adivinhado o assassino quando chegar ao desfecho. Para mim, de qualquer forma, a identidade dele parece absurdamente óbvia. Antes de divulgá-la em caráter oficial, porém, gostaria de abordar alguns dos outros pontos, e não evidências reais, levantados pelo sr. Sheringham em seu argumento.

"O sr. Sheringham construiu um caso muito engenhoso. Foi tão engenhoso que ele teve que insistir mais de uma vez no planejamento perfeito que envolveu sua construção e na verdadeira grandeza da mente criminosa que o desenvolveu. Eu discordo. Meu caso é bem mais simples. Foi planejado com astúcia, mas não com perfeição. Baseava-se quase por inteiro na sorte: isso é, em uma prova vital que permanecia sem ser descoberta. E, por fim, a mente que o desenvolveu não é grandiosa. Contudo, é uma mente que, ao lidar com assuntos fora de sua órbita habitual, seria decerto imitativa.

"Isso me leva a um ponto do sr. Bradley. Concordo com ele na medida em que penso que é necessário um certo conhecimento da história criminológica, mas não quando ele argumenta que se trata do trabalho de uma mente criativa. Em minha opinião, a principal característica do crime é a imitação servil de alguns de seus antecessores. Deduzi que é o tipo de mente que não possui originalidade própria alguma; é bastante conservadora, porque não tem inteligência para reconhecer o progresso da mudança; é obstinada, dogmática e prática, e carece por completo de qualquer senso de valores espirituais. Como alguém que tende a sofrer de alguma aversão à matéria, senti minha antítese exata por trás de toda a atmosfera do caso."

Os membros do clube pareciam adequadamente impressionados. Quanto ao sr. Chitterwick, ele só pôde suspirar diante dessas deduções detalhadas.

— Com outro ponto do sr. Sheringham já inferi que concordo: que os bombons foram usados como meio do veneno porque eram destinados a uma mulher. E aqui devo acrescentar que tenho certeza de que nenhum dano foi pretendido ao sr. Bendix. Sabemos que ele não gostava de chocolate, e é razoável supor que o assassino também sabia disso; ele nunca esperou que o sr. Bendix comesse qualquer um dos bombons.

"É curioso ver quantas vezes o sr. Sheringham acerta o alvo com pequenas flechas, mas erra com a grande. Ele estava certo sobre o papel ter sido extraído daquele catálogo de amostras da Webster. Devo admitir que a posse da folha de papel me preocupou bastante. Estava completamente perdida com isso. Então o sr. Sheringham nos apresentou sua explicação com muita habilidade, e hoje consegui destruir sua aplicação à teoria dele e incorporá-la à minha. A atendente que fingiu, por inocente educação, reconhecer o retrato que o sr. Sheringham lhe mostrou, foi capaz de reconhecer de fato o que eu apresentei. E não apenas reconhecê-lo", disse a srta. Dammers com o primeiro sinal de complacência que já havia demonstrado, "mas identificar o indivíduo pelo nome."

— Ah! — exclamou a sra. Fielder-Flemming, muito animada.

— O sr. Sheringham fez algumas outras pequenas observações, que acho aconselhável esclarecer hoje — disse a srta. Dammers, retomando modos impessoais. — Como a maioria das pequenas firmas nas quais o sr. Bendix figura no conselho de administração não está em um estado próspero, o sr. Sheringham deduziu não apenas que o sr. Bendix era um mau homem de negócios, com o que estou inclinada a concordar, mas que ele estava desesperado por dinheiro. Mais uma vez, o sr. Sheringham não verificou sua dedução, e, mais uma vez, deve pagar a pena por descobrir que estava errado.

"Os canais mais elementares de investigação teriam trazido ao sr. Sheringham a informação de que apenas uma pequena parcela do dinheiro do sr. Bendix está investido nessas empresas, que são, na verdade, brinquedos de um homem rico. De longe, a maior parte do capital ainda está onde seu pai o deixou quando morreu, em ações do governo e empresas industriais seguras tão grandes que nem mesmo o sr. Bendix poderia aspirar a um assento no conselho de administração. E pelo que sei, ele tem hombridade suficiente para reconhecer que não é o gênio dos negócios que o pai foi e não tem a intenção de gastar em seus brinquedos mais do que poderia pagar com facilidade. Assim, o verdadeiro motivo que o sr. Sheringham lhe deu para o assassinato da esposa desaparece por completo."

Roger baixou a cabeça. *Para sempre*, pensava ele, *os criminologistas genuínos apontariam o dedo com desprezo para ele, como o homem que não conseguiu verificar as próprias deduções. Ah, que futuro vergonhoso!*

— Quanto ao motivo secundário, dou-lhe menos importância ainda, mas, em geral, estou inclinada a concordar com o sr. Sheringham. Acho que a sra. Bendix deve ter se tornado uma perturbação terrível para o marido, que, afinal de contas, era um homem normal, com reações e escala de valores normais. Penso que a moral dela o empurrou para os braços das atrizes, em busca de companhias mais leves. Não estou dizendo que ele não estava profundamente apaixonado por ela quando se casou, pois, sem dúvida, estava. E ele teria um respeito profundo por ela naquela época.

"Mas foi um casamento infeliz, em que o respeito ultrapassou a utilidade. Um homem quer um pouco de humanidade em seu leito conjugal, não um objeto de profundo respeito. Mas devo dizer que, se a sra. Bendix de fato aborreceu o marido antes do fim, ele foi cavalheiro o suficiente para não demonstrar isso. O casamento era considerado ideal pela maioria das pessoas."

A srta. Dammers parou por um momento para bebericar o copo d'água à sua frente.

— Por último, o sr. Sheringham afirmou que a carta e o papel de embrulho não foram destruídos porque o assassino achava que eles não apenas não o prejudicariam, como o ajudariam. Com isso também concordo. Mas não tiro disso a mesma dedução que o sr. Sheringham. Eu diria que esse fato confirma minha teoria de que o assassinato é obra de uma mente de segunda categoria, porque uma mente de primeira nunca consentiria na sobrevivência de qualquer pista que pudesse ser destruída com facilidade, por mais útil que se pudesse esperar que fosse, pois saberia com que frequência tais pistas, deixadas com o propósito de enganar, levam à ruína do criminoso. E eu deduziria que não se esperava que o papel de embrulho e a carta fossem úteis em geral, mas que contivessem alguma informação enganosa definitiva. Acho que sei qual era essa informação.

"Isso é tudo o que tenho a dizer sobre o caso do sr. Sheringham."

Roger ergueu a cabeça caída, e a srta. Dammers tomou outro gole d'água.

— Com relação à questão do respeito que o sr. Bendix tinha pela esposa — falou o sr. Chitterwick —, não há alguma anomalia nisso, srta. Dammers? Porque entendi que a senhorita disse logo no início que a dedução que tirou daquela aposta foi que a sra. Bendix não era tão digna de respeito como todos imaginávamos. Essa dedução não resistiu ao teste, então?

— Resistiu, sr. Chitterwick, e não há anomalia alguma.

— Onde não há a suspeita de um homem, há seu respeito — disse a sra. Fielder-Flemming antes que Alicia pudesse pensar nisso.

— Ah, o sepulcro horrível sob a bela tinta branca — comentou o sr. Bradley, que não aprovava esse tipo de coisa, mesmo por parte de dramaturgas ilustres. — Agora vamos ao que interessa. Existe um sepulcro, srta. Dammers?

— Existe — concordou ela, sem emoção. — E agora, como disse, sr. Bradley, vamos direto ao assunto.

— Ah! — O sr. Chitterwick pulou em sua cadeira. — Se a carta e o papel de embrulho *pudessem* ter sido destruídos pelo assassino... e se Bendix não é o assassino... e suponho que o porteiro não precise ser considerado... Ah, *compreendo*!

— Eu me perguntei quando alguém faria isso — disse a srta. Dammers.

CAPÍTULO 16

— Desde o início do caso — falou a srta. Dammers, imperturbável como sempre —, eu era da opinião de que a maior pista que o criminoso nos havia deixado era uma das quais ele estaria inconsciente por completo: as indicações inequívocas de seu caráter. Tomando os fatos como os encontrei, e não assumindo outros como fez o sr. Sheringham para justificar a própria leitura da mentalidade excepcional do assassino... — Ela olhou para Roger em desafio.

— Presumi algum fato que não pude comprovar? — Roger sentiu-se obrigado a responder ao olhar dela.

— É claro que sim. O senhor presumiu, por exemplo, que a máquina de escrever na qual a carta foi escrita está agora no fundo do Tâmisa. O simples fato de que não está, mais uma vez, confirma minha interpretação. Tomando os fatos estabelecidos tal como os encontrei, pude, sem dificuldade, formar a imagem mental do assassino, que já esbocei para os senhores. Contudo, tomei cuidado para não procurar alguém que se parecesse com minha foto para depois construir um caso contra o indivíduo. Apenas pendurei a imagem em minha mente, por assim dizer, a fim de compará-la com qualquer indivíduo para quem as suspeitas pudessem parecer apontar.

"Após ter esclarecido o motivo pelo qual o sr. Bendix chegou ao clube naquela manhã em um horário tão incomum, restava, até onde podia ver, apenas um ponto obscuro, que não parecia de muita importância, para o qual a atenção de ninguém parecia ter se voltado. O compromisso que sir Eustace tinha naquele dia para o almoço, que deve ter sido cancelado. Não sei como o sr. Bradley descobriu isso, mas estou pronta para mostrar como eu o fiz. Foi por meio daquele mesmo criado que deu à sra. Fielder-Flemming tantas informações interessantes.

"Devo admitir que tenho uma vantagem sobre os outros membros deste Círculo no que diz respeito às investigações sobre sir Eustace, pois não apenas conheço o próprio sir Eustace muito bem, como também conheço seu criado pessoal; e os senhores podem imaginar que, se a sra. Fielder-Flemming conseguiu extrair tanto dele apenas com a ajuda do dinheiro, eu, apoiada não apenas por dinheiro, mas também pela familiaridade, estava em condições de obter ainda mais. De qualquer forma, não demorou muito para que o homem comentasse que, quatro dias antes do crime, sir Eustace lhe pedira para telefonar para o hotel Fellows's, na Jermyn Street, e reservar um quarto para a hora do almoço no dia em que o assassinato ocorreu.

"Esse era o ponto obscuro, que achei que valeria a pena esclarecer, se pudesse. Com quem sir Eustace iria almoçar naquele dia? Com uma mulher, é óbvio, mas qual de suas muitas mulheres? O criado não pôde me dar informação alguma nesse sentido. Até onde sabia, sir Eustace não saía com mulher alguma no momento, tão determinado estava em conseguir... sinto muito, sir Charles... a mão e a fortuna da srta. Wildman. Era, então, a própria srta. Wildman? Logo pude ver que não.

"Os senhores veem algo semelhante a esse cancelamento do almoço no dia do crime? Não me ocorreu por muito tempo, mas é claro que existe. A sra. Bendix também tinha um almoço marcado naquele dia, que foi cancelado por algum motivo desconhecido na tarde anterior."

— A sra. Bendix! — exclamou a sra. Fielder-Flemming, afinal, lá estava um triângulo suculento.

A srta. Dammers sorriu de leve.

— Sim, não vou deixá-la em suspense, Mabel. Pelo que sir Charles nos contou, eu sabia que a sra. Bendix e sir Eustace, de qualquer forma, não eram completos estranhos, e, no final, consegui estabelecer uma ligação entre os dois. A sra. Bendix ia almoçar com sir Eustace, em um quarto privado, no notório hotel Fellows's.

— Para discutir as deficiências do marido, é claro? — sugeriu a sra. Fielder-Flemming, mostrando mais empatia do que de fato sentia.

— É possível, entre outras coisas — respondeu a srta. Dammers com indiferença. — Mas a principal razão, sem dúvida, era porque ela era amante dele.

A srta. Dammers lançou aquela bomba entre os presentes com pouquíssima emoção, como se tivesse comentado que a sra. Bendix usou um vestido de tafetá verde-jade para a ocasião.

— Pode... pode fundamentar essa afirmação? — perguntou sir Charles, o primeiro a se recuperar.

A srta. Dammers ergueu as belas sobrancelhas.

— Mas é claro. Não farei declarações que não posso comprovar. A sra. Bendix tinha o hábito de almoçar pelo menos duas vezes por semana com sir Eustace e, vez ou outra, também jantar no hotel Fellows's, sempre no mesmo quarto. Tomavam precauções consideráveis e chegavam em horários diferentes não só ao hotel, mas também aos aposentos; fora do quarto, nunca foram vistos juntos. Mas o garçom que os atendia, que era sempre o mesmo, assinou uma declaração afirmando que reconheceu a sra. Bendix, pelas fotografias publicadas após sua morte, como a mulher que frequentava o lugar com sir Eustace Pennefather.

— Ele assinou uma declaração para a senhorita? — refletiu o sr. Bradley. — Também deve ter achado a detecção um hobby caro, srta. Dammers.

— Posso me dar ao luxo de ter um hobby caro, sr. Bradley.

— Mas só porque ela almoçava com ele... — falava a sra. Fielder-Flemming, mais uma vez com empatia. — Quer dizer, isso não significa necessariamente que era sua amante, não é? Não, é claro, que eu tivesse uma consideração menor por ela, se fosse — completou, apressada, lembrando-se da atitude oficial.

— Devo dizer que o cômodo onde faziam as refeições era um quarto — respondeu a srta. Dammers, em um tom de voz ressecado. — O garçom me informou que sempre, depois que os dois saíam, encontrava os lençóis desarrumados e a cama com sinais de uso recente. Imagino que isso seria aceito como evidência clara de adultério, não, sir Charles?

— Ah, sem dúvida alguma, sem dúvida alguma — retorquiu sir Charles, muito envergonhado.

Ele sempre ficava assim quando as mulheres usavam palavras como "adultério", "perversões sexuais" e até mesmo "amante" em sua presença, quando não estava em serviço. Sir Charles era lamentavelmente antiquado.

— Sir Eustace, é claro — acrescentou srta. Dammers com seu jeito imparcial —, não tinha o que temer de qualquer advogado.

Ela tomou mais um gole d'água enquanto os outros tentavam se acostumar com essa nova luz sobre o caso e os surpreendentes caminhos demonstrados.

A srta. Dammers começou a lançar ainda mais luz, com raios poderosos de seu holofote psicológico.

— Devem ter formado um casal curioso, aqueles dois. As escalas de valores bem diferentes, o contraste das respectivas reações ao negócio que os uniu, a possibilidade de que nem mesmo em uma paixão comum a mente deles conseguissem estabelecer qualquer ponto de contato real. Quero que examinem a psicologia da situação com o máximo de detalhes possível, porque o assassinato derivou diretamente dela.

"O que pode ter induzido a sra. Bendix a se tornar amante daquele homem, eu não sei. Não serei tão trivial a ponto de dizer que não consigo imaginar, porque consigo imaginar todos os tipos de maneiras pelas quais isso pode ter acontecido. Há um curioso estímulo mental para uma mulher boa, mas estúpida, na perversidade de um homem mau. Se ela tem um toque reformista, como a maioria das boas mulheres, logo fica obcecada com o desejo fútil de salvá-lo de si mesmo. E, em sete entre dez casos, o primeiro passo para fazer isso é descer ao nível dele.

"Não que ela, a princípio, considerasse estar baixando ao nível dele; uma boa mulher, em todos os casos, sofre por muito tempo com a ilusão de que, faça o que fizer, seu tipo particular de bondade não pode ser manchado. Ela pode compartilhar a cama com um patife, porque sabe que, a princípio, somente por meio de seu corpo poderá esperar influenciá-lo, até que o contato seja estabelecido com a alma e ele possa ser conduzido por caminhos melhores do que o hábito de ir para a cama durante o dia; mas a partilha inicial não reflete em nada a própria pureza. É uma observação banal, mas devo insistir nela mais uma vez: boas mulheres têm uma capacidade impressionante de enganarem a si mesmas.

"Considero que a sra. Bendix devia ser uma boa mulher antes de conhecer sir Eustace. O problema era que ela se considerava muito melhor do que de fato era. As constantes referências à honra, citadas pelo sr. Sheringham, mostram isso. Ela estava apaixonada pela própria bondade. Assim como, é claro, sir Eustace. É improvável que ele tenha desfrutado da complacência de uma mulher boa antes. A sedução dela... que não deve ter sido muito difícil... o teria divertido bastante. Ele deve ter tido que ouvir horas e horas de conversas sobre honra, reforma e espiritualidade, mas teria suportado com paciência suficiente para a requintada vingança que havia determinado no coração. As primeiras duas ou três visitas ao hotel Fellows's devem tê-lo encantado.

"Mas depois disso ficou cada vez menos divertido. A sra. Bendix descobriria que talvez a própria bondade não permanecesse tão firme sob a tensão como ela imaginara. Ela teria começado a aborrecê-lo terrivelmente com as autocensuras dela. Sir Eustace continuou a encontrá-la primeiro porque uma mulher, para esse tipo de homem, é sempre uma mulher, e depois porque ela não lhe deu escolha. Posso ver o que deve ter acontecido. A sra. Bendix começou a se sentir mórbida com a própria maldade e perdeu de vista o zelo inicial pela reforma.

"Eles usam a cama apenas porque há uma cama ali e seria uma pena desperdiçá-la, mas ela destruiu o prazer de ambos. O único apelo da sra. Bendix agora é que ela deve apaziguar a própria consciência, ou fugindo com sir Eustace, ou, o que é mais provável, contando ao marido, providenciando o divórcio... pois, é claro, ele nunca a perdoaria, *nunca*... e casando-se com sir Eustace assim que ambos estivessem separados. De qualquer forma, embora ela quase o deteste, nada mais pode ser contemplado a não ser passar o restante de sua vida com sir Eustace. Conheço bem esse tipo de mente.

"Porém, para sir Eustace, que está trabalhando bastante para recuperar a fortuna por meio do casamento, esse esquema não é muito atraente. Ele começa amaldiçoando a si mesmo por ter seduzido a mulher e continua amaldiçoando ainda mais a mulher por ter sido seduzida. E quanto mais ela o pressiona, mais ele a odeia. Então a sra. Bendix deve ter lhe dado um ultimato. Ela ouviu falar do caso da srta. Wildman. Aquilo deveria acabar de imediato. Ela diz a sir Eustace que, se ele mesmo não terminar, ela tomará medidas para terminar o caso por ele. Sir Eustace vê tudo acontecer, o próprio comparecimento em um segundo tribunal de divórcio e todas as esperanças da srta. Wildman e da fortuna dela desaparecendo para sempre. Algo precisa ser feito. Mas o quê? Apenas um assassinato vai impedir a língua da maldita mulher.

"Bem... já era hora de alguém a matar de qualquer maneira.

"Agora estou em terreno mais incerto; contudo, as suposições me parecem sólidas o bastante e posso apresentar uma quantidade razoável de provas para apoiá-las. Sir Eustace decide se livrar da mulher de uma vez por todas. Ele pensa com cuidado, lembra-se de ter lido sobre um caso, vários casos, em algum livro de criminologia, cada um dos quais falhou devido a um pequeno erro. Combine-os, erradique o pequeno erro de cada crime, e, enquanto suas relações com a sra. Bendix não forem descobertas... e ele tem certeza de que não serão... não haverá possibilidade de ser incriminado. Isso pode parecer um palpite, mas eis minha prova.

"Quando o estudei, dei a sir Eustace todas as chances de me lisonjear. Um de seus métodos é professar profundo interesse por tudo que interessa à mulher. Portanto, ele descobriu um interesse enorme, embora até então latente, por criminologia. Emprestou vários de meus livros e com certeza os leu. Entre os que pegou emprestado, estava um livro sobre casos de envenenamento nos Estados Unidos. Nele há um relato de cada caso que foi mencionado como paralelo pelos membros deste Círculo, com exceção, é claro, de Marie Lafarge e Christina Edmunds.

"Há cerca de seis semanas, quando cheguei em casa certa noite, minha empregada me contou que sir Eustace, que há meses não se aproximava de meu apartamento, me fizera uma visita; ele esperou um pouco na sala de estar e então foi embora. Pouco depois do assassinato, também impressionada com a semelhança entre este e um ou dois dos casos americanos, fui até a estante de minha sala para procurá-los. O livro não estava lá. Nem, sr. Bradley, estava meu exemplar do Taylor. Mas vi os dois nos aposentos de sir Eustace no dia em que tive aquela longa conversa com seu criado."

A srta. Dammers fez uma pausa para ouvir quaisquer comentários.

O sr. Bradley forneceu um.

— Então o homem merece o que vai acontecer com ele — falou, devagar.

— Eu avisei que esse assassinato não tinha sido obra de uma mente de inteligência superior — disse a srta. Dammers.

— Deixem-me completar minha reconstrução. Sir Eustace decide se livrar de seu estorvo e arranja o que considera uma maneira segura de fazê-lo. O nitrobenzeno, que parece preocupar tanto o sr. Bradley, é para mim uma questão muito simples. Sir Eustace decidiu usar bombons como veículo do veneno, e ainda por cima bombons de licor. Os da Mason, devo dizer, são umas das compras favoritas de sir Eustace. É significativo que ele tenha adquirido recentemente várias caixas de meio quilo. Ele está procurando, então, algum veneno com um sabor que se misture bem ao dos licores. Ele decerto encontrará, muito em breve, óleo de amêndoas amargas, usado como é em confeitaria, e daí para o nitrobenzeno, que é mais comum, mais fácil de obter e quase impossível de rastrear, é um passo óbvio.

"Ele marca um encontro com a sra. Bendix para almoçar, com a intenção de presenteá-la com os bombons que chegarão a ele naquela manhã pelos correios, uma coisa muito natural de se fazer. O porteiro vai provar a forma inocente como os adquiriu. No último minuto, sir Eustace vê a falha óbvia neste plano. Se entregar ele mesmo os bombons à sra. Bendix, e sobretudo durante o almoço no Fellows's, a intimidade com ela será revelada. Ele não perde tempo em quebrar a cabeça e logo encontra um plano bem melhor. Falando com a sra. Bendix, conta a história do marido e Vera Delorme.

"Então, a sra. Bendix perde de vista a falha em seu próprio caráter ao saber do erro de seu marido e aceita sem hesitar a sugestão de sir Eustace de que ligue para o sr. Bendix disfarçando a voz e fingindo ser Vera Delorme, e descobrir por si mesma se ele aproveitará ou não a oportunidade de um almoço íntimo no dia seguinte.

"'E diga que ligará para ele no Arco-íris amanhã de manhã, entre 10h30 e 11h', acrescenta sir Eustace, sem cuidados. 'Se ele for ao clube, você poderá ter certeza de que seu marido está disponível para ela a qualquer hora do dia.' E assim ela o faz. A presença de Bendix está, portanto, garantida para a manhã seguinte, às 10h30. Quem no mundo pode dizer que ele não estava lá por puro acaso quando sir Eustace reclamava sobre o pacote recebido?

"Quanto à aposta, que garantiu a entrega dos bombons, não posso acreditar que tenha sido apenas um golpe de sorte para sir Eustace. Parece bom demais para ser verdade. De alguma forma, tenho certeza, embora não pretenda demonstrar como, pois seria mera suposição, de que sir Eustace providenciou essa aposta com antecedência. E se ele o fez, o fato não destrói de forma alguma minha dedução inicial, de que a sra. Bendix não era tão honesta quanto fingia ser, porque, quer tenha sido combinada ou não, resta o fato de que é desonesto fazer uma aposta para a qual você já conhece a resposta.

"Por último, se eu quiser, como todos os que já falaram, citar um caso paralelo, opto sem hesitar por John Tawell, que administrou ácido prússico em uma garrafa de cerveja à amante, Sarah Hart, quando se cansou dela."

O Círculo olhou admirado para a srta. Dammers. Parecia que eles enfim haviam chegado ao fundo da questão.

Sir Charles expressou o sentimento geral.

— Se tiver alguma evidência sólida para apoiar esta teoria, srta. Dammers...

Ele deu a entender que, nesse caso, a corda já estava quase em volta do grosso pescoço vermelho de sir Eustace.

— Quer dizer que as evidências que forneci não são sólidas o suficiente para a mente jurídica? — perguntou a srta. Dammers, com serenidade.

— Bem... reconstruções psicológicas não teriam *muito* peso junto a um júri — disse sir Charles, refugiando-se atrás do júri em questão.

— Eu relacionei sir Eustace com a folha de papel timbrado da Mason — apontou a srta. Dammers.

— Receio que isso daria a sir Eustace o benefício da dúvida. — Sir Charles estava, era evidente, depreciando a obtusidade psicológica daquele seu júri.

— Mostrei um motivo e relacionei-o com um livro de casos semelhantes e um livro de venenos.

— Sim. Ah, sim, é verdade. Mas o que quero dizer é: a senhorita tem alguma evidência real que ligue de forma definitiva sir Eustace à carta, aos bombons ou ao pacote?

— Ele tem uma caneta Onyx, e o tinteiro de sua biblioteca era preenchido com tinta Harfield. — A srta. Dammers sorriu. — Não tenho dúvidas de que ele ainda usa essa tinta. Ele deve ter permanecido no Arco-íris a noite inteira antes do assassinato, mas verifiquei que há um intervalo de meia hora entre as 21h e 21h30, durante o qual ninguém o viu. Ele saiu da sala de jantar às 21h, e um garçom lhe serviu um uísque com soda no salão às 21h30. Nesse ínterim, ninguém sabe onde sir Eustace estava. Ele não estava no salão. Onde, então? O porteiro jura que não o viu, mas há uma saída nos fundos que ele poderia ter usado se quisesse passar despercebido, como é claro que fez. Eu mesma perguntei a ele, como se fosse uma brincadeira, e ele respondeu que tinha ido à biblioteca depois do jantar para procurar uma referência em um livro sobre caça. Será que poderia mencionar o nome de quaisquer outros membros que estivessem na biblioteca? Ele falou que o lugar estava vazio; que nunca havia ninguém lá; que ele nunca tinha visto vivalma na biblioteca durante todo o tempo em que pertenceu ao clube. Agradeci e desliguei.

"Em outras palavras, ele diz que estava na biblioteca, porque sabe que não haveria outro membro do Arco-íris lá para provar o contrário. O que de fato fez durante aquela meia hora, é claro, foi sair pela porta dos fundos, se apressar até Strand para postar o pacote... na mesma hora em que o sr. Sheringham pensa que o sr. Bendix estaria correndo... entrar outra vez no clube, ir até a biblioteca para ter certeza de que não havia alguém lá, e depois descer até o salão e pedir uma bebida para provar a presença dele lá mais tarde. Não é mais viável do que sua visão do sr. Bendix, sr. Sheringham?

— Devo admitir que sim — concordou Roger.

— Então a senhorita não tem evidência sólida alguma? — perguntou sir Charles, lamentando. — Nada que possa impressionar um júri?

— Sim, tenho — respondeu a srta. Dammers, com calma. — Guardei-a para o fim porque queria provar meu caso, o que considero já ter feito sem ela. Mas a prova é absoluta e conclusiva. Todos queiram examiná-la, por favor.

A srta. Dammers tirou da bolsa um pacote coberto de papel pardo. Desembrulhando-o, trouxe à luz uma fotografia e uma folha de papel que parecia uma carta datilografada.

— A fotografia — explicou —, obtive outro dia com o inspetor-chefe Moresby, mas sem lhe dizer o propósito específico para o qual a queria. É uma foto da carta forjada em tamanho real. Gostaria que todos a comparassem com esta cópia datilografada da carta. Poderia examiná-las primeiro, sr. Sheringham, e depois passá-las adiante? Observe particularmente o *S* ligeiramente torto e o *H* maiúsculo lascado.

Em um silêncio mortal, Roger examinou as duas provas. Examinou-as por dois minutos inteiros, o que pareceu aos outros mais de duas horas, e depois as passou para sir Charles, à direita.

— Não há a menor dúvida de que as duas cartas foram datilografadas pela mesma máquina — disse ele, em tom sério.

A srta. Dammers não exibiu nem mais nem menos emoção do que havia demonstrado durante todo o processo. Sua voz carregava exatamente a mesma inflexão impessoal. Ela poderia estar anunciando a descoberta de uma combinação entre dois tipos de tecido. Por seu tom sereno, ninguém poderia imaginar que o pescoço de um homem dependia tanto de suas palavras quanto da corda que o enforcaria.

— Os senhores encontrarão a máquina nos aposentos de sir Eustace — disse ela.

Até o sr. Bradley ficou convencido.

— Então, como falei, sir Eustace merece tudo o que vai acontecer com ele — disse ele, devagar, com uma indiferença impossível, e até tentou bocejar. — Meu Deus, que trapalhão angustiante.

Sir Charles repassou as evidências.

— Srta. Dammers — disse ele, de forma impressionante —, a senhorita prestou um grande serviço à sociedade. Eu a parabenizo.

— Obrigada, sir Charles — respondeu a srta. Dammers, com naturalidade. — Mas foi ideia do sr. Sheringham, o senhor sabe.

— O sr. Sheringham — falou sir Charles — semeou o terreno melhor do que imaginava.

Roger, que esperava ter tido sucesso na resolução do mistério, sorriu de forma um tanto fraca.

A sra. Fielder-Flemming aproveitou a ocasião.

— Fizemos história — disse ela com a devida solenidade. — Quando toda a força policial de uma nação falhou, uma mulher descobriu o mistério sombrio. Alicia, este é um dia marcante, não só para a senhorita, não só para este Círculo, mas para as mulheres.

— Obrigada, Mabel — retorquiu a srta. Dammers. — Que gentileza sua dizer isso.

As provas passaram lentamente pela mesa e retornaram para a srta. Dammers. Ela as entregou a Roger.

— Sr. Sheringham, acho melhor que cuide disso. Como presidente, deixo o assunto em suas mãos. Agora, sabe tanto quanto eu. Como pode imaginar, seria de muito mau gosto se eu mesma informasse à polícia. Gostaria que meu nome fosse mantido fora de qualquer comunicação que fizer com eles.

Roger coçava o queixo.

— Acho que pode ser feito. Eu poderia simplesmente entregar essas coisas, com a informação de onde está a máquina, e deixar a Scotland Yard resolver o caso sozinha. As provas e o motivo, junto do depoimento do porteiro do hotel Fellows's, sobre o qual terei que contar a Moresby, são as únicas coisas que realmente interessarão à polícia, penso eu. Humpf! Suponho que seria melhor ver Moresby esta noite. Poderia vir comigo, sir Charles? Isso adicionaria peso à questão.

— Com certeza, com certeza — concordou sir Charles, entusiasmado.

Todos pareciam e se sentiam muito sérios.

— Suponho — disse o sr. Chitterwick, tímido, entre toda essa solenidade —, suponho que não poderiam adiar isso por 24 horas, não é?

Roger pareceu surpreso.

— Mas por quê?

— Bem... — O sr. Chitterwick se contorceu com timidez. — Bem... eu ainda não falei, o senhor sabe.

Cinco pares de olhos se fixaram nele com espanto. O sr. Chitterwick corou bastante.

— É claro. Não, é claro que podemos. — Roger tentava ser o mais diplomático possível. — E... bem, quer dizer que quer falar, então?

— Tenho uma teoria — disse o sr. Chitterwick, com modéstia. — Eu... eu não *quero* falar, não. Mas tenho uma teoria.

— Sim, sim — falou Roger.

Ele olhou impotente para sir Charles, que foi ao resgate.

— Tenho certeza de que todos ficaremos muito interessados em ouvir a teoria do sr. Chitterwick — declarou ele. — Muito interessados. Mas por que não a apresentar agora?

— Não está completa ainda — respondeu o sr. Chitterwick, infeliz, mas persistente. — Gostaria de mais 24 horas para esclarecer uma ou duas questões.

Sir Charles teve uma ideia.

— É claro, é claro. Devemos nos encontrar amanhã e ouvir a teoria do sr. Chitterwick, sem dúvida. Enquanto isso, Sheringham e eu ligaremos para a Scotland Yard e...

— Prefiro que não façam isso — insistiu o sr. Chitterwick, agora mergulhado na miséria. — Prefiro mesmo.

Mais uma vez, Roger olhou impotente para sir Charles. Dessa vez, o homem respondeu ao olhar também de forma impotente.

— Bem... suponho que mais 24 horas não fariam muita diferença — disse Roger, com relutância. — Depois de todo esse tempo.

— Não *muita* diferença — suplicou o sr. Chitterwick.

— Bem, decerto não vai fazer muita diferença — concordou sir Charles, perplexo.

— Então tenho sua palavra, senhor presidente? — perguntou o sr. Chitterwick, muito triste.

— Se quiser colocar assim — respondeu Roger, frio.

A reunião então terminou, um tanto confusa.

CAPÍTULO 17

Era bastante evidente que, como ele mesmo havia dito, o sr. Chitterwick não queria falar. O homem olhou de forma suplicante para o círculo de rostos na noite seguinte, quando Roger lhe pediu que falasse, mas as faces permaneceram decididamente antipáticas. O sr. Chitterwick estava agindo como uma velha tola, era o que diziam de forma bem evidente aquelas expressões.

Ele pigarreou duas ou três vezes, nervoso, e falou:

— Senhor presidente, senhoras e senhores, entendo muito bem o que devem estar pensando e peço clemência. Posso apenas dizer, como desculpa para o que devem considerar perversidade de minha parte, que, por mais convincente que tenha sido a exposição da srta. Dammers e por mais definitivas que suas provas parecessem, ouvimos tantas soluções deste mistério que pareciam convincentes e fomos confrontados com tantas provas que pareciam definitivas, que não pude deixar de sentir que talvez mesmo a teoria dela pudesse não ser, após reflexão, tão forte quanto se poderia pensar à primeira vista.

O sr. Chitterwick, tendo superado esse grande obstáculo, piscou por um segundo, mas não conseguiu se lembrar da próxima frase que havia preparado com tanto cuidado.

Ele a pulou e avançou mais um pouco.

— Como aquele a quem coube a tarefa, ao mesmo tempo um privilégio e uma responsabilidade, de falar por último, talvez não considerem inapropriado se eu tomar a liberdade de resumir as várias conclusões a que aqui chegamos, tão diferentes tanto em métodos quanto em resultados. Para não perder tempo, porém, repassando coisas antigas, preparei uma pequena tabela que pode mostrar com mais clareza as várias teorias contrastantes, os paralelos e os criminosos sugeridos. Talvez os membros queiram analisá-la.

Com muita hesitação, o sr. Chitterwick apresentou a tabela na qual havia pensado bastante e de forma cuidadosa, e a ofereceu ao sr. Bradley, à sua direita. O sr. Bradley recebeu-a com gentileza e até concordou em colocá-la sobre a mesa entre ele e a srta. Dammers para examiná-la. O sr. Chitterwick pareceu satisfeito.

— Os senhores verão — disse o sr. Chitterwick, com um pouco mais de confiança — que praticamente não há dois membros que concordem em qualquer assunto importante. A divergência de opiniões e métodos é notável. E, apesar de tais variações, cada membro sentiu-se confiante de que sua solução era a correta. Essa tabela, mais do que quaisquer palavras minhas poderiam fazer, enfatiza não apenas a extrema abertura, como diria o sr. Bradley, do caso diante de nós, mas também ilustra outra das observações dele, de que é fácil demais provar qualquer coisa que se possa desejar, por um processo de seleção consciente ou inconsciente.

"A srta. Dammers, creio, talvez possa achar essa tabela bem interessante. Não sou um estudante de Psicologia, mas até para mim foi surpreendente notar como a solução de cada indivíduo refletia, se me permitem dizer, a própria tendência de pensamento e caráter daquele membro em particular. Sir Charles, por exemplo, cuja formação o levou a perceber a importância do material, decerto não se importará se eu salientar que o ponto de vista a partir do qual ele via o problema era o ângulo material do *cui bono*, enquanto a evidência também material do papel timbrado formava para ele sua característica marcante. No outro extremo da escala, a srta. Dammers considera o caso quase todo de um ponto de vista psicológico e toma como característica proeminente o caráter, revelado de forma inconsciente, do criminoso.

Membro	Motivo	Ponto de vista	Característica proeminente	Método	Caso paralelo	Criminoso(a)
Sir Charles Wildman	Ganho	Cui bono	Papel timbrado	Indutivo	Marie Lafarge	Lady Pennefather
Sra. Fielder-Flemming	Eliminação	Chercher la femme	Triângulo amoroso	Intuitivo e indutivo	Molineux	Sir Charles Wildman
Bradley (1)	Experimento	História de detetive	Nitrobenzeno	Dedução científica	Dr. Wilson	Bradley
Bradley (2)	Ciúme	Caráter de sir Eustace	Conhecimento criminológico do assassino	Dedutivo	Christina Edmunds	Mulher anônima
Sheringham	Ganho	Caráter do sr. Bendix	Aposta	Dedutivo e indutivo	Carlyle Harris	Bendix
Srta. Dammers	Eliminação	Psicologia de todos os participantes	Caráter do criminoso	Dedução psicológica	Tawell	Sir Eustace Pennefather
Polícia	Convicção ou ânsia de matar	Geral	Provas materiais	Rotineiro	Horwood	Fanático ou lunático desconhecido

Tabela do sr. Chitterwick

"Entre estes dois extremos, outros membros prestaram atenção às provas psicológicas e materiais em proporções variadas. Por outro lado, os métodos de construção do caso contra uma pessoa suspeita foram muito diferentes. Alguns confiaram quase inteiramente em métodos indutivos, outros quase inteiramente em métodos dedutivos e houve aqueles que, como o sr. Sheringham, misturaram os dois. Em suma, a tarefa que nosso presidente nos impôs revelou-se uma lição bastante instrutiva em detecção comparativa."

O sr. Chitterwick pigarreou, sorriu, nervoso, e continuou:

— Há outra tabela que eu poderia ter feito e que, creio, teria sido tão esclarecedora quanto esta. É uma tabela das deduções singularmente diferentes feitas por cada um dos membros a partir de fatos indiscutíveis do caso. O sr. Bradley, como escritor de histórias de detetive, poderia ter achado essa tabela bem interessante.

O sr. Chitterwick continuou, como se pedisse desculpas aos escritores de histórias policiais *en masse*:

— Pois várias vezes notei que em livros desse tipo assume-se com frequência que qualquer fato só pode admitir uma única dedução, que sempre é a correta. Ninguém mais pode tirar quaisquer deduções, exceto o detetive favorito do autor, e as conclusões a que ele chega... nos livros em que o detetive consegue tirar conclusões, que, sinto dizer, são muito poucos... estão sempre certas. A própria srta. Dammers mencionou algo do tipo certa noite, com a ilustração dos dois frascos de tinta.

"Como exemplo do que de fato acontece, gostaria de citar o papel timbrado da Mason. Dessa única folha de papel, as seguintes deduções foram tiradas em um momento ou outro:

1. Que o criminoso era funcionário ou ex-funcionário da Mason & Filhos;
2. Que o criminoso era cliente da Mason & Filhos;

3. Que o criminoso trabalhava em uma gráfica ou tinha acesso a uma prensa;
4. Que o criminoso era advogado, agindo em nome da Mason & Filhos;
5. Que o criminoso era parente de um ex-funcionário da Mason & Filhos;
6. Que o criminoso era um possível cliente da gráfica Webster.

"É claro que houve muitas outras deduções a partir daquela folha de papel, como a de que a posse casual dela sugeria todo o método do crime, mas estou apenas chamando a atenção para aquelas que apontariam diretamente para a identidade do criminoso. Há nada menos que seis delas, vejam, e todas contraditórias."

— Escreverei um livro para o senhor, sr. Chitterwick — disse o sr. Bradley —, no qual o detetive tirará seis deduções contraditórias de cada fato. Ele vai acabar prendendo 72 pessoas diferentes pelo assassinato e cometendo suicídio, porque depois descobrirá que deve ter cometido ele mesmo o crime. Dedicarei este livro ao senhor.

— Sim, por favor — falou o sr. Chitterwick, sorrindo. — Realmente não seria muito distante do que vimos neste caso. Por exemplo, citei apenas o papel timbrado. Além dele, havia o veneno, a máquina de escrever, o carimbo dos correios, a exatidão da dose... ah, muitos outros fatos. E de cada um deles foram extraídas não menos de meia dúzia de deduções diferentes.

"Na verdade, foram, acima de tudo, as diferentes deduções feitas pelos diferentes membros que provaram os diferentes casos."

— Pensando melhor — disse o sr. Bradley, decidido —, meus detetives no futuro serão do tipo que não tiram dedução alguma. Será muito mais fácil para mim.

— Assim, com estas poucas observações sobre as soluções que já ouvimos — falou o sr. Chitterwick —, espero que os membros me perdoem, mas agora vou me apressar para explicar por que pedi ao sr. Sheringham para não ir à Scotland Yard de imediato na noite passada.

Cinco rostos expressaram concordância silenciosa de que já era hora de o sr. Chitterwick ser ouvido sobre esse ponto.

Ele parecia estar consciente dos pensamentos por trás dos rostos, pois os modos de cada um ficaram mais agitados.

— Devo primeiro tratar de forma muito breve o caso contra sir Eustace Pennefather, como a srta. Dammers nos contou ontem à noite. Sem menosprezar a apresentação dela, devo salientar que as duas principais razões para lhe atribuir a culpa me pareceram, em primeiro lugar, o fato de ele ser o tipo de pessoa que ela já havia decidido que o criminoso deveria ser, e, em segundo, que ele estava conduzindo uma aventura extraconjugal com a sra. Bendix e decerto pareceria ter motivo para desejar se livrar dela... *se*, mas apenas se, a visão da srta. Dammers sobre o progresso dessa aventura estivesse correta.

— Mas a máquina de escrever, sr. Chitterwick! — gritou a sra. Fielder-Flemming, fiel a seu sexo.

O sr. Chitterwick falou:

— Ah, sim, a máquina de escrever. Vou chegar lá. Mas antes de abordá-la, quero mencionar dois outros pontos que a srta. Dammers gostaria que acreditássemos serem importantes provas materiais contra sir Eustace, em oposição às psicológicas. O fato de ele ter o hábito de comprar bombons de licor da Mason para as... as amigas dele não me parece muito significativo. Se todos que compram bombons de licor da Mason são suspeitos, então Londres está cheia deles. E, decerto, mesmo um assassino tão pouco original como sir Eustace teria tomado a precaução elementar de escolher algum meio para o veneno que, em geral, não fosse associado ao nome dele, em vez de um que fosse. E, se posso arriscar uma opinião, sir Eustace não é tão estúpido quanto a srta. Dammers parece pensar.

"O segundo ponto é a mulher da Webster ter reconhecido, até mesmo identificado, sir Eustace pela fotografia. Isso também não me parece, se a srta. Dammers não se importa que eu diga, tão significativo quanto ela gostaria que acreditássemos ser. Eu verifiquei", disse o sr. Chitterwick, com uma pontada de orgulho (aquilo também foi uma verdadeira detecção), "que sir Eustace Pennefather compra papel timbrado na Webster, e tem feito isso há anos. Ele esteve lá há cerca de um mês para pedir um novo suprimento. Seria surpreendente, considerando que ele tem um título, se a moça que o atendeu não se lembrasse dele; não pode ser considerado significativo que ela tenha sido capaz de tal", completou o sr. Chitterwick, com bastante firmeza.

"Além da máquina de escrever, então, e talvez dos exemplares dos livros criminológicos, o caso da srta. Dammers não tem evidência real alguma para sustentá-lo, pois a questão do álibi frágil, temo, não deve ser considerada. Não quero ser injusto", disse o sr. Chitterwick, com cuidado, "mas acho que tenho razão em dizer que o caso da srta. Dammers contra sir Eustace baseia-se inteira e exclusivamente na evidência da máquina de escrever."

Ele olhou em volta, ansioso, em busca de possíveis objeções.

Uma surgiu de imediato.

— Mas não há como ignorar isso! — exclamou a sra. Fielder-Flemming, impaciente.

O sr. Chitterwick pareceu um pouco angustiado.

— Será que "ignorar" é a expressão correta? Não estou tentando encontrar falhas no caso da srta. Dammers apenas por diversão. Por favor, acreditem nisso. Sou movido pelo desejo de levar este assassinato a seu verdadeiro autor. E tendo apenas este objetivo em vista, posso sugerir uma explicação que inocente sir Eustace.

O sr. Chitterwick pareceu tão infeliz com o que considerou ser a insinuação da sra. Fielder-Flemming de que ele estava apenas desperdiçando o tempo do Círculo, que Roger se dirigiu a ele com gentileza.

— Pode fazer isso? — perguntou, como se incentivasse a filha a desenhar uma vaca, que, se não se parecia muito com uma vaca, com certeza era diferente de qualquer outro animal do planeta. — Isso é deveras interessante, sr. Chitterwick. Qual é sua explicação?

O sr. Chitterwick, respondendo ao tratamento, brilhou de orgulho.

— Meu caro! Não consegue mesmo ver? Ninguém vê?

Parecia que não.

— E, no entanto, a possibilidade de tal coisa esteve diante de mim desde o início do caso! — exclamou o agora triunfante sr. Chitterwick. — Ora, ora!

Ele ajeitou os óculos no nariz e sorriu para o Círculo, o rosto redondo e vermelho brilhando.

— Bem, qual é a explicação, sr. Chitterwick? — indagou a srta. Dammers, quando parecia que o sr. Chitterwick continuaria sorrindo em silêncio para sempre.

— Ah! Ah, sim, claro. Ora, falando sem rodeios, srta. Dammers, a senhorita estava errada, e o sr. Sheringham estava certo em suas respectivas estimativas da capacidade do criminoso. Havia, de fato, uma mente extremamente capaz e engenhosa por trás desse assassinato... as tentativas da srta. Dammers para provar o contrário foram, receio, mais um caso de defesa especial. E uma das maneiras como essa engenhosidade foi demonstrada foi organizar as evidências de tal maneira que, se alguém fosse suspeito, seria sir Eustace. Que a evidência da máquina de escrever e dos livros criminológicos era, como acredito que a palavra técnica seja, "falsa".

O sr. Chitterwick retomou o olhar.

Todos se inclinaram com o que poderia ter sido um puxão repentino. Em um piscar de olhos, a maré de sentimentos em relação ao sr. Chitterwick mudou. O homem *tinha* algo a dizer, afinal. Na verdade, havia uma ideia por trás do pedido inoportuno da noite anterior.

O sr. Bradley mostrou-se à altura da situação e esqueceu-se de falar com o tom condescendente de sempre.

— Ora... excelente trabalho, Chitterwick! Mas pode comprovar isso?

— Ah, sim. Acho que sim — respondeu o sr. Chitterwick, deleitando-se com os raios de apreciação que brilhavam sobre ele.

— A seguir o senhor vai nos contar que sabe quem cometeu o crime — disse Roger, sorrindo.

O sr. Chitterwick sorriu de volta.

— Ah, eu *sei*.

— Como?! — exclamaram cinco vozes em coro.

— Eu sei, é claro — falou o sr. Chitterwick, com modéstia. — Os senhores praticamente me contaram. Sendo o último a falar, vejam bem, minha tarefa era simples em comparação. Tudo o que eu precisava fazer era separar o verdadeiro do falso nas afirmações de todos os outros e... bem, *encontrar* a verdade.

O restante do Círculo pareceu surpreso por ter contado ao sr. Chitterwick a verdade sem nem eles mesmos saberem.

O sr. Chitterwick assumiu um aspecto reflexivo.

— Talvez possa confessar agora que, quando nosso presidente nos apresentou a ideia dele pela primeira vez, fiquei consternado. Eu não tinha experiência prática em detecção, não sabia como fazer isso e não tinha teoria alguma sobre o caso. Não conseguia nem ver um ponto de partida. A semana passou rápido, em minha opinião, e me deixou no mesmo lugar onde estava no início. Na noite em que sir Charles falou, ele me convenceu por completo. Na noite seguinte, por um breve período, a sra. Fielder-Flemming também me convenceu.

"O sr. Bradley não me convenceu totalmente de que ele próprio havia cometido o crime, mas se tivesse nomeado mais alguém, eu teria sido convencido; ele apenas me convenceu de que sua... sua teoria descartada da amante deveria ser a correta. Na verdade, era a única ideia que eu tinha, de que o crime poderia ser obra de uma das... hum... amantes descartadas de sir Eustace.

"Mas, na noite seguinte, o sr. Sheringham me convenceu com a mesma certeza de que o sr. Bendix era o assassino. Foi apenas ontem à noite, durante a exposição da srta. Dammers, que enfim comecei a perceber a verdade."

— Então fui a única que não o convenceu, sr. Chitterwick? — perguntou a srta. Dammers, sorrindo.

— Receio que sim — respondeu o sr. Chitterwick, em tom de desculpas.

Ele refletiu por um momento.

— É notável, bastante notável, o quão perto, de uma forma ou de outra, todos chegaram da verdade sobre este caso. Nem uma única pessoa deixou de revelar pelo menos um fato fundamental ou de fazer ao menos uma dedução importante de forma correta. Por sorte, quando percebi que as soluções seriam tão diferentes, tomei notas abundantes das descobertas anteriores e as mantive atualizadas todas as noites, assim que chegava em casa. Tive, assim, um registro completo das produções de todos esses cérebros, tão superiores ao meu.

— Não, não — murmurou o sr. Bradley.

— Ontem à noite, fiquei acordado até muito tarde, debruçado sobre essas anotações, separando o verdadeiro do falso. Talvez possa interessar aos membros ouvir minhas conclusões a respeito. — O sr. Chitterwick apresentou a sugestão com muita timidez.

Todos garantiram a ele que ficariam satisfeitíssimos em saber onde haviam tropeçado, sem querer, na verdade.

CAPÍTULO 18

O sr. Chitterwick consultou uma página de seu caderno de anotações. Por um momento, ele pareceu um pouco angustiado.

— Sir Charles — disse ele. — Hã... sir Charles... — Era evidente que o sr. Chitterwick estava encontrando dificuldades em descobrir qualquer ponto em que sir Charles estivesse certo, e ele era um homem gentil. Então, se animou. — Ah, sim, claro. Sir Charles foi o primeiro a salientar o importante fato de terem apagado algo na folha de papel utilizada para a carta falsificada. Isso foi... hã... muito útil.

"Ele também estava certo quando sugeriu que o divórcio iminente de sir Eustace era de fato a causa de toda a tragédia. Embora eu tema que o que ele inferiu não era correto. Sir Charles também estava certo ao achar que o criminoso, em uma trama tão inteligente, tomaria medidas para arranjar um álibi, e que havia, de fato, um álibi que teria que ser contornado. Mas, preciso frisar, não era o de lady Pennefather.

"A sra. Fielder-Flemming tinha toda a razão em insistir que o assassinato foi obra de alguém com conhecimento de criminologia. Essa foi uma dedução muito inteligente, e fico feliz", o sr. Chitterwick sorriu, "por poder assegurar-lhe que estava perfeitamente correta. Ela também contribuiu com outra informação importante, tão vital para a verdadeira história subjacente a esta tragédia quanto para a própria teoria: que sir Eustace não estava apaixonado pela srta. Wildman, mas esperava casar-se com ela por dinheiro. Se não fosse esse o caso, meu grande temor é de que teria sido a srta. Wildman a pessoa a ser morta, em vez da sra. Bendix."

— Bom Deus! — murmurou sir Charles; e talvez o maior tributo que o sr. Chitterwick tenha recebido foi o fato de que o eminente advogado aceitou essa notícia surpreendente sem questioná-la.

— Isso encerra tudo — murmurou o sr. Bradley para a sra. Fielder-Flemming. — Amante descartada.

O sr. Chitterwick virou-se para ele.

— Quanto ao senhor, Bradley, é surpreendente o quão perto chegou da verdade. Incrível! — O sr. Chitterwick registrou seu espanto. — Mesmo em seu primeiro caso, contra si mesmo, muitas de suas conclusões estavam perfeitamente corretas. O resultado das deduções do nitrobenzeno, por exemplo; o fato de que o criminoso deve ter mãos precisas e uma mente metódica e criativa; até mesmo, o que na época me pareceu um pouco rebuscado, que um exemplar do Taylor devesse ser encontrado em nas prateleiras dele.

"Então, além do fato de que a condição número quatro deva mudar para 'deve ter tido a oportunidade de obter em segredo uma folha de papel timbrado da Mason', todas as doze condições estavam corretas, com exceção da sexta, que não admite um álibi, e da sétima e da oitava, sobre a caneta Onyx e a tinta Harfield. O sr. Sheringham estava certo nesse assunto com seu argumento um tanto mais sutil sobre o provável empréstimo discreto da caneta e da tinta por parte do criminoso. E foi o que de fato aconteceu, claro, com a máquina de escrever. Quanto ao segundo caso... ora!

O sr. Chitterwick parecia não ter palavras para expressar sua admiração pelo segundo caso do sr. Bradley.

— O senhor alcançou a verdade em quase todos os detalhes. Viu que era o crime de uma mulher, deduziu os sentimentos femininos indignados subjacentes a todo o caso, apostou tudo no conhecimento de criminologia. Foi mesmo muito interessante.

— Na verdade — disse o sr. Bradley, escondendo com cuidado sua satisfação —, fiz todo o possível, exceto encontrar a assassina.

— Bem, isso é fato, é claro — retorquiu o sr. Chitterwick, de alguma forma transmitindo a impressão de que, afinal, encontrar a assassina era uma questão menor em comparação aos poderes do sr. Bradley. — E, então, chegamos ao sr. Sheringham.

— Não! — implorou Roger. — Deixe meu caso de fora.

— Ah, mas sua reconstrução foi inteligentíssima — falou o sr. Chitterwick, com grande seriedade. — O senhor deu um novo aspecto a todo o caso, sabe, ao sugerir que, afinal, foi a vítima certa quem morreu.

— Bem, parece que errei em boa companhia — disse Roger, de forma banal, olhando para a srta. Dammers.

— Mas o senhor não errou — informou o sr. Chitterwick.

— É mesmo? — Roger demonstrou surpresa. — Então tudo foi direcionado contra a sra. Bendix?

O sr. Chitterwick parecia perplexo.

— Eu não lhe falei? Receio estar fazendo isso de uma forma muito confusa. Sim, em parte o plano era dirigido contra a sra. Bendix. Mas a verdadeira posição, penso eu, é que foi dirigido em conjunto contra a sra. Bendix e sir Eustace. O senhor chegou muito perto da verdade, sr. Sheringham, exceto pelo fato de ter substituído um rival ciumento por um marido ciumento. De verdade, muito perto. E é claro que estava coberto de razão ao dizer que o método não foi sugerido pela posse casual do papel ou algo parecido, mas por casos anteriores.

— Fico feliz por ter acertado alguma coisa — murmurou Roger.

— E a srta. Dammers — disse o sr. Chitterwick, fazendo uma mesura — foi muito prestativa. *Deveras* útil.

— Embora não tenha sido convincente — rebateu a mulher, de maneira seca.

— Embora receie não a ter achado tão convincente — concordou o sr. Chitterwick, com ar de quem pede desculpas. — Mas foi a teoria que ela nos propôs que enfim me mostrou a verdade. Pois a srta. Dammers também colocou outro aspecto sobre o crime, com suas informações sobre o... hã... caso amoroso entre a sra. Bendix e sir Eustace. E isso — disse o sr. Chitterwick, com outra pequena reverência à mulher — foi a pedra fundamental de tudo.

— Não vejo como poderia deixar de ser — respondeu a srta. Dammers. — Mas ainda mantenho que minhas deduções são as corretas.

— Talvez eu possa apresentar as minhas, então? — perguntou o sr. Chitterwick, hesitante, parecendo um tanto abatido.

A srta. Dammers lhe concedeu uma permissão um tanto mordaz.

O sr. Chitterwick se recompôs.

— Ah, sim; eu deveria ter dito que a srta. Dammers estava certa em um detalhe importante: a suposição de que não era tanto o caso entre a sra. Bendix e sir Eustace que estava na origem do crime, mas, sim, o caráter da sra. Bendix. Isso de fato provocou a morte dela. A srta. Dammers, imagino, estava perfeitamente certa ao traçar a aventura extraconjugal, e sua visão imaginativa sobre as reações da sra. Bendix... acho que essa é a palavra?... e as reações da sra. Bendix a isso, mas não, creio eu, em suas deduções a respeito do crescente tédio de sir Eustace.

"Sir Eustace, sou levado a acreditar, estava menos inclinado a ficar entediado do que a compartilhar a angústia da senhora. Pois a verdadeira questão, que por acaso escapou à srta. Dammers, é que sir Eustace estava bastante apaixonado pela sra. Bendix. Muito mais do que ela por ele.

"Esse é um dos fatores determinantes desta tragédia."

Todo mundo avaliou aquilo. A atitude do Círculo em relação ao sr. Chitterwick era, então, de expectativa inteligente. Ninguém pensava que ele havia encontrado mesmo a solução certa, e o valor das deduções da srta. Dammers não havia diminuído de forma considerável. Mas decerto parecia que o homem, de qualquer forma, tinha algo a oferecer.

— A srta. Dammers — disse ele — estava certa em outro ponto, a saber, que a inspiração deste assassinato, ou, talvez eu devesse dizer, seu método, com certeza veio daquele livro de casos de envenenamento que ela mencionou, e o próprio exemplar dela está, neste momento, nos aposentos de sir Eustace... foi plantado lá — acrescentou o sr. Chitterwick, chocado — pela assassina.

"E outro fato útil que ela estabeleceu: que o sr. Bendix foi atraído... na falta de uma palavra melhor... até o Arco-íris naquela manhã. Mas não foi a sra. Bendix quem lhe telefonou na tarde anterior. Nem ele foi enviado para lá com o propósito específico de receber os bombons de sir Eustace. O fato de o almoço ter sido cancelado estava fora do conhecimento da criminosa. O sr. Bendix foi enviado para lá para testemunhar sir Eustace recebendo o pacote; só isso.

"A intenção era, claro, que o sr. Bendix tivesse sir Eustace tão conectado com os bombons em sua mente que, se alguma suspeita surgisse contra qualquer pessoa, o sr. Bendix poderia logo direcioná-la ao próprio sir Eustace. Pois a traição da esposa logo chegaria ao conhecimento dele, como de fato acho que aconteceu, causando-lhe, é claro, a mais intensa angústia."

— Então é por isso que ele está tão abatido — comentou Roger.

— Sem dúvida — concordou o sr. Chitterwick, em tom grave. — Foi uma trama perversa. Esperava-se que sir Eustace já estivesse morto e incapaz de negar qualquer culpa, e as evidências que existiam foram arranjadas com cuidado para apontar para assassinato e suicídio. O fato de a polícia nunca ter suspeitado dele, até onde sabemos, mostra que as investigações nem sempre tomam o rumo que um criminoso espera. E, nesse caso — observou o sr. Chitterwick, com alguma severidade —, penso que a criminosa foi demasiado sutil.

— Se essa foi a razão muito complicada dela para garantir a presença do sr. Bendix no clube Arco-íris — concordou a srta. Dammers com alguma ironia —, a sutileza da autora do crime com certeza se excedeu.

Era evidente que a srta. Dammers não se encontrava preparada para aceitar as conclusões do sr. Chitterwick, não só no aspecto psicológico.

— Isso, de fato, foi o que aconteceu — disse o sr. Chitterwick, sem se alterar. — Ah, e já que estamos falando dos bombons, devo acrescentar que a razão pela qual eles foram enviados ao clube de sir Eustace não foi apenas para que o sr. Bendix pudesse ser testemunha de sua chegada, mas também, devo dizer, para que sir Eustace tivesse certeza de levá-los consigo para o almoço. A assassina, é claro, estaria familiarizada o suficiente com seus costumes para saber que era quase certo que ele passaria a manhã em seu clube e de lá partiria direto para almoçar; as chances de que levasse consigo a caixa dos bombons favoritos da sra. Bendix eram enormes.

"Acho que podemos considerar como exemplo da habitual negligência da criminosa em relação a algum ponto vital, o que acabará levando à sua detecção, o fato de essa assassina ter perdido de vista a possibilidade de o encontro ser cancelado. Ela é uma criminosa particularmente engenhosa", disse o sr. Chitterwick com gentil admiração, "e, mesmo assim, não está imune a essa falha."

— Quem é ela, sr. Chitterwick? — perguntou a Sra. Fielder-Flemming, sem rodeios.

O sr. Chitterwick respondeu-lhe com um sorrisinho.

— Todos os outros omitiram o nome do suspeito até o momento certo. Decerto tenho a permissão de fazer o mesmo.

"Bem, acho que já esclareci a maioria dos pontos duvidosos. O papel timbrado da Mason foi usado, devo dizer, porque os bombons foram escolhidos como veículo do veneno, e a Mason era cliente da gráfica Webster. Isso, aliás, combinava muito bem, porque eram sempre os chocolates da Mason que sir Eustace comprava para suas... hã... suas amigas."

A sra. Fielder-Flemming parecia confusa.

— Porque a Mason era a única empresa cliente da Webster? Acho que não entendi.

— Ah, *estou* explicando muito mal — falou o sr. Chitterwick, angustiado, assumindo toda a culpa pelo mal-entendido. — Tinha que ser alguma firma nos livros da Webster, sabe, porque sir Eustace imprime o papel timbrado na Webster, e ele deveria ser identificado como tendo estado lá há pouco tempo se a folha roubada algum dia se mostrasse relacionada com o catálogo da gráfica. Exatamente, na verdade, como descobriu a srta. Dammers.

Roger assobiou.

— Ah, entendi. Quer dizer que todos nós temos colocado a carroça na frente dos bois por causa dessa folha de papel?

— Receio que sim — lamentou o sr. Chitterwick, de forma sincera. — De fato, receio que sim.

Opiniões imperceptíveis começavam a se formar a favor do sr. Chitterwick. Para dizer o mínimo, ele estava sendo tão convincente quanto a srta. Dammers, e isso sem reconstruções psicológicas sutis e referências a "valores". Apenas a própria srta. Dammers permaneceu cética aos olhares dos outros; mas isso, afinal, era de se esperar.

— Humpf! — disse ela, hesitante.

— E o motivo, sr. Chitterwick? — perguntou sir Charles, com solenidade. — Ciúme, o senhor disse? Acho que ainda não esclareceu o motivo, não é?

— Ah sim, claro. — O sr. Chitterwick corou. — Meu Deus, queria ter deixado isso claro logo no início. Estou indo muito mal. Não, não foi ciúme, estou inclinado a imaginar. Vingança. Ou vingança, pelo menos, no que diz respeito a sir Eustace, e ciúme em relação à sra. Bendix. Pelo que posso entender, vejam, esta senhora é... meu Deus — disse o sr. Chitterwick, angustiado e envergonhado —, isso é algo muito delicado. Mas devo falar. Bem... embora ela tivesse escondido esse fato com sucesso dos amigos, esta senhora estava muito apaixonada por sir Eustace, e se tornou... hã... se tornou — falou com bravura o sr. Chitterwick — sua amante. Isso foi há muito tempo.

"Sir Eustace também estava apaixonadíssimo por ela e, embora costumasse se divertir com outras mulheres, ambos entendiam que era algo até aceitável, desde que não se tornasse algo sério. A senhora, devo dizer, é muito moderna e de mente aberta. Ficou entendido, creio eu, que ele se casaria com ela assim que conseguisse induzir a esposa, que ignorava esse caso, a se divorciar dele. Mas quando isso enfim foi acertado, sir Eustace descobriu que, devido ao grave problema financeiro, era imperativo que se casasse por dinheiro.

"A senhora ficou, como era de se esperar, muito decepcionada, mas sabendo que sir Eustace não se importava nem um pouco com... hã... não estava de fato apaixonado pela srta. Wildman, e o casamento seria apenas, no que lhe dizia respeito, de conveniência, ela se reconciliou com o futuro e, percebendo a necessidade de sir Eustace, não se ressentiu da introdução da srta. Wildman... que, na verdade — o sr. Chitterwick sentiu-se compelido a acrescentar —, ela considerava bastante insignificante. Nunca lhe ocorreu duvidar, vejam bem, de que o antigo acordo seria válido e que ela ainda teria o verdadeiro amor de sir Eustace com o qual se contentar.

"Mas então aconteceu algo imprevisto. Sir Eustace não apenas deixou de amá-la. Ele se apaixonou perdidamente pela sra. Bendix. Além disso, conseguiu torná-la sua amante.

Isso foi algo muito recente, desde que tiveram início seus cortejos pela srta. Wildman. E penso que a srta. Dammers nos deu uma imagem verdadeira dos resultados no caso da sra. Bendix, se não no de sir Eustace.

"Bem, os senhores podem ver a situação, então, no que diz respeito a essa outra senhora. Sir Eustace estava se divorciando, o casamento com a insignificante srta. Wildman estava agora fora de questão, mas o casamento com a sra. Bendix, com a consciência pesada e vendo no divórcio do marido e no casamento com sir Eustace o único meio de resolver o problema... o casamento com a sra. Bendix, a verdadeira amada, e ainda mais apropriada do que a srta. Wildman no que dizia respeito ao lado financeiro, era, ao que tudo indicava, inevitável. Detesto o uso de citações banais tanto quanto qualquer outro, mas realmente sinto que, se me permitirem acrescentar, o inferno desconhece fúria como a de uma..."

— Pode provar tudo isso, sr. Chitterwick? — perguntou a srta. Dammers, com frieza, interrompendo a citação trivial.

— A-acho que sim — respondeu ele, embora com um pouco de dúvida.

— Estou inclinada a duvidar — observou ela.

Um tanto desconfortável, sob o olhar cético da mulher, o sr. Chitterwick explicou:

— Bem, sir Eustace, cuja amizade tenho me esforçado para cultivar recentemente... — Ele estremeceu um pouco, como se a amizade estivesse longe da ideal. — Bem, a partir de algumas indicações que sir Eustace me deu sem perceber... isto é, eu o interroguei hoje durante o almoço da maneira mais hábil que pude, minha convicção quanto à identidade da assassina foi por fim formada, e ele, sem querer, deixou escapar algumas coisas insignificantes que...

— Duvido muito — falou a srta. Dammers, sem rodeios.

O sr. Chitterwick parecia bastante perplexo.

Roger correu em seu resgate.

— Bem, vamos deixar a questão da evidência de lado por enquanto, sr. Chitterwick, e presumir que sua reconstrução dos eventos seja apenas imaginativa. O senhor chegou ao ponto em que o casamento entre sir Eustace e a sra. Bendix se tornou inevitável.

— Sim, ah, sim — disse o sr. Chitterwick, com um olhar agradecido para seu salvador. — E então, é claro, a autora do crime tomou a terrível decisão e criou um plano muito inteligente. Acho que já expliquei tudo. O antigo direito de acesso aos aposentos de sir Eustace permitiu-lhe digitar a carta na máquina de escrever dele em um dia em que sabia que ele não estava em casa. Essa mulher é uma ótima imitadora e foi fácil para ela, ao ligar para o sr. Bendix, imitar o tipo de voz que se esperava da srta. Delorme.

— Sr. Chitterwick, algum de nós conhece essa mulher? — inquiriu a sra. Fielder-Flemming de repente.

O sr. Chitterwick parecia mais envergonhado do que nunca.

— Hã... sim — falou ele, hesitante. — Devem se lembrar também de que foi ela quem contrabandeou os dois livros da srta. Dammers para os aposentos de sir Eustace.

— Vejo que terei que ter mais cuidado com minhas amigas no futuro — observou a srta. Dammers, sarcástica, mas gentil.

— Uma ex-amante de sir Eustace, então? — murmurou Roger, pensando nos nomes que conseguia rememorar daquela longa lista.

— Bem, sim — concordou o sr. Chitterwick. — Mas ninguém fazia ideia. Isso é... Meu Deus, é muito difícil.

Ele enxugou a testa com o lenço e parecia extremamente infeliz.

— Ela conseguiu esconder esse caso? — perguntou Roger.

— Hã... sim. Ela decerto conseguiu esconder o verdadeiro estado das coisas entre eles, de maneira bem inteligente. Acho que ninguém jamais suspeitou.

— Eles fingiam que não se conheciam? — questionou a sra. Fielder-Flemming. — Nunca foram vistos juntos?

— Ah, foram durante um tempo — respondeu o sr. Chitterwick, olhando de um rosto para o outro com um ar bastante preocupado. — Várias vezes. Então, pelo que entendi, acharam melhor fingir que tinham brigado e... e se encontravam apenas em segredo.

— Não é hora de nos contar o nome dessa mulher, Chitterwick? — esbravejou sir Charles da mesa, com ar oficial.

O sr. Chitterwick se livrou, em desespero, daquele tiroteio de perguntas.

— É muito estranho, sabem, como os assassinos nunca deixam as coisas em paz, não é? — disse ele, sem fôlego. — Acontece tantas vezes. Tenho certeza de que eu nunca teria descoberto a verdade se a assassina tivesse deixado as coisas como estavam, de acordo com sua admirável trama. Mas isso de tentar atribuir a culpa a outra pessoa... Realmente, pela inteligência demonstrada neste caso, ela deveria estar acima disso. É claro que seu plano *fracassou*. Teve apenas um sucesso pela metade, devo dizer. Mas por que não aceitar o fracasso parcial? Por que testar a Providência? Os problemas eram inevitáveis... inevitáveis...

A essa altura, o sr. Chitterwick parecia totalmente angustiado. Ele embaralhava suas anotações com extremo nervosismo e se contorcia na cadeira. Os olhares que lançava de um rosto para outro eram quase suplicantes. Mas o que ele suplicava permaneceu escondido.

— Meu Deus — disse o sr. Chitterwick, perdendo a calma. — É difícil demais. É melhor eu esclarecer o ponto restante. É sobre o álibi.

"Em minha opinião, o álibi foi uma reflexão tardia, devido a um golpe de sorte. A Southampton Street fica perto da Cecil e do hotel Savoy, não é? Acontece que sei que esta senhora tem uma amiga de natureza pouco convencional. Ela está, com frequência, ausente em expedições de exploração e coisas parecidas, em geral sozinha. Nunca fica em Londres por mais de duas noites, e imagino que seja o tipo de mulher que quase nunca lê jornais. E, se o fizesse, creio que não divulgaria qualquer suspeita que lhe pudessem transmitir, sobretudo no que diz respeito a uma amiga sua.

"Verifiquei que logo antes do crime, esta mulher, cujo nome é Jane Harding, ficou por duas noites no hotel Savoy e partiu de Londres, na manhã da entrega dos bombons, para a África. De lá, seguiria para a América do Sul. Onde ela pode estar agora não faço ideia. Aliás, devo dizer, ninguém sabe. Mas ela veio de Paris para Londres, onde estava hospedada há uma semana.

"A... hã... criminosa tinha como saber dessa viagem a Londres, e então correu para Paris. Receio que há muitas suposições aqui. Mas seria simples pedir a essa outra senhora que postasse os bombons em Londres, já que o pacote seria muito taxado para vir da França, e também seria simples garantir que fosse entregue na manhã do almoço marcado com a sra. Bendix, dizendo que era um presente de aniversário, ou algum outro pretexto, e... e... que deveria ser enviado para chegar naquele dia específico."

O sr. Chitterwick enxugou a testa outra vez e olhou para Roger de maneira patética. Roger só conseguiu devolver o olhar, perplexo.

— Meu Deus — murmurou o sr. Chitterwick, distraído —, isso é *muito* difícil... Bem, estou convencido de que...

Alicia Dammers levantou-se e recolheu os pertences sem pressa.

— Receio — anunciou ela — ter um compromisso. Pode me dar licença, senhor presidente?

— Claro — respondeu Roger, um tanto surpreso.

À porta, a srta. Dammers se virou para trás.

— Lamento não poder ficar para ouvir o restante de seu caso, sr. Chitterwick. Mas, na verdade, como falei, duvido muito que consiga prová-lo.

E saiu da sala.

— Ela tem toda a razão — sussurrou o sr. Chitterwick, olhando para a mulher, petrificado. — Tenho certeza de que não posso. Mas não há a menor dúvida. A menor dúvida mesmo.

A estupefação reinou.

— Não... não quer *dizer* que...? — trinou a sra. Fielder-Flemming com uma voz estridente.

O sr. Bradley foi o primeiro a se controlar.

— Então temos uma criminologista prática entre nós, afinal de contas — falou ele, devagar, de uma maneira de quem nunca pertenceu a Oxford. — Que interessante.

Mais uma vez, o silêncio tomou conta do Círculo.

— Então — perguntou o presidente, desamparado —, o que faremos agora?

Ninguém respondeu.

Posfácio

Por Bel Rodrigues

Anthony Berkeley nos deu um presente ao apresentar para o mundo a história de *O mistério dos chocolates envenenados*, e acredito fielmente que eu não poderia ter tido um melhor primeiro contato com sua escrita. O que se inicia como uma leitura amena, apresentando os personagens e suas ferrenhas características ao leitor, logo torna-se uma quimera dos aficionados por romances policiais, thrillers e mistérios: um clube do crime. Imagine poder se reunir com seus amigos para dissecar *aquela* história ardilosa e cheia de pontas soltas?! É isso que Berkeley entrega ao leitor.

Nas lacunas de uma morte sob circunstâncias duvidosas, nos deparamos com o que há de melhor em um bom suspense: a ambientação criada diante daqueles personagens que passam a ser marcantes logo após as primeiras aparições, resultado de uma escrita muito bem estruturada. Conhecemos melhor um famoso advogado, dois exímios escritores — tendo um deles publicado sob pseudônimo que faz alusão à Harrogate, cidadezinha inglesa onde fica localizado o hotel para onde Agatha Christie foi durante seu turbulento divórcio em 1926, em uma clara referência que já me ganhou de primeira —, uma adorável senhora que escrevia peças muito bem aceitas pelo público e o esguio e nada famoso sr. Chitterwick, que pessoalmente foi meu favorito do Círculo, justamente por não saber nem mesmo como ele conseguira ter ido parar ali, diante de tantas personalidades que ele só admirava de longe.

Quando até mesmo a poderosa Scotland Yard não consegue solucionar um crime, nossos seis detetives amadores são despertados por inteiro. Como assim o corpo policial e aqueles que são pagos para isso só *decidem* arquivar uma história cuja resolução nunca nem chegou a ser cogitada? Isso é inadmissível para nossos detetives, ainda bem. Eu, fã de carteirinha da Rainha do Crime, Agatha Christie, senti como se estivesse lendo um de seus clássicos mistérios, aqueles que nos deixam vidrados no desenrolar da história, com o adendo de um alívio cômico um pouco mais ácido vindo de Berkeley. Ir destrinchando página por página o que cada um deles estava pensando a respeito do crime foi tão intenso que me senti ali na sala com eles, quietinha, sentada em um móvel que certamente tem cor de mogno e conseguindo ver a alegria misturada com aflição e entusiasmo dos detetives à medida que eles conseguiam chegar a algo parecido com uma conclusão, fosse ela como fosse.

Com muita inteligência e uma dose homeopática de sagacidade, Berkeley pega o que há de melhor nos suspenses reconhecidos mundialmente e adiciona algo novo: o modo como o leitor fica a par dos suspeitos e dos demais detalhes de um caso que já começa estranho. Como uma pessoa morre após comer chocolates, e outra, que também os consumiu, permanece viva? Se foi a quantidade, pensa o leitor, tudo bem. Compreensível. Mas tem algo a mais, e é praticamente impossível pararmos por aí.

Nossos detetives amadores são muito diferentes uns dos outros, o que é mais uma maneira de entreter quem está conhecendo-os. Enquanto um coloca sua zona cinzenta em primeiro lugar, à la Poirot, outro permanece deixando a intuição de lado e focando o que já está sólido para eles, em uma mistura de Sherlock e Miss Marple. O fato de Berkeley manter o mistério no cerne das tantas opiniões emitidas pelos detetives ao longo da narrativa me fez admirá-lo ainda mais, pois, de escritor para escritor, é uma tremenda dificuldade conseguir fazê-lo com maestria. E ele não só fez como ainda deu seu toque singular ao chegarmos ao fim do dilema central.

Ver os seis detetives montando discursos e razões para as futuras conclusões que seriam debatidas por todos eles foi algo fenomenal. Inspirador, sábio, mas, acima de tudo, surpreendente. Nunca havia lido algo parecido. Manter o grande mistério no centro da leitura e conseguir deixá-la leve é algo que não vemos com tanta frequência; também pudera, tamanha dificuldade que é fazer isto. Nós, leitores, ficamos tão facilmente envolvidos naquela teia de *disse-me-disse* do Círculo e, é claro, juntando nossa deliberação e possível aposta para a solução do mistério, que quando é chegada a hora do *grand finale*, o momento em que eles apresentam suas crenças e desenlaces uns aos outros, caímos no clichê que é tão conhecido justamente por um bom motivo: ficamos de boca aberta, afoitos, sem acreditar que *logo aquilo* passou despercebido.

Eu estava me agarrando fortemente à teoria que criei logo no início, quando Joan tornou-se nossa vítima e seu marido conseguiu ficar vivo. Teoria essa que combinava com a de um dos detetives, ou seja, tudo certo! Depois de mais da metade do livro seguindo com minhas conjecturas, quando li minha amada teoria sendo desembaraçada gradualmente pelos membros do Clube, fiquei embasbacada. Decidi que não sou uma boa detetive e me aposentei antes mesmo de ser contratada por Sheringham.

Brincadeiras à parte, é claro que cada leitura é uma experiência única e você, que está lendo agora, pode ter notado muito antes o que me passou em uma distração. Mas acredito que concordamos quanto às resoluções esplêndidas de cada um de nossos detetives, certo? Escrever uma só solução para um crime já é uma tarefa um tanto árdua, pois exige pensar em cada mínimo detalhe da história, fazendo dela um bom suspense. Imagine, então, apresentar seis explicações, todas cabíveis e meritórias, cheias de contexto, dissecando cada parte de nosso crime "sem solução", usando do mistério como pano de fundo para um debate extremamente enriquecedor, em que a criminologia não é deixada de lado desde o primeiro momento em que o crime é citado? É de se admirar, sim, mas acima de qualquer outro sentimento que tive ao finalizar a leitura de *O mistério dos chocolates envenenados*, uma pergunta ondulava livremente em minha cabeça: por que demorei tanto para conhecer a escrita magnânima de Anthony Berkeley? Para uma fã dos jogos *Detetive* e *Scotland Yard*, foi um deslize de minha parte. Ainda bem que este "crime" já foi resolvido por aqui.

Anthony Berkeley Cox (1893-1971)

Nascido em Watford, Inglaterra, em 5 de julho de 1893, Anthony Berkeley Cox estudou no Colégio Sherborne, graduou-se na Universidade de Oxford e serviu na Primeira Guerra Mundial, onde sofreu diversos danos à saúde que perduraram durante sua vida. Berkeley trabalhou como jornalista antes de se dedicar à literatura. Sua carreira de escritor começou com esquetes humorísticos para revistas como *Punch*, e a primeira incursão no gênero policial veio com *The Layton Court Mystery* (1925), que apresentou o detetive amador Roger Sheringham. Com outros grandes nomes da ficção policial, fundou o Detection Club. Berkeley faleceu em 9 de março de 1971.

Este livro foi impresso pela Santa Marta, em 2025, para a HarperCollins Brasil. O papel do miolo é pólen natural 70g/m², e o da capa é couchê fosco 150g/m².